KERSTIN GA

Das verträumte Bistro im Sanddornweg

Weitere Titel des der Autorin:

Die kleine Strandboutique im Sanddornweg
Der zauberhafte Souvenirladen im Sanddornweg

Titel auch als Hörbuch erhältlich

Über die Autorin:

Kerstin Garde schreibt über liebenswerte Heldinnen mit kleinen Schwächen und gefühlvolle Helden, die ihr Herz nicht verstecken. Wichtig ist ihr ein Augenzwinkern zwischen den Zeilen und eine ordentliche Portion Romantik. Die Autorin lebt mit Freund und Katzen in Berlin. Sie hat studiert und eine kaufmännische Ausbildung absolviert.

Kerstin Garde

Das verträumte Bistro im Sanddornweg

lübbe

Dieser Titel ist auch als Hörbuch und E-Book erschienen

Vollständige Taschenbuchausgabe der bei beHEARTBEAT erschienenen E-Book-Ausgabe

Umschlagmotive: © iStockphoto: Mariedofra | bluejayphoto | emer1940
Umschlaggestaltung: Maria Seidel, atelier-seidel.de
Satz: 3w+p GmbH, Rimpar
Gesetzt aus der Adobe Caslon Pro
Druck und Verarbeitung: GGP Media GmbH, Pößneck
Printed in Germany
ISBN 978-3-404-18903-8

5 4 3 2 1

Sie finden uns im Internet unter luebbe.de
Bitte beachten Sie auch: lesejury.de

1. Kapitel

Ich joggte an der Küste des Ostseebads Graal-Müritz entlang. Federnd gab der Sand unter meinen Turnschuhen nach, während ich den herannahenden Wellen immer wieder auswich.

Der Liebe wegen hatte ich meine Heimatstadt Rostock vor fünf Jahren mit Anfang zwanzig verlassen und mir hier ein neues Leben aufgebaut. Es hatte einige Zeit gebraucht, ehe ich das Gefühl gehabt hatte, in der kleinen Ortschaft mit ihren Häuschen mit Vorgärten, Bäderstil-Villen und verwinkelten Gassen angekommen zu sein. Nun konnte ich mir kaum etwas Entspannenderes vorstellen, als den Tag direkt am Meer zwischen der Rostocker Heide und dem Ribnitzer Großes Moor ausklingen zu lassen. Selbst im Winter duftete es hier nach Salz und Laub.

Der Ausläufer einer Welle erfasste meinen linken Turnschuh, und das Wasser spritzte dabei bis zu meinem Knie hoch, doch ich joggte unbeirrt weiter.

Das Schicksal ging manchmal seltsame Wege, überlegte ich, als mir eine Brise sanft ins Gesicht wehte. Ich hätte früher nie gedacht, dass ich Rostock je verlassen würde, aber dann hatte Nils vor mir gestanden. Groß, blond, ein echter Traummann. Liebe auf den ersten Blick – wie im Film.

Nils hatte gleich von Anfang an einen Plan für uns aufgestellt, den wir strikt verfolgten, bis heute. Erst die Karriere, später die Familie. Er nannte uns gerne Power Couple, aber in letzter Zeit lief es beruflich nicht rund für mich, und ich fühlte mich stattdessen ausgepowert.

Deswegen waren mir die Momente hier draußen, direkt an der See, so wichtig, ich konnte Kraft tanken.

Meine Strecke wurde unebener, deswegen rannte ich die Küste ein Stück wieder rauf, hielt zwischen Sträuchern und Grasbüscheln einen Moment inne.

Tief zog ich die Wollmütze in die Stirn, den Schal über die Nase. Ein kalter Nachmittag an der Ostsee, mitten im Winter. Die Gräser entlang des weißen Sandstreifens bogen sich sacht, doch stetig im Wind. In der Ferne verlor sich die Dämmerung, ging über in ein nächtliches Blau, das sich wie Seide über den Himmel zog. Um diese Jahreszeit wurde es sehr früh dunkel.

Ich genoss den atemberaubenden Anblick und richtete die Ohrstöpsel unter dem Woll-Beanie, um dann den Ton lauter aufzudrehen.

I Follow Rivers schallte mir entgegen. Ich joggte zum Rhythmus des Songs weiter, ließ mich treiben. Langsam näherte ich mich der Seebrücke, die dreihundertfünfzig Meter ins offene Meer hinausragte und um diese Uhrzeit menschenleer war. Auf Holzsäulen gestützt hielt sie den Steg und die Aussichtsplattform bei Wind und Regen sowie jedem Touristenandrang. Die Wellen umspielten die Stämme, peitschten hoch und höher, aber trotz des Windes schaffte es keine hoch genug, um die Plattform zu erreichen. Hier hatten Nils und ich uns damals kennengelernt, dachte ich mit einem warmen Gefühl in der Brust.

Ich verlangsamte meinen Schritt, merkte, dass ich allmählich außer Atem kam.

Ich brauchte eine Pause, Seitenstiche fingen an mich zu plagen, also ging ich im Schritttempo weiter und drückte mit beiden Händen in meine Seiten, in der Hoffnung, dass sie dadurch verschwanden. Plötzlich tanzte eine einzelne Schneeflocke vor mir her, als wollte sie mich zurück nach Hause scheuchen, auf die andere Seite von Graal-Müritz, wo Nils und ich ein echtes Traumhäuschen unweit der Küste bewohnten. Ich hielt sie erst für ein Glühwürmchen, bis sie auf meinem Handschuh landete und schmolz.

Noch wollte ich nicht umkehren. Ich spürte weiter die Lust am Laufen in den Beinen, wollte noch ein bisschen die Freiheit hier draußen genießen. Ich joggte noch ein Stück weiter, mit kleinen Gehpausen dazwischen. Dann blickte ich jedoch rüber zu dem prachtvollen Haus zwischen kniehohen Gräsern und Sanddornsträuchern. Meine Laune sank im selben Augenblick. Es war der erste Punkt auf meiner »Es läuft nicht rund«-Liste, an der ich derzeit zu knabbern hatte. So viel also zum Thema abschalten und Kopf frei kriegen.

Das Spitzdach mit Schiefern war wohl das Einzige, was unverändert geblieben war. Die ehemals weiß gestrichene Holzfassade ließ an das bekannte Haus am Strand von Ahrenshoop denken, nun leuchtete sie rot. Vor dem Gebäude erstreckte sich eine großflächige Terrasse, auf der noch vor kurzem viele runde Tische gestanden, Leute gesessen und gelacht und sich an kulinarischen Highlights verköstigt hatten. Jetzt war sie leer, ein paar Absperrbänder verhinderten unmotiviert, dass man sie betrat.

Die Lettern über dem Eingang, die *Ristorante Emilios* geformt hatten, waren abgenommen worden, das konnte ich trotz der Lichtverhältnisse erkennen. Zurück blieb an der Stelle ein heller Schatten. Langsam näherte ich mich dem Haus, knetete meine behandschuhten Hände, weil sie kalt waren und mir schwer ums Herz wurde, als ich hinter dem Absperrband das Schild mit der Aufschrift *Hier entsteht eine Cocktailbar* entdeckte. Es kam also kein neues Restaurant hier rein, wie schade!

Das Ristorante hatte als Institution in Graal-Müritz gegolten und bis über die Grenzen des Seebads hinaus. Ein wunderbares Familienrestaurant mit exquisiter Küche – und ich war Teil des Küchenteams gewesen. Stolz war ich jeden Tag, auch beim schlimmsten Unwetter, mit dem Rad zur Arbeit gefahren und abends zufrieden heimgekehrt, in dem Wissen, dazu beigetragen zu haben, dass das Emilios seinen Ruf verdiente.

Vor meinem geistigen Auge sah ich noch mal alles vor mir, und das leere Haus erwachte zum Leben, die Lichter gingen an, die Tür schwang auf, und Gäste traten ein. Überall dampfende Kochtöpfe, herumwirbelnde Köche, filetierte Fische und Jakobsmuscheln auf Risotto. Wie ich es geliebt hatte, Muscheln zu öffnen und anzubraten, ihren Duft nach Meer aufzusaugen, Fischfilets zu panieren oder Meerschaumcreme anzurichten. Essbare Kunst zu erschaffen. Mittendrin unser Chef Emilio, der uns wie einen Teil seiner Familie behandelt hatte. Mein erster Job nach dem Wegzug aus Rostock. Ich war so herzlich aufgenommen worden, dass es mir das Einleben in meine neue Umgebung erleichtert hatte.

Aber nun war all das vorbei, die Türen verschlossen, die Fenster dunkel. Emilio d'Alessio war in den Ruhestand gegangen. Zunächst hatte zwar sein Neffe versucht, das Emilios weiterzuführen, und immerhin hatte er den Laden zwei Monate halten können, letztlich war das Restaurant aber verkauft worden. So hatten fünf wundervolle Jahre bei Emilios für mich geendet, und ich war nun auf Jobsuche, denn keiner von uns wurde vom neuen Besitzer übernommen.

Es kribbelte mir in den Fingern, endlich wieder in der Küche zu stehen, Marinaden zuzubereiten, Fisch und Fleisch einzulegen. Ich vermisste das Gewusel und die vielen verschiedenen Gerüche wirklich sehr. Insbesondere Fisch und seine variantenreichen Zubereitungsarten hatten es mir angetan, ob mit salziger oder säuerlicher Note, nichts schmeckte mehr nach der Ostsee oder kitzelte den Gaumen intensiver.

»Du hast doch bald ein Probekochen im Von Bergen, darauf solltest du dich vorbereiten«, hatte Nils vor kurzem gesagt, bevor er zu seiner wichtigen Geschäftsreise aufgebrochen war. Und er hatte ja recht, ich sollte nach vorne blicken. Beim Von

Bergen handelte es sich um ein echtes Nobelrestaurant hier im Seebad, wo eine Stelle als Poissonnier frei geworden war. Nils kannte den Besitzer und hatte sich für mich eingesetzt. Einfach so kam man heutzutage nicht an eine solche Chance, man brauchte Vitamin B, und Nils hatte es und glaubte zudem an meine Kochkünste. Da war es wieder, das Power Couple.

»Der nächste Schritt auf der Karriereleiter«, hatte Nils noch hinzugefügt. »Wenn das klappt, verbesserst du dich sogar noch! Das ist eine einmalige Gelegenheit, die darfst du nicht verstreichen lassen.«

Ich wandte den Blick vom ehemaligen Emilios ab. Ich sollte mich wirklich auf das Künftige konzentrieren, nicht auf das Vergangene.

Außerdem wurde mir allmählich immer kälter, Zeit für einen heißen Zimttee. Ich drehte mich um und joggte nach Hause zurück, den kühlen Ostseewind nun im Rücken.

Atemlos betrat ich eine halbe Stunde später unser Häuschen am Ortsrand, für das Nils, dank seines üppigen Gehalts in der Chefetage einer Bank, den Kredit in Rekordzeit abbezahlt hatte. Es war wunderschön, mit einem Sandweg, einem hübschen Vorgarten und einem Panoramafenster mit Blick auf das Meer. Laut seinem Plan würden hier eines Tages ein Junge und ein Mädchen zwischen den Erdbeer- und Petunienbeeten herumtollen, aber zuvor galt es, so weit wie möglich nach oben zu kommen auf der Karriereleiter. Das sah ich genauso. Eines Tages wollte ich Familie haben, aber erst in ferner Zukunft. Jetzt wollte ich mich auf die berufliche Laufbahn konzentrieren.

Ich schaltete mit einer kurzen Handbewegung das Licht im Flur ein.

Angenehme Wärme stieg mir entgegen, dann schlüpfte ich aus den Schuhen, legte Schal und Mütze ab und nahm erst mal eine heiße Dusche im ersten Stock, ehe ich meinen kuscheligen Bademantel überstreifte. Ich entschied dann, mir meinen leckeren Zimttee in der Küche zu machen. Im Winter gab es schließlich nichts Besseres als Tee oder Zimt, und wenn man beides in einem haben konnte, umso besser.

Der Wasserkocher kam mir ausgesprochen laut vor, was daran lag, dass es in dem Haus mucksmäuschenstill war, fast gespenstisch. Aber was erwartete ich? Nils war nicht hier.

Ich warf einen Blick auf den Kalender an der Wand, in ein paar Tagen wollte er von seiner Geschäftsreise zurück sein. Ich hatte mir den Tag seiner Heimkehr rot markiert und freute mich auf ihn und auf mehr Quality Time für uns. In den letzten Tagen und Wochen war es nur um die Fusion seiner Bank mit einem schwedischen Partner gegangen. Er hatte versprochen, dass wir nach der Reise endlich wieder mehr Zeit für uns hätten. Genau danach sehnte ich mich gerade umso mehr. Nach seinen starken Armen, seinen sanften Küssen in meinem Nacken. Ich hatte hinter ihm gestanden, zu hundert Prozent. Ich wusste, wie wichtig es ihm war, und hatte deswegen meine eigenen Bedürfnisse hintangestellt. Das hatte mir nichts ausgemacht. Aber nun wollte ich wieder mehr Wir.

Mein Blick glitt vom Kalender zu der Pinnwand daneben, an der ein Foto von uns vom letzten Italien-Urlaub hing. Ein halbes Jahr war das Bild alt, wir waren glücklich gewesen. Über uns die bunten Regenschirme der berühmten Einkaufspassage von Ferrara. Nils und ich lächelten um die Wette in die Kamera. Seine blonden Haare wehten leicht im Wind, meine waren zu einem kurzen Zopf gebunden, der denselben dunkelbraunen Farbton aufwies wie meine Augen. Ich mochte es praktisch, nicht stylisch. Nils war diesbezüglich das Gegenteil von mir, immer adrett. Zwei junge Menschen, die die Welt erobern wollten.

Der Wasserkocher war fertig, ich nahm die blubbernde Kanne hoch und goss das heiße Wasser in meine bauchige

Lieblingstasse mit dem Teebeutel darin. Der zimtige Geruch breitete sich sofort in der Küche aus. Seufzend sog ich ihn ein und stellte meinen Tee ins Wohnzimmer auf den schmalen Fernsehtisch neben unserem Walnussteller. Nils liebte es, im Winter beim Fernsehen Walnüsse zu knacken. Ich warf einen Blick auf den AB, in der Hoffnung, dass er angerufen hatte, aber es blinkte kein Lämpchen. Danach zog ich mein Handy hervor, ebenfalls Fehlanzeige. Wenn ich ihn nur nicht so vermissen würde …

Ich überlegte, ihn anzurufen, fürchtete aber, dass er gerade mitten in Verhandlungen war. In seiner Branche hielt man sich ja nicht unbedingt an Geschäftszeiten. Also legte ich mich stattdessen auf die Couch, kuschelte mich in eine Wolldecke, griff dann nach dem Ostseekrimi auf dem Tisch, den ich gerade las, und wollte mich darin vertiefen. Ich kam jedoch nicht über das aktuelle Kapitel hinaus, denn mein Handy klingelte wie auf Bestellung.

Die Decke flog zur Seite, und ich schnappte mir das Smartphone vom TV-Tisch, achtete vor Aufregung gar nicht aufs Display. Mein Herz klopfte wild, doch statt Nils' Bariton erklang eine sehr undeutliche Stimme, die ich im ersten Moment gar nicht erkannte. Ich brauchte einen Moment, ehe ich die Worte verstand.

»Pauline, die Krabbenstube steht vor dem Aus!«

Wie? Was? »Tante Trudy?«

»Du musst uns unbedingt helfen!«

2. Kapitel

Ich schnappte nach Luft.

Hatte Tante Trudy gerade wirklich das gesagt, was ich meinte gehört zu haben?

Die Krabbenstube, das Fischbistro meiner Familie, wollte seine Pforten schließen? Was war denn in letzter Zeit nur los?! Wieso machten plötzlich alle Lokale dicht, die mir am Herzen lagen?

Die Krabbenstube in Rostock-Warnemünde war immer ein Ort des Zusammentreffens gewesen – für uns als Familie und auch für unsere Gäste. Ein Ort, an dem man sich wohlfühlte und nebenbei leckere Fischbrötchen essen konnte. Hier feierte man Geburtstage, Jubiläen oder ließ es sich einfach gutgehen.

Ich liebte dieses kleine Lokal, in dem ich viele schöne Kindheitstage verbracht, meine Leidenschaft fürs Kochen entdeckt und mit meiner Cousine Gina die Ausbildung zur Köchin absolviert hatte, bevor ich wegen Nils nach Graal-Müritz gezogen war und den Job im Emilios angenommen hatte. Hier hatte meine Karriere als Köchin gestartet.

»Was ist denn passiert?«, fragte ich aufgeregt und fuhr mir mit einer Hand über die glühenden Wangen.

»Ich komme gerade von dort, hatte heute Abend Schicht in der Stube«, erklärte Trudy, die als hauptberufliche Künstlerin versuchte, sich mit dem Kellnerjob über Wasser zu halten. Sie war die beste Servierkraft weit und breit, hatte immer einen witzigen Spruch auf den Lippen und gehörte zum Inventar. So aufgewühlt wie jetzt erlebte man sie selten.

»Ich hab es alles aus erster Hand mitbekommen. Die ganze

schlimme Entwicklung. Seit die arme Gina die Leitung der Stube von Yvonna und Tobias übernommen hat, geht alles schief, was nur schiefgehen kann. Und dann stand auch noch vor kurzem diese scheußliche Kritik über die Stube in der Zeitung, im *Rostocker Tagesblatt.* Du weißt ja, was das für eine Auflage hat! Darauf kamen immer weniger Gäste. Das hat Gina den Boden unter den Füßen weggezogen. Heute Abend, als das Bistro leer geblieben ist, hat sie die Konsequenzen gezogen. Sie will nie wieder einen Kochlöffel in die Hand nehmen! Das müssen wir ihr ganz schnell ausreden. Ohne Küche kein Bistro!«

Das war ja furchtbar.

Noch ein Punkt auf meiner »Nichts läuft rund«-Liste.

Die arme Gina!

»Ach Paulinchen, ich weiß mir nicht zu helfen! Ich hab ihr gesagt, dass das alles wieder besser wird, nur eine Durststrecke ist. Sie hört nicht auf mich, ich rede mir den Mund fusselig, um sie zu überzeugen weiterzumachen. Du bist meine letzte Hoffnung, dir hört sie vielleicht zu.«

Trudy klang so mitgenommen, dass ich keinen Zweifel mehr am Ernst der Lage hatte.

»Aber natürlich helfe ich. Ich rede mit ihr.« Meine Cousine würde ich nicht im Stich lassen, sie war für mich wie Schwester und beste Freundin in einem. Wir hatten so einigen Mist zusammen durchgestanden, vom ersten Rauchen einer Zigarette, nach der uns beiden mächtig übel geworden war, bis hin zu dem Typen aus der Parallelklasse, der mit uns beiden gleichzeitig gegangen war, was aber schnell rausgekommen war. Nur bei der Beckham-Welle hatte ich gekniffen, aber die rasierten Seiten hatten ihr gestanden.

Wir hatten immer zusammengehalten. Das würden wir auch diesmal. Uns zwang doch keine Zeitungskritik in die Knie!

Und schon gar nicht kam es infrage, dass ich zuließ, dass

das Familienbistro dichtmachte. Es war das Herzstück unserer Familie. Ein Wohlfühlort mit unendlich vielen Erinnerungen.

»Danke, Pauline! Du bist ein Engel! Komm am besten runter, wir sollten keine Zeit verlieren. Es sei denn, Nils will dich heute Abend ganz für sich. Dann sag ihm, dass es nicht anders geht!«

»Er ist gar nicht da. Aber was meinst du mit runterkommen?«

»Ich steh mit dem Smart vor deinem Haus. Wir können gleich los zur Krabbenstube! Die Strecke schaffen wir in einer halben Stunde.«

Ähm … sie ist schon da? Sie musste das wirklich als absoluten Notfall einstufen, der nicht bis morgen warten konnte. Ich machte mir Sorgen. Aber was hätte sie gemacht, wenn ich nicht sofort Zeit gehabt hätte? Solche Fragen stellte man sich besser gar nicht erst. Denn die Antwort war immer dieselbe: Es war Tante Trudy!

Pflichtbewusst folgte meine Tante den Anweisungen des Navis, welches uns in einer wohlklingenden männlichen Stimme den schnellsten Weg zum Sanddornweg in Rostock-Warnemünde heraussuchte, wo sich die Krabbenstube befand.

Trudy trug einen silbernen Steppmantel, der offen war, darunter erkannte ich einen Cordrock, einen ellenlangen Strickschal und lange gestreifte Strümpfe. Sowie eine Kellnerschürze. Die hatte sie wohl vergessen abzunehmen, hatte sie doch erwähnt, dass sie direkt von der Krabbenstube hergekommen war. Man musste es ihr aber lassen: Mit Anfang fünfzig konnte sie solche Outfits locker tragen. Man würde sie mit ihrem frechen dunkelblonden Bob ohnehin deutlich jünger schätzen. Ich saß in einer schlabberigen Hose, die ich mir rasch übergezogen hatte, und meiner Winterjacke auf dem Beifahrersitz und war dankbar für die angenehme Innentemperatur. Weniger dankbar war ich für den eigenwilligen Fahrstil meiner Tante, sie schien immer am Tempolimit zu fahren, und beunruhigend oft blickte sie zu mir statt auf die Straße. Von ihren ausgelatschten Tretern, die immer vom Pedal rutschten, wollte ich gar nicht erst anfangen.

Trudy legte ihre Hand auf meinen Oberschenkel und beugte sich zu mir vor. »Finde ich wirklich klasse, dass du so spontan bist, Line«, lobte sie mich und bretterte durch die Rostocker Heide, die zu dieser Jahreszeit vollkommen kahl war. Die spindeldürren Bäume rauschten ans uns vorbei, als würden sie auf Stelzen laufen.

Ich deutete leicht eingeschüchtert mit dem Finger auf die Straße. Zum Glück verstand Trudy den Wink und setzte sich wieder gerade hin, den Blick nach vorne.

»Entschuldige auch meinen Überfall, ich wusste mir nicht anders zu helfen. Gina ist so deprimiert, dass sie keinen Kochtopf mehr anrührt, die Küche ist quasi dicht. Und als ich vorhin dort war und niemand kam, hat sie das Handtuch geworfen. Buchstäblich. Ich meine, die Stube war wirklich leer. Abends! Wo wir sonst immer volles Haus haben … Sie hat geweint und gerufen: ›Das war's!‹«

Was hatte denn nur in der Kritik gestanden, dass es solche Auswirkungen auf die Kundschaft nach sich zog und meine Cousine derart aus der Bahn geworfen hatte?

»Warte kurz, ich schau mir das genauer an«, kam mir die Idee. Was im *Tagesblatt* stand, stand auch online.

»Nur zu!«

Ich zog mein Handy aus der Umhängetasche und googelte. Schnell wurde ich fündig und rief den Link auf, der mich zur Webseite des *Rostocker Tagesblatts* führte. Der Artikel war vor zwei Wochen erschienen. Einige Stellen las ich vor: »Ich probiere den Spezial-Krabbenburger namens Holy Crab Bun …«

Eigentlich war's ja ein Brötchen, aber gut. Der Name des Gerichts ließ mich erst mal stutzen. Eine Anspielung auf Holy Crap, was im Englischen »Heiliger Strohsack«, in diesem Fall aber »Heilige Krabbe« bedeutete. Nur wieso hatten die Speisen englische Namen und dann auch noch solche? Das war früher nie so gewesen. Ein Spezialkrabbenbrötchen war immer ein Spezialkrabbenbrötchen gewesen, nicht mehr, nicht weniger. Was hatte Gina sich dabei gedacht? Aber ich las erst mal weiter.

»Angeblich das beste Gericht des Hauses. Aber labberige Krabben ohne Würze, ohne Finesse auf einem weichen Brötchen, das sicher zwei Tage alt war, lösten eher Unbehagen bei mir aus.«

»Ganz schön unter der Gürtellinie«, sagte Trudy entrüstet.

Ich konnte mir beim besten Willen nicht vorstellen, dass Gina Uralt-Fischbrötchen angeboten hatte.

»In meiner langjährigen Laufbahn als Restaurantkritiker habe ich schon so einige schlecht geführte Restaurants gesehen, aber keines davon kann der Krabbenstube in Sachen mangelnder Atmosphäre, unausgegorener Küche und patzigem Personal das Wasser reichen.«

Der Kritiker schwadronierte über angebliche Bauchschmerzen, die er noch am nächsten Tag gehabt hätte, und verriss das Bistro komplett. Kein einziges gutes Wort hatte er dafür übrig.

Keine Ahnung, wo er gegessen hatte. Vielleicht in einem Paralleluniversum.

Kein Wunder, dass Gina sich das zu Herzen nahm. Der Kritiker schien das ja auch direkt auf sie zurückzuführen. Wortwörtlich stand da: *Die neue Inhaberin hat ein erfolgreiches Lokal gnadenlos an die Wand gefahren. Fazit: Die Krabbenstube hat ihren Zenit überschritten. Eine Einrichtung ohne Flair.*

»Ach Schiet«, sagte ich, als ich ein Foto des Autors unter dem Artikel entdeckte. Mittleres Alter, Stirnglatze, fieser Blick. Der Verfasser des Verrisses war niemand Geringeres als Christoffer Lantz, der als absoluter Experte der Ostsee-Küche galt. Seine Meinung hatte Einfluss und war gleichermaßen unter Gastronomen gefürchtet. »Ich bin wirklich so was von sauer auf diesen Kerl!«, schimpfte Trudy. Inzwischen hatten wir die Rostocker Heide hinter uns gelassen und fuhren durch den Stadtteil Hohe Düne, entlang der Küste. Nachdenklich schaute ich aus dem Beifahrerfenster. Im gleichmäßigen Takt rollten die nachtdunklen Wellen an Land und wieder zurück. »Das ist bestimmt ein ganz unzufriedener, einsamer Mensch, der sich bei anderen aufspielen muss, um wer zu sein!«, fuhr sie fort.

Plötzlich schwankte der Wagen.

Trudy hatte beide Hände vom Lenkrad gelassen und wedelte mit den Händen in der Luft, als wollte sie den Kritiker würgen.

»Das Steuer!«, rief ich.

Trudy lachte, dabei schüttelte sie den Kopf leicht, sodass ihre ellenlangen Ohrringe klimperten, und umschloss das Lenkrad wieder. »Ups ...«

»Du steuerst uns noch ins Meer«, schimpfte ich.

»Mein Wagen sieht tatsächlich saftig aus, er könnte mal wieder eine Wäsche vertragen.«

Ich fand das nicht wirklich lustig, aber Trudy meinte mich beruhigen zu können, indem sie auf zwei kleine rosa Kristalle deutete, die an einer Kette von ihrem Rückspiegel baumelten. »Keine Sorge, Linchen, die beschützen uns«, versicherte sie mir. Ich hatte es fast vergessen. Trudy war nicht nur Künstlerin, sie glaubte auch an die energetische Wirkung von Kristallen auf ihr Umfeld, wie sie es formulierte. Dazu hatte sie eigene Studien durchgeführt und selbständig ermittelt, welche Kristalle was bewirkten, denn die offiziellen Quellen waren ihrer Ansicht nach Humbug.

»Kann also nichts passieren.«

Wirklich überzeugend ...

Trudy schlenkerte erneut etwas. Aber dann fing sie sich.

Ich atmete einige Male tief durch und bereute es, nicht meinen Wagen genommen zu haben und ihr einfach nur hinterhergefahren zu sein.

»Lantz hat Einfluss, aber ich verstehe immer noch nicht, wie seine Kritik allein solche Auswirkungen haben kann. Zumindest die Stammkunden kommen doch gewiss noch«, lenkte ich aufs Ursprungsthema zurück.

»Ich verstehe das auch nicht, Liebes. Zumal ja jeder mit Verstand sofort merkt, dass die Kritik an den Haaren herbeigezogen ist. Nun ein paar Gäste aus dem Sanddornweg und der Umgebung halten uns schon die Treue. Aber es sind nicht viele. Da haben sich viele wohl was Neues gesucht, gibt ja einige Alternativen nah am Strand. Dabei hat Gina sich solche Mühe gegeben, ihre Vorstellungen im Bistro zu verwirklichen: neue Speisekarte, neues Ambiente, alles so richtig hip!«

Oh, daher auch der Holy Crab Bun? Gina war ja schon immer ein bisschen ausgeflippt gewesen, aber ob das eine gute Idee gewesen war? Die Krabbenstube war doch mehr ein Traditionslokal. Ich war auf die Veränderungen gespannt.

»Was sagen denn Onkel Tobias und Tante Yvonna wegen der Entwicklung?« Ginas Eltern hatten als Vorbesitzer der Krabbenstube sicher eine Meinung dazu.

»Ich habe mit ihnen schon telefoniert. Yvonna wollte natürlich sofort nach Warnemünde zurückkommen, um Gina beizustehen, aber ich hab ihr gesagt, dass Tobias und sie sich mal lieber um die Probleme ihres Fischsupermarkts kümmern sollen und dass ich hier ein Auge auf alles habe. Wir können keine zwei Läden in Schwierigkeiten brauchen, außerdem habe ich meiner lieben Schwester erklärt, dass Gina stärker ist, als sie glaubt. Und vor allem, als Gina selbst es glaubt.«

Onkel Tobias hatte vor ein paar Monaten ein altes Haus in Travemünde geerbt und seinen Traum vom eigenen Fischsupermarkt prompt wahrmachen wollen. Mit Yvonna und meinen Eltern als Unterstützer hatte er sich direkt ans Werk gemacht. Mama und Papa fungierten nicht nur als Geldgeber, sie packten auch richtig mit an, hatten sogar ihren kleinen Kiosk verkauft und ihren Lebensmittelpunkt ins anderthalb Autofahrtstunden entfernte Travemünde verlegt. Ich fand es klasse, dass sie sich noch mal was Neues aufbauten. Allzu weit weg war Travemünde ja zum Glück auch nicht. Und nach langer Vorbereitung, inklusive Umbau und Organisation, war der Markt vor ein paar Wochen eröffnet worden. Klar, ein neues Unternehmen hatte ganz besonders am Anfang mit vielen Unwägbarkeiten zu kämpfen. Außerdem hatte es einen Wasserrohrbruch im Lager gegeben, der zu weiteren Verwicklungen geführt und alle beschäftigt gehalten hatte. Ich stimmte Trudy zu, dass wir das Problem mit der Stube erst mal allein angehen sollten.

»Wenn du Gina dazu bringst, die Küche wieder zu betreten, ist ja schon viel gewonnen.«

Ich nickte.

Trudy drehte an ihrem altmodischen Radioknopf herum, bis *Fantasy* von Earth, Wind & Fire aus den Lautsprecherboxen erklang. Während sie noch nach einer besseren Frequenz suchte, wankte ihr Wagen wieder, und ich krallte mich in meinem Sitz fest …

3. Kapitel

Ich war froh, als wir mit der Auto-Fähre nach Warnemünde übersetzten, auf unserem Weg niemanden umfuhren und irgendwann in den Sanddornweg einbogen. Inzwischen war es Abend, und jahreszeitbedingt so dunkel wie in tiefster Nacht. Trudys Fahrstil hatte ziemlich viel Adrenalin durch meine Venen gepumpt. Doch der Anblick der kleinen Einkaufsstraße, in die wir eingebogen waren, hatte eine beruhigende Wirkung auf mich. Rechts und links reihten sich entzückende schiefe Häuschen aneinander. Oben, direkt unter krummen Mansardendächern, waren Wohnetagen, darunter kleine Lädchen. Eins neben dem anderen, und jedes für sich einzigartig.

Ich bestaunte die einzelnen Geschäfte im Licht der Straßenlaternen: Fahrradverleih, Blumengeschäft, Souvenirshop. Als sähe ich sie zum ersten Mal, und zugleich war es ein Gefühl, als würde ich nach Hause kommen. Zwar war ich im Stadtteil Lütten Klein groß geworden, aber meine Eltern waren mit mir so oft hier gewesen, dass mir beim Anblick des Sanddornwegs warm ums Herz wurde und ich ihn wie ein zweites Zuhause empfand.

»Ich hatte fast vergessen, wie schön es hier ist«, sagte ich leise.

»Wie lange bist du denn nicht mehr hier gewesen?«, wunderte sich Trudy.

»Ein halbes Jahr, mindestens.« Die Äste der Bäume waren kahl. Ein Hauch von Schnee lag auf ihnen, morgen früh würde er weg sein.

»Da hat sich inzwischen aber einiges verändert«, meinte Trudy und fuhr langsamer. »Aber manches ist auch gleich geblieben«, fuhr sie fort. »Hier, sieh mal, Buchmann's, den Buchladen, gibt's noch.« Trudy deutete zu dem Geschäft zu meiner Rechten. Es war spät, der Buchladen hatte schon geschlossen, doch es war schön, dass er noch existierte.

»Und aus der Änderungsschneiderei ist eine Strandboutique geworden, die Viola mit ihrer Enkelin Lou im Sommer eröffnet hat. Sieh mal, dieser Schal hier ist von ihrem eigenen Label.« Trudy löste eine Hand vom Steuer, um mir einen Strickschal mit Ankermuster zu zeigen. In der Tat ein wunderschöner Strickschal. Gefiel mir super, ich musste mir die Boutique bei Gelegenheit unbedingt ansehen.

Am Ende des Wegs ragte ein altertümlicher Torbogen auf, der zwei Gebäude miteinander verband. Eines davon war das Sanddorn Hotel, das Haus gegenüber mit gelblichem Anstrich die gute alte Krabbenstube. Mein Herz klopfte vor Euphorie ein wenig schneller, als ich sie sah. Ein typisches Ostsee-Lokal mit Ostsee-Küche, das Touristen stets angelockt hatte. Zugleich fielen mir aber auch die bunten Neonlichter an den Schaufenstern auf. Okay, das war weder das, was ich erwartet hatte, noch hatte es Ostsee-Flair. War wohl Teil von Ginas Modernisierungsaktion.

Trudy parkte ihren Smart ruckelnd vor dem Bistro. Als ich mich abschnallte, merkte ich erst, wie ich mich während der Fahrt verkrampft hatte.

Wir stiegen aus, und ich musterte die Neonlichter. *No crap, eat crab* leuchtete mich einer von mehreren Sprüchen aus Lichtröhren an. Ich musste zugeben, ein bisschen kam ich mir vor wie im falschen Film. Wie war Gina nur auf diesen Trichter gekommen? Und ein Blick durch die großen Schaufenster ins Innere offenbarte: Es ging in dem Stil weiter. Dort hingen irgendwelche Filmplakate, wo früher ein Fischernetz für See-Atmosphäre gesorgt hatte. Das war überhaupt nicht der Stil der alten Krabbenstube …

Wir gingen zu der Tür an der Seite des Hauses, die über

einen Hausflur in die Wohnetage führte. Trudy klingelte erst ein Mal, dann zwei Mal und schließlich Sturm. Da Gina nicht reagierte, klopfte sie sodann energisch gegen das Holz.

»Jetzt mach uns schon auf, Gina«, rief Trudy, und dann endlich ging ein Stockwerk drüber das Licht an, und Gina schaute aus dem Fenster. »Du kannst gleich wieder gehen! Nichts wird meine Meinung ändern. Die Stube bleibt zu!«, rief sie lallend und knallte das Fenster zu, ehe wir was sagen konnten.

4. Kapitel

»So nicht, junge Dame!« Trudy hatte einen langen Atem, das musste man ihr lassen, unbeirrt klingelte sie weiter, bis Gina keine Wahl blieb, wenn sie heute noch eine ruhige Minute haben wollte. Wir hörten ihre wütenden Schritte auf der Treppe bereits durch die Tür.

Verärgert öffnete sie und lugte durch den Türspalt, die Haare zu einem Pixie geschnitten und schwarz gefärbt. Sie mochte freche Frisuren und wechselte gefühlt alle zwei Wochen die Haarfarbe, seit ich denken konnte. Immer hatte sie Fröhlichkeit ausgestrahlt. Aber nun sah ich jemanden mit dunklen Augenringen vor mir, der trotz junger Jahre verlebt wirkte. Ich erschrak direkt, versuchte aber, es zu verbergen. Wo war die unbeschwerte junge Frau hin, mit der ich hätte Pferde stehlen können zu jeder Zeit?

»Weißt du eigentlich, wie spät es ist? Du hast mich aus dem Bett geholt, Tante Trudy«, ächzte sie. Ihre Stimme klang wenig fest, ich bemerkte auch eine leichte Fahne.

»Es ist grade mal halb zehn, noch nicht mal Ladenschluss, aber du bist schon im Bett.« Normalerweise machte die Stube um zwölf Uhr dreißig auf, und die Küche schloss ab zehn abends. Je nachdem, wie viele Gäste dann noch da waren, war der Ladenschluss flexibel.

»Du weißt, wieso ich die Pforten schließen musste, das haben wir schon diskutiert!«

»Diskutiert haben wir nichts, du hast Marco und mich vor vollendete Tatsachen gestellt. Außerdem hast du uns vorhin regelrecht rausgeworfen.«

Gina musste wirklich sehr aufgebracht gewesen sein, denn

so ein Verhalten war völlig untypisch für sie. Sie war der herzlichste Mensch, den ich kannte. Dass sie nun so anders war, versetzte mir einen Stich.

Und dann erst sah sie mich. Mir schlug das Herz bis zum Hals, als sich ihre Augen schlagartig verengten.

»Was will die denn hier?«, fragte Gina verärgert. Ich hatte nicht mit so einer Reaktion gerechnet, verspürte ich doch viel mehr den Drang, sie zu umarmen und zu trösten.

»Musst du nicht irgendetwas total Wichtiges in deinem geliebten Graal-Müritz machen?«

»Was meinst du?«, fragte ich verwirrt, es gab im Moment nichts Wichtigeres als das hier. Unser Familienbistro war nicht mehr wiederzuerkennen, und dann wollte Gina es auch noch aufgeben!

Gina winkte ab.

»Pauline ist aus demselben Grund hier wie ich – wir wollen dir helfen.«

»Gibt nichts zu helfen! Die Krabbenstube hat ihren Zenit überschritten. Lest Zeitung, da steht's schwarz auf weiß.«

»Seit wann gibst du denn was darauf, was irgendwelche Zeitungsfritzen denken?«, forderte Trudy Gina heraus.

Die verschränkte die Arme vor der Brust. »Seit deswegen fast keiner mehr in die Stube kommt. Und ihr solltet nun auch gehen, ich will allein sein.«

Ich musste nur an das Neongeschwader denken und war mir doch recht sicher: Es lag nicht an der Kritik allein.

»Wir wollen nur mit dir reden«, sagte ich ruhig. »Dagegen kannst du doch nichts haben.«

Gina rollte mit den Augen, die Hand schon am Griff, denn die Tür bewegte sich schnell in Richtung Schloss, bis Trudy ihren Fuß dazwischenschob.

»Dir ist klar, wenn du uns die Tür vor der Nase zuschlägst, klingel ich die ganze Nacht durch.«

Wenn Trudy so etwas sagte, musste man es ernst nehmen.

Sie brachte das wirklich fertig. Das wusste auch Gina, die seufzend die Tür aufzog. »Also gut, kommt rein«, sagte sie schnippisch, und kurz darauf saßen wir in dem rustikalen Wohnzimmer, das noch Tobias' und Yvonnas Handschrift trug, von den beiden leeren Bierflaschen auf dem TV-Tisch abgesehen.

Gina verschwand in der Küche und kam wenig später mit einem Tablett zurück, auf dem drei dampfende Teetassen standen. Sie stellte dieses auf dem Tisch ab und ließ sich in den Sessel plumpsen. Ihre Augen wirkten verquollen und gerötet, sie tat mir ehrlich leid. Bestimmt hatte sie geweint. Sie nahm einen kräftigen Schluck aus einer Wasserflasche, die sie unter dem Tisch hervorzog. Dann klopfte sie sich mit der flachen Hand im Wechsel auf die linke und die rechte Wange, als wollte sie sich selbst wacher machen.

»Ich weiß eure Sorge zu schätzen«, sagte sie nun klarer und viel versöhnlicher. »Aber in den letzten zwei Wochen, seit dem Erscheinen der Kritik, ist mir einfach klar geworden, dass Lantz recht hat: Ich sollte mir den Traum vom eigenen Bistro aus dem Kopf schlagen, ich bin weder als Köchin noch als Gastwirtin geeignet. Ich hab's vielleicht als Urlaubsvertretung meiner Eltern hingekriegt. Aber das hier ist 'ne Nummer größer. Das ist halt so: Nicht jeder hat Talent für das, was man liebt.«

Dabei war das immer Ginas großer Traum gewesen, die Krabbenstube eines Tages selbst zu führen. Seit ihrer Ausbildung hatte sie sich darauf vorbereitet. Ich wusste das, weil wir sie zusammen hier in dieser Küche einen Stock tiefer absolviert hatten. Herrje, Gina hatte überhaupt erst meine Liebe zum Kochen geweckt, weil sie unermüdlich in der Küche geholfen und köstlichste Fischsnacks zubereitet hatte.

»Ist denn an dem Tag, als Lantz da war, was passiert? Ich meine, alte Brötchen und patziges Personal passen doch gar nicht zur Krabbenstube, wie man sie kennt.«

Gut, das taten Neonschilder auch nicht …

Gina zuckte mit den Schultern. »Weiß nicht, es schien ihm einfach nicht bei uns zu gefallen. Über die Speisekarte hat er sogar gelacht. Dabei war ich doch so stolz auf die ganzen Neuerungen in der Stube mit Charme und Witz, versteht wohl nicht jeder. Ich wollte mehr mit der Zeit gehen, meine Vorstellungen verwirklichen. Seit ich wusste, dass ich das Bistro bald übernehme, hab ich mir Gedanken dazu gemacht, wie ich mehr junge Leute anlocken kann, vorher war es doch arg verstaubt.«

Es fiel mir wirklich schwer, das zu sagen, aber ich musste ja ehrlich zu Gina sein. »Das, was du als verstaubt bezeichnest, war das, was die Leute an der Stube liebten. Moderne Lokale sind super, keine Frage, aber unser Familienbetrieb ist eben durch und durch ein Ostseelokal.«

Sie hatte mit den Änderungen nicht neue Kundschaft angelockt, sondern alte verschreckt. Klassisches Eigentor.

»Da seht ihr es! Ich hab alles ruiniert«, ging Gina ein Licht auf, und erneut schossen ihr Tränen in die Augen.

»Uns fällt schon was ein, wie wir wieder mehr Leute herlocken können. Trudy und ich helfen dir, du bist ja nicht allein«, versuchte ich sie aufzumuntern.

Gina schien darüber nachzudenken, ließ den Kopf aber hängen, schüttelte ihn schließlich.

»Du hast doch völlig recht, ich hab ein gut laufendes Lokal in diese grelle Neonhölle verwandelt. Und ich dachte noch, ich tu was Gutes! Auch Mama hat recht. Wir sollten das Lokal verkaufen.«

Nun klappten Trudy und mir gleichzeitig die Kinnlade runter.

»Was sagst du?«, fragte ich bestürzt.

»Ich hab vorhin mit ihr telefoniert, kurz nachdem ich den Laden geschlossen habe. Und sie meinte, wenn mich das alles überfordert, würden Papa und sie die Stube verkaufen.« Sie zog die Nase hoch.

»Du hast hoffentlich nicht zugestimmt?«, meinte ich. Das wäre ja wirklich die schlechteste Lösung. Ich konnte mir auch nicht vorstellen, dass Tante Yvonna und Onkel Tobias das wirklich wollten.

»Ich habe noch gar nichts gesagt«, blaffte Gina mich an und hickste hinterher. »Nur, dass ich drüber nachdenke.«

»Gina, du bist hier aufgewachsen, niemand ist stärker mit der Stube verbunden als du!«, erinnerte ich sie. Das hier war ihr Zuhause. Wir alle liebten die Krabbenstube, wir alle hatten unsere Erinnerungen an das kleine Fischlokal mit seinem verträumten Ambiente, aber Gina war es gewesen, die als kleiner Dreikäsehoch über den Flur in der Wohnetage gewetzt war, den Sanddornweg mit ihren Streichen unsicher gemacht hatte oder die ihrer Mama von klein auf in der Küche hatte helfen wollen. Aber all das schien sie im Moment vergessen zu haben.

»Bedeutet dir die Stube denn gar nichts mehr? Es ist doch schon schade genug, dass unsere Familie so plötzlich in alle Windrichtungen verteilt ist, da können wir nicht auch noch auf unser Herzstück hier verzichten«, sagte Trudy betrübt.

»Ich will das alles auch gar nicht!«, klagte Gina.

»Aber ich hab keine Kraft mehr! Vielleicht könnt ihr es ja besser als ich? Ja, versucht ihr es.«

Trudy und ich tauschten Blicke aus.

»Ich überlasse die Krabbenstube euch. Vielleicht gelingt es euch ja, das Image des Bistros zu retten. Dann muss es auch nicht verkauft werden. Macht alles rückgängig, was ich verändert hab, es war sowieso eine Schnapsidee.«

Als Gina abermals anfing zu weinen, tat sie mir so leid, dass ich sie am liebsten umarmen wollte. Doch da war irgendwie eine Art Mauer, die sie um sich gezogen hatte und die mich abhielt. Ich wollte ihr keinesfalls zu nahe treten.

»Vielleicht brauchst du eine Auszeit, um dich zu ordnen. Wir könnten erst mal etwas aufräumen und dich vertreten. Pauline hat doch Erfahrung im Leiten von Restaurants«, überlegte Trudy, und ich nickte langsam. Vor dem Aus des Emilios hatte ich tatsächlich in der Urlaubszeit des Chefs die Leitung übernommen.

»Ich bin gerade auf Jobsuche, da hätte ich etwas Zeit zwischen jetzt und dem nächsten Bewerbungsgespräch. Wenn wir die Stube in diesem Zeitraum in ihr altes Selbst zurückverwandeln, kommen vielleicht auch ein paar Gäste wieder. Das Konzept hat immerhin seit der Wende funktioniert, und die doofe Kritik fällt dann vielleicht auch nicht mehr so ins Gewicht. Ich überlege mir einen Plan, wie wir das hinbekommen können.« Der Zeitdruck wäre groß.

Gina nickte, erhob sich mit verweintem Gesicht und verließ das Zimmer mit dem Versprechen, gleich zurück zu sein.

»Ich habe sie noch nie so gesehen«, sagte ich leise und voller Sorge.

»Es bricht einem das Herz. Wir müssen es irgendwie anstellen, die Stube wieder zum Laufen zu bekommen. Wenn uns das gelingt, dann kehrt vielleicht auch Ginas Motivation zurück, und sie übernimmt wieder das Ruder. Soll sie sich ein paar Tage freinehmen, die nutzen wir dann, um alles auf Vordermann zu bringen.«

Vielleicht konnten wir so dem Verkauf der Krabbenstube entgegenwirken. Einen Versuch war es jedenfalls wert.

Kurz darauf kam Gina mit einem Schlüsselbund zurück, den sie mir in die Hand drückte.

»Die Krabbenstube ist mir wichtig. Und ich weiß, dass sie dir auch was bedeutet. Daher vertraue ich dir und Trudy ihr Schicksal an. Tu, was du für nötig hältst. Ich hoffe, sie bleibt bestehen. Aber ich bin im Moment nicht zu gebrauchen.«

Sie ging erneut Richtung Tür. »Ich bin müde und geh jetzt ins Bad«, kündigte sie an und verschwand.

Mein Blick wanderte zu den Teetassen, keine von uns hatte sie angerührt, alle waren zu aufgewühlt gewesen. Ich fasste einen Entschluss. Es war keine gute Idee, Gina jetzt allein zu lassen. Vielleicht brauchte sie noch jemanden zum Reden oder einfach das Gefühl, dass jemand da war.

»Ich bleibe heute Nacht lieber bei ihr.« Zwar hatte ich keine Sachen dabei, aber ich würde sicher was hier im Haus finden.

»Das finde ich super von dir!«, meinte Trudy sichtlich erleichtert.

Ich brachte meine Tante noch runter. Draußen schob ich einen kleinen Keil unter die Tür, um sie offen zu halten. Wir schlenderten zur Straße. Das gedimmte Licht der Straßenlaternen spiegelte sich in den feuchten Spuren aus geschmolzenem Schnee.

»Was machen wir, wenn Gina nicht zurückkehrt?«, überlegte ich sorgenvoll. Ich hatte nur begrenzt Zeit auszuhelfen, denn mein Bewerbungskochen war bald.

»Das überlegen wir uns, wenn es so weit ist. Dann ziehen wir Yvonna und Tobias zu Rate. In jedem Fall wird die Stube nicht verkauft«, meinte Trudy entschlossen.

Da waren wir uns einig.

»Außerdem, ich kenne unsere Gina, ich bin sicher, sie kehrt zurück, wenn sie erst sieht, wie sich die Krabbenstube unter deiner Leitung wieder macht«, war Trudy sich sicher und schloss ihre Wagentür auf. Sie schien großes Vertrauen in meine Fähigkeiten zu haben, was mich ehrte.

»Wenn wir morgen schon um zehn da sind, können wir schon mal alles in Ordnung bringen und pünktlich um halb eins aufmachen.«

Ich nickte, das klang nach einem Plan.

Wichtig war, dass die Krabbenstube ihr altes Gesicht zurückbekam und am Laufen blieb. Dass die Leute sahen, dass es uns noch gab und man hier nach wie vor gemütlich beisammensitzen und Ostsee-Schmaus genießen konnte!

Sie stieg in den Smart und bretterte los. Ich atmete tief ein, blickte den Sanddornweg runter, der so friedlich vor mir im Dämmerlicht der Laternen lag, und beobachtete kleine Schneeflocken, die durch die Luft tanzten.

Wir mussten die Krabbenstube retten, sie gehörte hierher, und Gina tat es auch.

5. Kapitel

Mein Handy bimmelte mich am nächsten Morgen aus dem Schlaf, ich erschrak, mich im Wohnzimmer über der Krabbenstube wiederzufinden, und musste mich erst orientieren. Offenbar war ich im Sessel eingeschlafen, Gina und ich hatten noch etwas über alte Zeiten und unsere gemeinsame Kochausbildung geredet, dann war sie auf der Couch eingeschlafen, wo sie jetzt aber nicht mehr lag. Ich zog mein Handy aus meiner Umhängetasche. Ein Blick aufs Display verriet, dass es Nils war. Ich hätte es am Klingelton erkennen müssen, war aber noch nicht ganz da. Das änderte sich im selben Moment.

Sofort war ich hellwach.

»He, Pauline, tut mir leid, dass ich gestern nicht mehr angerufen habe, es hat sich einfach nicht ergeben. Hach, was ist das wieder für ein Wetter, ich steh grad auf dem Deck«, meldete er sich gut gelaunt. Er ahnte nicht, was hier alles passiert war oder wie sehr er mir fehlte. Gerade jetzt, da ich das Gefühl hatte, mir würde die Decke auf den Kopf fallen.

»Es ist schön, deine Stimme zu hören«, sagte ich. Das war es wirklich.

»Wie ist es auf dem Schiff, und wie kommt ihr mit den Verhandlungen voran? Bist du zufrieden?«

Ich hörte im Hintergrund die Wellen rauschen. Ein wenig ungewöhnlich war es schon, Fusionsverhandlungen zweier Banken während einer mehrtägigen Skandinavien-Kreuzfahrt zu tätigen. Aber man gönnte sich ja sonst nichts.

»Um ehrlich zu sein, habe ich jetzt keine Lust, über die Arbeit zu reden, denn das habe ich die letzten Tage andauernd gemacht.«

Konnte ich verstehen. Aber ich musste ihm unbedingt von der Krabbenstube berichten.

»Du glaubst nicht, was die für ein tolles Buffet hier haben. Mit Meeresfrüchten und allem Drum und Dran«, unterbrach er mich.

»Klingt gut. Hör mal, ich …«

»Und kommst du mit der Vorbereitung fürs Probekochen voran?«

»Ich … nein …« Er ließ mich nicht zu Wort kommen. Ich schüttelte lachend den Kopf.

»Vielleicht ist das jetzt unsere Zeit? Wenn es im Von Bergen klappt, sind wir beide auf der Überholspur. Es läuft alles nach Plan, Pauline!«

»Das wäre super«, stimmte ich zu. Aber an das Probekochen dachte ich im Moment gar nicht, Gina und die Krabbenstube waren mir gerade viel wichtiger.

»Aber hör mal, hier ist was passier…«

»Ich wäre unglaublich stolz auf dich. Du bist definitiv gut genug, mach dir also keine Sorgen. Greg und ich wollen nun zum Frühstücksbuffet.« Das war sein Boss. Nils tat alles für ihn. Verstehen konnte ich es ja, die Fusion würde ihn auf der Karriereleiter ein paar Sprossen höher bringen, da wollte ich ihn nicht ablenken. Aber das mit der Krabbenstube war zu wichtig.

»Das Bistro meiner Familie steht vor dem Aus«, brachte ich endlich hervor.

»Oh …«, machte Nils.

»Wegen einer Schmierkritik. Die unberechtigt war!« Da war ich mir sicher, ich wusste ja, wie Gina kochte.

»Na ja, berechtigt – unberechtigt. Deine Cousine kocht bestimmt nicht wie du«, sagte er.

»Sie ist toll, ich hab einiges von ihr gelernt«, betonte ich. »Wir haben damals zusammen die Ausbildung in der Krabbenstube gemacht, ich kenne ihre Küche.«

»Mag sein«, ruderte er zurück. »Ich habe ja noch nichts von ihr gegessen.« Familienfesten blieb Nils kategorisch fern, was mich schon oft gestört hatte. Es war jedoch jetzt nicht das Thema.

»Und jetzt muss ich ihr irgendwie helfen. Das Bistro ist das Herzstück unserer Famil…«

»Ach Pauline, du solltest dich wirklich aufs Probekochen im Von Bergen konzentrieren, das sollte Vorrang vor allem anderen haben«, tadelte er.

»Es geht um den Familienbetrieb«, erinnerte ich ihn. Das war ja wohl keine Kleinigkeit.

»Bist du denn die Einzige in der Familie? Na also. Man muss klare Prioritäten setzen. Jeder von uns hat nur begrenzt viel Zeit, da kommen die wichtigen Dinge zuerst. Und für dich ist es das Von Bergen.«

Hallo? Ich entschied immer noch selbst, was mir gerade wichtig war.

»Das siehst du doch genauso«, entschied er. Dann lenkte er jedoch etwas ein. »Ich meine es ja nicht böse, habe nur dein Bestes im Sinn. Das weißt du doch. Jetzt muss ich aber wirklich!«

»Okay, klar.« Ich hätte dringend ein aufmunterndes Wort gebraucht … aber gut, im Moment waren alle im Stress, sowohl wir hier in Warnemünde als auch Nils und seine Kollegen. Irgendwie war die Stimmung dennoch komisch, so wollte ich mich nicht verabschieden.

»Nils?«

»Was denn noch?«

»Wenn du übermorgen heimkommst, koch ich uns was, ja?«, meinte ich versöhnlich. »Wann genau bist du denn wieder da?«

»Abends.«

Das würde passen für das geplante Superdinner, das mir vorschwebte.

»Ich freu mich auf dich.«

»Ich mich auch«, erwiderte er nun sanfter.

Seufzend steckte ich das Handy wieder weg und wollte nach meiner Cousine sehen. Als ich durch den Flur zu ihrem Zimmer ging, kamen Erinnerungen hoch. Wir hatten früher oft zusammen hier übernachtet, Sterne durch das kleine Kinderteleskop beobachtet oder Gruselgeschichten von Onkel Tobias gehört. Und hier, an der Korridorwand, waren sogar noch unsere Größenmarkierungen mit dazugehörigen Jahreszahlen zu sehen, die Yvonna dort angebracht hatte, nachdem sie uns gemessen hatte. Gina und ich waren fast immer gleich groß gewesen, so war es auch heute noch.

Irgendwann, nachdem sie volljährig geworden war, war Gina in den Rostocker Stadtteil Evershagen in ihre eigene Bude gezogen. »Ich will auf eigenen Beinen stehen. In der Krabbenstube wohnen *und* die Ausbildung in der Stube machen ist mir zu viel Krabbenstube. Man braucht ja auch mal etwas Freiraum«, hatte sie gesagt und ihn in ihrer Eineinhalb-Zimmer-Wohnung gefunden. Dort war es dann ganz schön abgegangen, sie hatte beinahe jedes Wochenende einen Grund zum Feiern gefunden. Oft waren ihre Sommerfreundin Lou, die nun die Strandboutique mit ihrer Oma leitete, und ich mit dabei gewesen.

Wir hatten bis in die Morgenstunden Musik gehört, und wenn Jungs dabei gewesen waren, hatten wir ab und an auch mit ihnen geknutscht.

Ich hielt vor Ginas Zimmertür inne, mit den farbenfrohen Bildern alter Zeiten vor Augen. Nachdem sie die Stube übernommen hatte, war sie in die alten vier Wände zurückgekehrt und lebte nun hier. Ich fand es schön. Dieser Geruch nach Holz. Die rustikale Einrichtung mit Stützbalken an den Decken. Das war was ganz anderes als eine Eineinhalb-Zimmer-Wohnung.

Ich klopfte an ihre Tür. Keine Reaktion. Ich drückte die

Klinke runter, doch es war abgeschlossen. Na schön, sie wollte keinen Besuch zu so früher Stunde, musste wohl ihren Rausch ausschlafen. Ich hätte eine Störung auch nicht zu schätzen gewusst.

Da kam mir eine Idee: Ich würde uns ein gutes Frühstück machen, mit richtig viel Kaffee und frischen Brötchen! Das würde sie schon munter machen, und mich bei der Gelegenheit auch.

6. Kapitel

Als ich losging, war es noch früh und deswegen immer noch dunkel draußen. In der kleinen Bäckerei in der Fjordstraße gab es keine Plunderstücke mehr. Doch ich wollte unbedingt Plunderstücke haben, denn die liebte Gina! Der kleine Zuckerschock würde sicher ihrer Laune und somit Motivation zugutekommen, außerdem wollte ich ihr eine kleine Freude machen.

Also nahm ich nur ein paar Brötchen, klemmte mir die Tüte unter den Arm und machte mich auf den Weg zum Bäcker am Alten Strom, in der Hoffnung, dass es dort das gewünschte Gebäck gab. Und siehe da, zumindest ein Stück lag mit süßen Früchten verziert in der Auslage, und vor mir stand nur ein Mann, der ja sicher nicht ausgerechnet dieses eine Exemplar haben wollte.

Irrtum.

»Das Plunderstück bitte noch«, sagte er in einem warmen Bariton, und die Verkäuferin wollte es schon mit der Zange greifen, als mir ein »Nein!« entwich.

Sowohl die Dame hinter der Theke als auch der Kunde schauten mich verwundert an.

»Entschuldigen Sie«, stammelte ich. »Aber das Plunderstück brauche ich … unbedingt. Es ist ein Notfall, verstehen Sie?«

Der Mann vor mir lächelte sanft, vielleicht auch amüsiert. »Das ist doch bestimmt nicht das einzige hier im Laden.« An die Verkäuferin gewandt fuhr er fort: »Sie haben doch sicher noch welche?«

»Das ist das letzte, tut mir leid«, betonte die Frau, die Zange noch immer griffbereit.

Der Mann lugte unter seiner Wollmütze wieder zu mir, und mir fielen seine funkelnden hellbraunen Augen auf, in denen ein samtener Schimmer und zugleich ein Lächeln lag. Ich hatte noch nie solche Augen gesehen, sie schienen richtig zu leuchten.

»Was ist denn das für ein Notfall?«, wollte er wissen.

»Ich brauche das Stück gar nicht für mich, sondern für meine Cousine, die gerade eine harte Zeit durchmacht. Ich will ihr eine Freude machen, unser Stammbäcker hatte keine mehr, und sie LIEBT diese Dinger, trotz der Zahnschmerzen, die sie machen …«, redete ich drauflos und merkte, dass die Verkäuferin schon leicht genervt war. Zum Glück war der Laden sonst leer. Der Mann aber hörte mir aufmerksam zu, und das Lächeln in seinen Augen schien sogar noch größer zu werden.

»Ich weiß ja selbst, mit Zucker löst man keine Probleme, aber alles wird damit leichter«, endete ich meinen Monolog.

»Das klingt wirklich nach einem Notfall«, stimmte mir der Fremde mit dem liebenswerten Lächeln zu. »Nehmen Sie es ruhig.«

»Wirklich?« Ich konnte es gar nicht glauben. »Sie sind ein Schatz, danke!« Ich wollte ihm vor Glück fast um den Hals fallen. Das wäre vielleicht etwas aufdringlich von mir gewesen, daher ließ ich es, aber ich musste sagen, er roch ziemlich gut.

»Danke!«, wiederholte ich stattdessen.

Er lachte. »Schon gut, es freut mich, dass ich Ihnen damit solch eine Freude machen kann. Dann nehme ich zwei Pfannkuchen«, sagte er zu der Verkäuferin.

Diese tütete ihm seine Bestellung ein, er bezahlte und sah mich noch mal mit diesen faszinierenden Augen an. »Einen schönen Tag noch, ich hoffe, Ihrer Cousine schmeckt das Plunderstück.« Er zwinkerte.

»Das hoffe ich auch. Ihnen auch einen schönen Tag.« Ich hob die Hand.

Er verließ das Geschäft, und ich ergatterte das letzte Stück, bezahlte und ordnete meine zwei Tüten, während ich die Tür irgendwie aufbekam und fast hinausstolperte. Die Wege waren überraschend glatt, musste nachts echt kalt geworden sein.

In jedem Fall schlug ich fast hin, hätte mich nicht der Mann vor mir mit seinem Rücken abgepuffert.

»Entschuldigung«, stammelte ich und war überrascht, als sich der Kerl mit den schönen Augen wieder zu mir umdrehte.

Offenbar war er noch nicht weit gekommen. Was mein Glück war, denn sonst hätte ich wohl den Boden geküsst. Seine Tüte unter den Arm geklemmt, ordnete er gerade was in seiner Brieftasche.

»Ah, so sieht man sich wieder«, sagte er strahlend.

»Oh … Nochmals danke, das war wirklich supernett von Ihnen.«

»Keine Ursache.« Man konnte gar nicht anders, als ihm in die Augen zu sehen.

»Sagen Sie …«, eröffnete er und steckte die Brieftasche weg, »ich bin erst vor kurzem aus Wismar hergezogen und kenne mich in der Gegend nicht so gut aus, wo kann man denn hier gut essen oder unter Leute kommen? Wissen Sie das?«

Ich grinste. »Ich kenne da zufällig ein ganz tolles Bistro unweit von hier.« Warum nicht Werbung machen, wenn es sich so schön anbot.

»Hört sich gut an, wie ist der Name?«

»Pauline Lehmann«, sagte ich und streckte ihm die Hand hin.

»Noah Winckler«, schlug er grinsend ein. »Ich meinte aber eigentlich das Bistro.« Er zwinkerte.

»Oh, ähm, natürlich, es heißt Krabbenstube …« Ich war ja wirklich etwas verpeilt. Diese Augen brachten einen einfach durcheinander! Ich beschrieb ihm den Weg und erwischte mich dabei, wie mich das Funkeln immer noch faszinierte.

»Es ist eine wirklich zauberhafte Gegend mit Geschichte, historischem Flair und alten Häuschen, das Bistro liegt direkt an einem Torbogen, man kann es nicht verfehlen.«

»Klingt interessant, sicher schau ich mal vorbei.«

»Das würde uns sehr freuen! Also … ich bin da derzeit beschäftigt sozusagen.«

Er lächelte, schob dann aber seinen Schal etwas höher. »Vielleicht sieht man sich ja dort. Noch einen schönen Tag, Pauline«, wünschte er mir.

»Ihnen auch!«

Er wandte sich um, warf den Schal über die Schulter und bog in die entgegengesetzte Richtung ab, in die ich musste. Wirklich netter Typ, dachte ich und machte mich auf den Weg zurück.

Langsam wurde es heller am Horizont, der in verschiedenen Rosatönen schimmerte. Auf den Straßen war noch nicht allzu viel los. Mein Blick fiel auf den imposanten Torbogen, den ich gerade erst Noah beschrieben hatte, auf dessen höchstem Punkt eine steinerne Möwe thronte, weswegen er auch Möwenbogen genannt wurde.

Da Trudy und ich gestern von der anderen Seite in den Sanddornweg gekommen waren, war mir der schöne Anblick nicht vergönnt gewesen, wer aber zum ersten Mal den Sanddornweg betrat, der musste ihn durch den Möwenbogen betreten, um seine volle Schönheit erfassen zu können. So hatte ich es auch Noah geschildert. Ich ging hindurch, blickte auf die silberne Plakette auf der Innenwand des Bogens, umrankt von winterhartem Efeu, die dem Ehepaar Sanddorn gewidmet war.

Reginald und Carlotta Sanddorn hatten zu Beginn des letzten Jahrhunderts hier gelebt und die Geschicke der Einkaufsgasse sowie der einzelnen Geschäfte geleitet. Bekannt und später geehrt geworden waren sie allerdings für ihre Wohltätigkeiten und Spendenaktionen sowie Armenspeisungen in ihrem Hotel, dem heutigen Sanddorn Hotel.

Jeder hier im Sanddornweg kannte die Geschichte des Unternehmer-Ehepaars, das für seine Zeit sehr modern und innovativ gewesen war. Sie hatten immer eine helfende Hand gereicht, wenn sie gebraucht worden waren, und dieses Motto nahmen sich die Leute hier auch heute noch zu Herzen.

Ich verließ den Bogen und folgte dem gepflasterten Weg bis zum Eingang der Krabbenstube. Das kräftige Gelb der Außenfassade leuchtete förmlich im Licht der aufgehenden Sonne. Es war einfach zu schön hier, und ich merkte jetzt wieder, wie sehr ich die Gegend vermisst hatte.

Ich ging um das Haus herum, schob die Seitentür auf, die ich nur angelehnt hatte, und lief die Treppe hoch, setzte den Kaffee in der Küche auf und deckte den Esstisch im Wohnzimmer.

Als alles fertig war, klopfte ich noch mal an Ginas Tür. Immer noch keine Reaktion.

»Ich hab Frühstück gemacht, gibt auch ein Plunderstück.«

Keine Antwort.

»Komm doch bitte raus, ich möchte gerne noch mal mit dir reden.« Vielleicht war sie nun zugänglicher. Aber Gina blieb stumm.

Entweder schlief sie noch, oder sie ignorierte mich. Oder es ging ihr nicht gut? Ich machte mir plötzlich Sorgen und klopfte energischer. »Gina? Alles okay?«

»Sei ruhig«, kam es ärgerlich zurück. »Hab Kopfweh.«

Ich atmete dennoch auf. Immerhin war sie ansprechbar.

»Na schön, ich bin dann unten, ja? Du kannst jederzeit dazukommen und uns helfen, wenn du magst.«

Ich hörte sie genervt stöhnen.

»Ich leg dir noch eine Kopfschmerztablette auf den Tisch.«

Ich hatte nämlich immer eine für den Notfall in meiner Umhängetasche.

Jetzt schwieg sie wieder. Ich ließ sie ihren Kater auskurieren. Bestimmt hatte sie einen ordentlichen Brummschädel. Da war ich ziemlich sicher, sie würde die Tablette später zu schätzen wissen.

7. Kapitel

Zwei Schneeflocken huschten vor mir her, als ich das Haus verließ, um das Rollgitter des Bistros hochzuziehen, aber ich stellte überrascht fest, das war schon erledigt. Trudy musste schon da sein. Überpünktlich, wie immer. Jetzt erspähte ich auch ihren Smart, den sie ein Stück weit die Straße rauf geparkt hatte. Ich war ehrlich froh, eine so engagierte Mitstreiterin zur Seite zu haben. Ich beobachtete ein paar Leute, die durch die Gasse schlenderten, hier und da einkauften. Dann wandte ich mich zu der Tür der Stube, an der ein Schild mit den Öffnungszeiten hing.

Dienstag – Sonntag von 12.30 – 22 Uhr geöffnet
Montag Schließtag

Lächelnd betrat ich das Stübchen in der Hoffnung, dass Trudy und ich das alles gebacken kriegen und Gina motivieren würden. Instinktiv erwartete ich, dass mir wie früher der vertraute Geruch von naturbelassenem Holz und Fisch in die Nase steigen würde. Stattdessen roch es etwas nach Farbe, und eine grau gestrichene Wand an der Seite sprang mir ins Auge. Irritiert musterte ich sie. Keine Ahnung, was das zu bedeuten hatte. Doch ich vermisste die alte Ausstattung, die die Krabbenstube zur Krabbenstube gemacht hatte.

Keine Schiffsdekos, kein Fischernetz an der Wand, dafür deplatzierte Poster und kleine Drachenstatuen aus Keramik auf der Theke. Für Ostsee-Touristen war das Bistro immer eine attraktive Anlaufstelle gewesen: den Nachmittag am Strand verbringen, den Abend im Lokal genießen mit Diesel und leckeren Fischsnacks oder würzigen Krabbensalaten, die nach Meer schmeckten. Aber ein Blick in eine der herumliegenden Speisekarten verriet, dass vermutlich nur die wenigsten Urlauber Lust auf Feel Fishy Salad oder Calamari Chaos Soup hatten.

Ein paar Dinge der alten Stube waren jedoch erhalten geblieben. Ich erblickte mit Paneelen verzierte Wände, entzückende kleine Tische mit Salz- und Pfefferstreuern in der Form der beiden kleinen Leuchttürme auf der West- und Ostmole, und eine Theke zu meiner Rechten, die noch aus den Neunzigern stammte. Richtig rustikal und wunderschön, dieses polierte Holz mit seinen intensiven Maserungen. Ein Regal mit verschiedenen Spirituosen erstreckte sich dahinter, bunte Flaschen in verschiedenen Formen wie Sammlerobjekte. Hier hatte immer Yvonna gestanden und Drinks gemixt. Ich sah ihre große Gestalt mit ihrem Lockenschopf direkt vor mir, einen Shaker in den Händen und ein Lächeln im Gesicht, das dem von Gina ähnelte. Dabei fiel mir auf, dass die alte mit der neuen Einrichtung wirklich nicht zusammenpasste, es biss sich regelrecht, und es fehlte, so leid es mir tat, jedes Konzept.

»Komm zu uns rüber, wir sind hier!«, rief Trudy und winkte mich zu einer Sitzecke hinter einem rechtwinkligen Stützbalken aus dunklem Holz, an der auch ein Mann mit südländischem Touch Platz genommen hatte. Eine große Kanne Kaffee und mehrere Tassen standen auf dem sogenannten Nischen-Tisch, der seit jeher unser Familientisch war. Hier hatten schon Yvonna und Tobias immer gesessen, wenn sie sich ausgeruht hatten, hatte man doch einen perfekten Blick auf die beiden Eingänge zur Krabbenstube, ohne selbst zu viel Aufmerksamkeit auf sich zu ziehen, dank der verwinkelten Nische.

Ich ging zu ihnen. »Guten Morgen«, sagte ich motiviert und musterte den Mann neugierig. Er fuhr sich mit der Hand nachdenklich über sein Kinn und blickte mich nicht weniger neugierig an.

»Super, dass du da bist, Paulinchen. Wie geht es Gina?«

»Unverändert, leider. Sie scheint den Tag im Bett verbringen zu wollen.«

Trudys Mundwinkel senkten sich. Aber dann wedelte sie mit ihrem in Rüschen gekleideten Arm in Richtung ihres Sitznachbarn.

»Dann sind wir ja im Prinzip vollzählig. Darf ich vorstellen: unsere Aushilfe Marco Rigetti.« Klang italienisch. »Er studiert eigentlich Elektrotechnik, aber jobbt hier an der Theke und hilft in der Küche mit.«

»Ich bin das Mädchen für alles«, meinte er nüchtern.

»Und das ist meine Nichte Pauline, die Gina vertreten wird.«

»Und Gina kommt nicht?«, fragte Marco, der seine dunklen kurzen Haare mit beiden Händen zurückstrich, die Ärmel hochgekrempelt.

»Ich hoffe, sie überlegt es sich noch und kreuzt gleich hier auf«, meinte ich. Nach dem ordentlichen Frühstück und dem Kopfschmerzmittel sollte sie schnell wieder bei Kräften sein.

Er nickte, wirkte aber unzufrieden und musterte mich erneut skeptisch.

»Linchen hat vorher im Emilios in Graal-Müritz gekocht und es in der Urlaubszeit des Chefs sogar geleitet«, sah sich Trudy bemüßigt zu erklären. Ich fühlte mich jedoch auch etwas komisch, so, als würde ich Ginas Platz einnehmen wollen, was definitiv nicht der Fall war.

»Unser Ziel ist es, die Krabbenstube auf Vordermann zu bringen und am Laufen zu halten. Bis sich alles wegen der Kritik etwas beruhigt hat.«

So eine Kritik verlor mit der Zeit auch ihren Schrecken. Vor allem aber musste das alte Interieur zurück. Ich hoffte, Gina hatte es nicht weggeworfen.

»Schön und gut, aber du hast doch sicher noch was anderes zu tun, als hier den Chef zu geben, oder?«, fragte Marco skeptisch.

»Ich habe zwei Wochen Zeit, bis ich ein Vorstellungskochen habe. Die Zeit werde ich hier nutzen.«

»Und bis dahin soll das Bistro wieder laufen? Ambitioniert.«

»Es genügt ja, wenn wir erst mal wieder einen Grundstamm an Gästen zurückgewinnen.« Als erwartete ich irgendwelche Wunder, wir mussten im Moment einen Schritt nach dem anderen machen. »Wir bringen hier alles so gut voran, wie wir können, bis Gina den Laden dann wieder übernimmt und weiterführt.«

Ich wollte nicht daran denken, was geschah, wenn sie es nicht tat und ich erst einen neuen Job hatte. Ich hatte sogar schon darüber nachgedacht, Tante Yvonna und Onkel Tobias vorzuschlagen, notfalls einen Geschäftsführer einzustellen. Aber nein, hier konnte es nur eine Chefin geben, das war Gina. Ich wollte alles tun, damit sie zurückkam.

»Als Erstes werden wir alle Neonschilder, Poster und unpassenden Dekos austauschen und die alten Speisekarten wieder einführen. Ginas neues Konzept war gut gemeint, ging aber leider nicht auf und hat uns zusammen mit der Kritik Gäste gekostet.«

Marco trommelte genervt mit den Fingern auf dem Tisch. »Sie hat aus der Stube ein In-Lokal machen wollen und sich dafür richtig ins Zeug gelegt. Schau dir das Coco Cabana an der Seepromenade an. Das war ihr Vorbild. Die sind immer voll.«

»Das ist doch aber eine Cocktailbar. Wir sind ein Fischbistro, alteingesessen, bei uns erwarten die Gäste traditionelle Hausmannskost.«

Marco schnaubte, als wäre er nicht meiner Meinung.

»Wir stellen also den alten Zustand wieder her, ohne Gina …«, meinte Marco verärgert.

»Wir wünschten auch, sie wäre hier«, meinte Trudy.

Marco schob seinen Stuhl zurück. »Ich rühre keinen Finger, bevor ich nicht mit ihr geredet habe«, entschied er und steuerte auf die Hintertür des Bistros zu, die ins Treppenhaus und somit direkt zur Wohnetage führte.

»Vielleicht kann er was ausrichten«, murmelte Trudy. »Er war gestern auch mit dabei, als Gina das Handtuch geworfen hat, und wurde genau wie ich vor die Tür gesetzt.«

»Sind die beiden zusammen oder so? Er scheint sich ja sehr um sie zu sorgen.«

»Nicht, dass ich wüsste, Linchen. Aber wenn du mich fragst, ich glaube, er mag sie schon ziemlich gerne.« Sie zwinkerte.

Ich bemerkte wieder die grau gestrichene Wand, nickte zu dieser rüber.

»Was hat es eigentlich damit auf sich?«, wollte ich wissen.

»Oh, Gina wollte einen Graffiti-Künstler engagieren, der sich dort richtig austoben sollte. Sie hat da schon die Grundierung aufgetragen.«

O Mann! Zum Glück war es noch nicht dazu gekommen.

Marco kam mit grimmigem Gesichtsausdruck und ohne Gina zurück. »Ich hab's versucht«, sagte er. »Aber sie will nie mehr kochen.«

Wir waren alle gleichermaßen bedrückt. Dass Gina so beharrlich blieb, bedeutete wohl, dass es ihr wirklich ernst war. Somit waren wir auf uns gestellt, und der Betrieb musste weitergehen, Gina hatte uns das Bistro anvertraut, und wir würden alles versuchen, den Laden wieder in Schuss zu bringen. Bis sie bereit war, das Steuer selbst wieder in die Hand zu nehmen. Oder eine andere Lösung hermusste, denn ich konnte nur aushelfen, bis ich wieder einen Job hatte. Und das war vielleicht schon bald. Also mussten wir die Stube in zwei Wochen zumindest so weit zum Laufen bringen, dass Gina oder notfalls auch Tante Trudy die Leitung übernehmen konnten, und wenn es meine Zeit erlaubte, würde ich ab und an aushelfen. Ich hoffte, dass Gina zur Vernunft kam, bevor mein Bewerbungsessen stattfand, sodass ich mich guten Gewissens wieder meinem Leben in Graal-Müritz zuwenden konnte. Aber jetzt würde ich hier erst mal Power geben.

»Also, wie geht es jetzt weiter?«, fragte Marco und sah mich unverwandt an. Ich hatte das Gefühl, dass er mir immer noch übelnahm, dass ich einfach so hier eindrang. Aber da musste er nun durch.

Ich klatschte in die Hände und verteilte Aufgaben. Trudy und Marco sollten die Dekos entfernen und die flippigen Speisekarten einsammeln, während ich im Keller nachsah, was vom alten Ambiente noch übrig war.

Zu meiner Erleichterung fand ich hier so einiges, von den alten Speisekarten bis zum Deko-Fischernetz. Ich schleppte alles hoch, und wir gestalteten das Bistro wieder um. Bis zum Mittag waren wir damit gut beschäftigt, in der Zeit kam leider kein Gast. Aber immerhin erkannte man nach und nach die Krabbenstube wieder.

Nur was wir mit der grauen Wand machen sollten, war mir noch nicht ganz klar. Gina hatte dort auch Paneele abgenommen.

»Ich verschaffe mir mal einen Überblick im Büro, danach sehe ich, was wir noch verbessern können«, sagte ich und nickte rüber zu der kleinen Seitentür hinter der Theke. »Buchführung und Organisation.«

»Ich halte die Stellung, falls Gäste kommen«, erklärte Trudy und begab sich hinter die Theke.

Dieses »falls Gäste kommen« klang bereits deprimierend, denn in einem Lokal sollte das ja die Regel sein.

»Seht mal! Diesen schönen grünen Kristall habe ich heute extra von zu Hause mitgebracht, er soll für Reichtum und

Wohlstand sorgen. Ich bin mir sicher, das klappt … früher oder später.« Sie deutete auf einen schönen faustgroßen Dekokristall, den sie neben der Kasse platziert hatte. Nicht ganz mein Geschmack, aber besser als Keramikdrachen von Gina.

Ich nickte Trudy zu, drückte beide Daumen in ihre Richtung.

Wollten wir mal hoffen, dass das funktionierte.

Ich verschwand in dem winzigen Raum mit einem ebenso winzigen Fenster, das einen Blick auf die angrenzende Fjordstraße erlaubte. Direkt gegenüber erspähte ich viele kleine Geschäfte, ähnlich wie im Sanddornweg. Eines davon stand leer. Es war mir vorhin, als ich im Gastraum mit dem großen Schaufenster gewesen war, nicht weiter aufgefallen, weil mein Augenmerk auf Ginas Modernisierungsmaßnahmen gelegen hatte. Nun war aber klar: So sollte die Krabbenstube gewiss nicht enden.

Da ich mich ein bisschen wie ein Eindringling fühlte, klingelte ich noch mal bei meiner Cousine auf dem Handy durch, um sie zu bitten, uns zu helfen, doch es ging nur ihre Mobilbox ran. »Hier ist Gina Haas, Bistro Krabbenstube, bitte hinterlassen Sie eine Nachricht …«

»Hey, Gina, ich bin's … ich bin grad in euerm Büro … würde mich wirklich freuen, wenn du zu uns runter ins Bistro kommst …«, murmelte ich etwas durcheinander auf ihre Mailbox. Seufzend steckte ich das Smartphone in meine Hosentasche zurück. Da ich den praktischen Teil meiner dualen Ausbildung zur Köchin hier absolviert hatte, kannte ich mich mit dem System, das Onkel Tobias und Tante Yvonna verwendet hatten, aus. So kam ich sehr schnell wieder in alles rein.

Ich schaute mir alle Dokumente über die Buchführung im Computer an. Vor zwei Monaten hatte Gina das Bistro als Inhaberin offiziell übernommen, die ersten zwei Wochen ließ sich kein Unterschied in den Zahlen zu der Zeit davor erkennen, aber dann gab es einen heftigen Einbruch auf der Einnahmenseite, dieser gegenüber standen Ausgaben, die die Einnahmen klar überschritten. Der Trend ging dabei nach oben. Hier musste die Modernisierungsaktion stattgefunden haben, und etwas später gab es einen zweiten Einbruch, wo der Artikel erschienen war. Recht zügig hatte dieser seine Wirkung gezeigt.

Noch war das nur ein Ärgernis, doch es war abzusehen: Wenn das so blieb, drohte der Krabbenstube früher oder später die Insolvenz. Dessen war sich offenbar auch Gina bewusst. Die Tiefkühlwaren und Getränkelieferungen inklusive Spirituosen bekam sie vom Großhändler, frischen Fisch von der Nawrath Fischerei. Es handelte sich in beiden Fällen um zertifizierte Ware aus nachhaltigem Fang oder Fischzuchten und Aquakulturen. Beide Lieferungen hatte sie um die Hälfte gekürzt. Was ich als vernünftig ansah.

Anders sah es mit Nebenkosten aus, die mussten weiter in voller Höhe beglichen werden. Aber gut, das Bistro besaß ein gewisses finanzielles Polster aus erfolgreicheren Tagen.

Mir fiel die Diskrepanz zwischen der Menge bestellter Waren und dem zu erwartenden geringen Verbrauch auf, da musste sich, trotz der Kürzungen, einiges im Lager angesammelt haben. Auch darüber wollte ich mir einen Überblick verschaffen.

Ich verließ das Büro und begab mich durch die Stube in die Küche, während Marco hinter dem Tresen Gläser polierte.

Wieder warf er mir einen ablehnenden Blick zu. Es war wohl offensichtlich, dass er lieber Gina hier hätte, und das konnte ich auch verstehen. Uns allen wäre das lieber. Aber im Augenblick war Gina nicht einsatzbereit, ich würde also mein Bestes geben, sie zu vertreten.

8. Kapitel

In der Küche angekommen, erfüllte mich ein Gefühl von Nostalgie. Von der Decke hingen Töpfe mit Basilikum und anderen Kräutern, die beiden Herde, die sich gegenüberstanden, plus ein dritter Ersatzherd weckten Erinnerungen an erste Kochversuche und die Ausbildung. Neben zahlreichen Rezepten, zum Teil handschriftlich verfasst, hing auch die alte Postkarte mit der Aufschrift *Ich koche nicht nur mit Wasser – ich koche mit Leidenschaft* an einer Pinnwand. Genau wie früher.

Ich grinste unwillkürlich und wollte in den kleinen Lagerraum gehen, als Trudy die Klappe der Durchreiche hochschob.

»Einmal den Lachs-Rührei-Lunch.«

Wir hatten also einen Gast! Ob das Noah war, den ich ja vorhin erst zu uns eingeladen hatte? Ich linste neugierig, ob meine Werbemaßnahme bei ihm gefruchtet hatte, an Trudy vorbei durch die Durchreiche, entdeckte aber nur einen mir unbekannten Mann an einem der Tische. Ansonsten war der Raum leer. Kein Noah. Auch gut!

»Siehst du, der Kristall entfaltet schon seine Kraft, wir müssen ihm nur etwas Zeit geben.«

Ich grinste. »Der Lunch kommt sofort.«

Aus dem Spind nahm ich mir ein Haarnetz und eine Schürze und wusch mir ordentlich die Hände. Danach griff ich nach einer Pfanne von der Wand, rührte Eier in Milch in einer Schüssel an und gab noch klein gehackte Petersilie hinzu. Die Mischung brutzelte ich an und schnappte mir zugleich zwei Scheiben Schwarzbrot und Lachsaufschnitt aus dem Lager. Zum Glück herrschte noch dasselbe Ordnungssystem der Lebensmittel wie früher.

Der Geruch der Ei-Milch-Mischung waberte durch die Küche, ließ mich an Ginas und meine erste Bestellung denken, die wir hier bekommen hatten, eben das Lachs-Rührei-Gericht. Ein wirklich einfaches Gericht, das man aber schön anrichten konnte. Und wie stolz wir damals gewesen waren, dass es den Gästen geschmeckt hatte. Die beiden Scheiben Schwarzbrot bekamen einen zarten Butteraufstrich, während ich das Ei immer wieder umrührte.

Ja, es waren keine Jakobsmuscheln in Zitronenbutter mit Linguini wie im Emilios. Aber es machte dennoch Spaß, endlich wieder in einer Restaurantküche zu stehen. Ich achtete darauf, dass das Rührei genau die richtige Konsistenz erhielt, es sollte nicht zu flüssig, aber auch nicht zu fest sein. Vorsichtig gab ich es auf das Brot und garnierte dieses mit dem herrlich aromatischen Räucherlachs. Dabei ließ ich es mir nicht nehmen, den Fischaufschnitt etwas in Form zu bringen, indem ich ihn vorsichtig einrollte. So hatten wir es bei Emilios immer gemacht. Das Auge aß schließlich mit.

Noch etwas Meerrettich an den Rand des Tellers, ein hübscher kleiner Stern der würzigen Paste.

Zufrieden öffnete ich die Durchreiche, schob den Teller raus und drückte auf den Knopf der kleinen Tischklingel, um Trudy ein Signal zu geben.

»Sieht toll aus«, sagte sie, schnappte sich den Teller und brachte ihn zum Gast. Ich wandte mich wieder dem Lagerraum zu, der aus zwei gegenüberliegenden Reihen aus Kühl- und Tiefkühlgeräten und dem Gang dazwischen bestand. Jetzt hatte ich Zeit, mich näher umzusehen.

Ich öffnete die Truhen nacheinander, warf einen Blick hinein und entdeckte Tiefkühlfisch aller Art, vom Backfisch bis zur schillernden Forelle. Ich fing an, die Zutaten neu zu ordnen, dass die mit dem frühsten Verfallsdatum in der Truhe ganz vorne lagen, um einen besseren Überblick zu bekommen. Die vordere Truhe füllte sich leider mit rasender Geschwindigkeit mit all den kleinen Schätzen, die zuerst verbraucht werden mussten. Möglichst zügig und möglichst ökonomisch, bevor es in der Tonne landete. Ich hoffte, dass wir einen Großteil der Ware würden nutzen können, aber ohne Gäste keine Bestellungen. Da musste ich mir vielleicht was anderes einfallen lassen.

»Pauline?«, rief es von der Durchreiche. Ich verließ das Lager, betrat die Küche und sah Trudys Kopf durch die Öffnung hereinlugen sowie ihren ausgestreckten Arm mit erhobenem Daumen. »Dem Gast hat's super geschmeckt!«, verkündete sie strahlend.

Ich lachte. »Freut mich!«

»Der kommt bestimmt wieder und erzählt es anderen«, war Trudy überzeugt.

»Aber jetzt ist der Laden leer?«

Sie nickte bedrückt.

Im Laufe des Tages suchten uns immerhin noch vier weitere Gäste auf. Allerdings waren drei davon Nachbarn aus dem Sanddornweg gewesen.

»Mit den paar Bestellungen am Tag überlebt kein Lokal«, sagte Marco am Abend, als wir beisammensaßen und Bilanz zogen. Auch ich war etwas desillusioniert. Leider zeichnete sich ab, dass die Krabbenstube auch heute Abend leer bleiben würde. Und noch immer kein Wort von Gina. Aber das war vielleicht auch gut, wenn sie das sah, würde es sie nur noch trauriger stimmen.

Ich beobachtete von unserem Tisch aus immer wieder Leute durch das vordere Schaufenster, die vor der Stube hielten, überlegten, ob sie eintreten sollten, und dann ihre Handys checkten, ehe sie es sich anders überlegten. Die lasen die Kritik, ging es mir auf. Ein komisches Bauchgefühl überkam mich, und ich griff nach meinem Handy, um es zu überprüfen. Und Google spuckte mir eine Reihe von Ergebnissen für die Suchbegriffe ›Krabbenstube‹ und ›Kritik‹ aus. Überall war die Lantz-Kritik inzwischen zu finden, nicht nur beim *Tagesblatt.* Sie schien omnipräsent, aber wen wunderte das im digitalen Zeitalter? Ich war dennoch verärgert, denn das nahm langsam geschäftsschädigende Züge an.

»Wir müssen Lantz dazu bringen, uns noch mal zu besuchen und eine neue Kritik zu verfassen.« Feuer mit Feuer bekämpfen. Der Kerl hatte eine Reichweite, die man nicht unterschätzen durfte. Aber diese konnte man auch nutzen, um die Krabbenstube wieder in ein besseres Licht zu rücken.

»Vielleicht hatte die Küche einen schlechten Tag, als er kam. Wenn er uns noch mal besucht, wird er sehen, dass die Stube ihren Zenit längst nicht überschritten hat, wie er es so schön formuliert hat.«

»Gina hat die Krabbenstube gut geführt. Das Essen war immer tadellos. Wir sind nun mal nicht das Von Bergen, das muss ein Mann wie Lantz berücksichtigen«, hielt Marco ein leidenschaftliches Plädoyer. »Wir bieten eine andere Küche. Das weiß Lantz auch! Wie kannst du nur sagen, die Küche hätte einen schlechten Tag gehabt. Vor diesem Verriss war Gina der fröhlichste Mensch, den ich kenne. Immer hatte sie gute Laune und Spaß an der Sache, sie war und ist 'ne verdammt gute Köchin!« Marco war wütend aufgesprungen.

Ich war überrascht, wie sehr der Vorfall ihm offenbar gegen den Strich ging, man konnte fast meinen, die Stube wäre sein Zuhause. Direkt anrührend, wie er Ginas Kochkünste mit Zähnen und Klauen verteidigte. Und er hatte ja auch recht. Ich hatte viel von ihr gelernt, sie war diejenige gewesen, die meine Leidenschaft geweckt hatte.

»Ich bin ganz deiner Meinung, ich nehme es zurück, der Fehler liegt nicht bei Gina«, redete ich beruhigend auf Marco ein. »Sie gibt immer ihr Bestes, das weiß ich.«

Er setzte sich wieder hin und nickte energisch. »Diese Kritik hat Gina zerstört, versteht ihr? Das hat sie nicht verdient.«

»Ich weiß, und deswegen werde ich das wieder geradebiegen und mich für Gina einsetzen.« Ich konnte nicht zusehen, wie meine Cousine sich selbst fertigmachte und ihren lang gehegten Traum aufgab.

Marcos finsterer Blick wurde etwas weicher, es schien mir, als begegnete er mir nun mit weniger Ablehnung.

»Trotzdem müssen wir was tun, wenn die Stube wieder gedeihen soll. Ich lade daher Lantz noch mal zu uns ein. Und sollte er kommen, überlassen wir nichts dem Zufall«, setzte ich erneut an, meinen Plan zu erklären.

»Aber Lantz wird doch bestimmt nicht nach so kurzer Zeit seine eigene Kritik durch eine neue ersetzen«, gab Trudy zu bedenken.

»Man kommt außerdem an ihn nur schwer ran, Gina hat es telefonisch versucht, aber kam nicht durch. Das *Rostocker Tagesblatt* hat sie abgewimmelt«, erklärte Marco und tigerte durch die Stube.

Was blieb uns denn sonst? Mein Blick glitt durch den leeren Gastraum. Wo früher Leute gesessen, gefeiert und gelacht hatten, herrschte gähnende Leere. So konnte es nicht weitergehen.

»Ich werde zur Redaktion fahren, noch heute«, entschied ich. »Sollen die mal versuchen, mich abzuwimmeln. Da beißen sie bei mir auf Granit.«

Marco blieb an unserem Tisch stehen und nickte mir zu.

»Dann fahre ich dich«, sagte Trudy. »Ich denke, angesichts der Lage können wir heute früher schließen.«

»Alles klar, aber ich sehe auch noch mal kurz nach Gina. Geht schnell«, versprach ich und düste nach oben, denn ich wollte einen Eindruck haben, wie es ihr inzwischen ging. Sie guckte fern, schien nüchtern und sah schon viel frischer aus, was mich erleichterte. Aber es war sicher besser, wenn ich noch eine Nacht bei ihr blieb.

»Ich fühle dem Herrn Lantz jetzt auf den Zahn«, verkündete ich.

Gina sah auf, hob skeptisch eine Braue. »Na, da kann man wohl nur viel Glück wünschen.«

»Ich werde ihm schon die Leviten lesen, danach hole ich ein paar Sachen von zu Hause und komme wieder her, um dir alles zu berichten.« Ich würde Gina auch heute Abend nicht allein lassen.

»Tu dir keinen Zwang an«, meinte Gina gleichgültig.

9. Kapitel

Die Redaktion des *Rostocker Tagesblatts* befand sich in einem modernen Gebäude in Rostock Mitte, das alle anderen ein paar Stockwerke überragte und mit gläserner Außenfassade imponierte. Es war hip, es war schillernd, und es hatte Security vor dem Eingang. War also eine wichtige Adresse!

Trudy stellte ihren Smart direkt davor ab, allerdings in zweiter Reihe, denn die Straßen waren hier vollgestopft ohne Ende.

»Ich beeile mich«, versprach ich ihr und stieg aus.

»Ich fürchte, ich kann hier nicht stehen bleiben«, sagte Trudy durchs runtergelassene Fenster. Hinter ihr hupte schon jemand. »Ruf mich an, wenn ich dich wieder aufgabeln soll.« Trudy deutete mit Daumen und kleinem Finger einen Telefonhörer an. »Ich dreh solange ein paar Runden.«

»Klar, mach ich.«

»Dann viel Glück, wasch dem Kerl den Kopf. Und glaub an die Kraft der Kristalle!« Sie deutete zu den beiden Rosenquarzen, die an ihrem Rückspiegel hingen.

Ich hob schmunzelnd den Daumen, und Trudy brauste davon.

Zu meinem Glück machte die Redaktion spät Feierabend. Klar, Reporter schliefen nie, und Redaktionsschluss war erst spät. Ich kam problemlos an den Security-Männern vorbei, betrat eine Lobby wie aus einem US-Film durch die Automatiktür.

Gerahmte bedeutsame Artikel hingen an den Wänden. Und in einer Vitrine erspähte ich Preise, die das *Rostocker Tagesblatt* im Laufe seiner Geschichte wohl erhalten hatte. Man konnte sich kaum entscheiden, was beeindruckender war: diese Halle, der piekfeine Boden oder die Auszeichnungen.

Ich ging zum Empfang rüber, wo mir eine Frau entgegenlächelte, die so etwas wie eine Uniform trug. Es sah jedenfalls ziemlich offiziell aus.

»Kann ich Ihnen helfen?«, fragte sie überaus freundlich.

»Ich würde gerne mit Herrn Lantz sprechen.«

»Sicher. Haben Sie einen Termin?«, fragte die Empfangsdame.

»Nein, aber es ist sehr wichtig.«

Sie warf mir einen Blick zu, der sagte: Das ist es immer.

»Herr Lantz hat, wie alle unsere Mitarbeiter, einen eng gestrickten Zeitplan.«

Das hatte ich erwartet. Aber ich würde mich nicht abwimmeln lassen, ein paar Minuten konnte er sicher für mein Anliegen erübrigen.

»Ich könnte Ihnen einen Termin übernächste Woche anbieten …«

»Hören Sie, es geht hier wirklich um eine Existenz. Sehen Sie bitte nach, ob ich nicht jetzt zu ihm kann.«

Wieder dieser Blick mit genau derselben Aussage. In dem Moment verließ ein properer Mann im Anzug den Lift hinter dem Empfang und marschierte stolzen Hauptes an mir vorbei. Er kam mir vage bekannt vor mit seinem dunklen Haarkranz und die Nase ein wenig zu hoch, doch das Licht ging mir erst so richtig auf, als ich den Blick der Empfangsdame bemerkte, den man fast ehrfürchtig nennen musste.

Das musste Lantz sein! Und wenn er es nicht war? Egal, was hatte ich zu verlieren? Ich hechtete der großen Gestalt durch die Lobby nach.

»Herr Lantz?«, rief ich, und er blieb tatsächlich stehen. Schon war ich zu ihm aufgeschlossen.

»Pauline Lehmann«, stellte ich mich vor, hielt ihm erfolglos die Hand hin, merkte, wie er mich argwöhnisch musterte.

Nun, da ich sein Gesicht aus der Nähe sah, erkannte ich ihn von dem Foto unter seinem Artikel wieder.

»Ich bin auf dem Weg zu einem Testessen, Sie haben zwei Minuten«, erklärte er mit überraschend schriller Stimme, die nicht zu seiner Statur passen wollte.

»Journalistin auf Jobsuche?«, mutmaßte er.

»Gastwirtin«, erklärte ich der Einfachheit halber, während wir das Gebäude durch die Automatiktür verließen.

Lantz rollte mit den Augen und musterte mehr zufällig meine schlabberige Hose. Mist, an die hatte ich gar nicht mehr gedacht. Er sagte zumindest nichts dazu. Inzwischen standen wir auf der Straße, genervt sah er auf seine Armbanduhr, während er, wie ich vermutete, auf sein Taxi wartete.

»Was kann ich also für Sie tun?«, fragte er mit derselben hohen Stimme.

»Ich bin wegen der Krabbenstube hier, über die Sie eine Kritik verfasst haben.«

Er runzelte die Stirn, als würde er sich nicht erinnern.

»Richtig, das Fischbistro im Sanddornweg«, sagte er dann, ohne mich anzusehen, den dunklen Blick ungeduldig auf die Straße gerichtet. »Sie sind also mit meinem Urteil nicht einverstanden?«, fragte er und klang dabei routiniert, fast schon gelangweilt.

»Ich möchte Ihnen versichern, dass die Krabbenstube ihren Besuchern nur frische Gerichte mit Zutaten bester Qualität anbietet.«

»Soso.«

»Wenn Sie uns noch mal besuchen würden, würden Sie sehen, dass …«

»Ich verstehe Ihr Anliegen, nur beurteile ich ein Restaurant niemals zwei Mal hintereinander, wenn nicht ein Jahr Abstand dazwischenliegt. Mir ist klar, dass eine Küche sich mit genügend Zeit weiterentwickelt. Im Fall der Krabbenstube war es leider zum Schlechteren. Aber ich bin es meinen Lesern und den Gästen schuldig, ein ehrliches Urteil zu fällen.«

»Das verstehe ich ja auch alles, nur verliert die Krabbenstube bereits an Kunden. Wenn Sie uns noch eine Chance geben würden, könnten wir beweisen, dass …«

»Ich schätze Ihr Engagement, Frau Lehmann, das tue ich wirklich, allerdings halte ich mich an gewisse Regeln. Sie können sich ja vorstellen, dass sonst jeder Restaurantbesitzer mit einer herzerweichenden Geschichte daherkäme und um ein neues Urteil bitten würde. So funktioniert das aber nicht. Ich sehe mich als Anwalt der Gäste, nicht der Lokalbetreiber.«

Dann hielt ein Taxi in zweiter Reihe, in das er direkt einstieg. Kräftig knallte er die Tür zu, während ich nach meinem Handy in meiner Umhängetasche angelte, um Trudy anzurufen. Das hatte ja wirklich super geklappt mit Herrn Lantz.

»Sehen Sie die Kritik doch als Ansporn, sich zu verbessern«, erklärte er plötzlich noch, während er das Fenster öffnete und zu mir sah. »In einem Jahr besuche ich Sie gerne noch mal.«

»Bis dahin ist es aber womöglich zu spät«, sagte ich frustriert und wandte mich um, rief Trudy an, damit sie mich hier abholte. Er brauste davon, und ich hatte nichts erreicht.

Als Trudy mich wenig später in ihrem Smart nach Graal-Müritz zurückfuhr, war ich immer noch enttäuscht von der Begegnung mit Lantz. Ich hatte mich abwimmeln lassen, das ärgerte mich am meisten. Außerdem wollte ich endlich aus diesen Klamotten raus und heiß duschen! Anschließend würde ich mit etwas Gepäck in meinem Kleinwagen zu Gina zurückfahren, um mich um sie zu kümmern.

»Du hast es versucht«, tröstete mich Trudy, aber wem nutzte das was? Lantz war stur geblieben, die Kritik würde uns weiter schädigen.

»Ich hab es dir ja gesagt, solche Typen wie Lantz sind

machthungrig. Je mehr Schaden sie zufügen, desto größer fühlen die sich.«

Sie streichelte meine Schulter, ihr Smart wankte leicht. Inzwischen kurvten wir durch die Rostocker Heide.

»Wir finden einen anderen Weg.«

Sie hatte recht. Aufgeben war keine Option. Uns würde schon etwas einfallen.

10. Kapitel

Nach einer herrlichen Dusche klingelte das Festnetztelefon, und Marco war am Apparat. Offenbar war er bei Gina, denn ihre Nummer war mir auf dem Display angezeigt worden.

»Hey, wie geht's ihr, ich packe gleich ein paar Sachen und komme rüber …«

»Nicht nötig. Ich bleibe bei ihr.«

»Oh … okay …«

Trudys Verdacht stimmte wohl wirklich, dass er Gina sehr gernhatte.

»Kann ich mal mit ihr reden?« Auch wenn ich nicht besonders erfolgreich gewesen war, hatte ich doch versprochen, ihr von Lantz zu erzählen.

»Sie schläft jetzt«, sagte er und klang gereizt.

»Alles in Ordnung?«

Marco seufzte. »Mehr oder weniger. Sie bleibt bei ihrem Entschluss und überlegt nun, auf Reisen zu gehen.«

»Das ist nicht gerade ein guter Zeitpunkt, aber vielleicht braucht sie jetzt genau das?«, überlegte ich.

»Drei Monate Kanada?«

Okay … das war nicht, womit ich gerechnet hatte.

»Bei Lantz lief es auch eher bescheiden«, gestand ich.

»Du hast es versucht«, meinte Marco und benutzte, ohne es zu wissen, genau Trudys Worte. »Ich muss jetzt noch was für eine Seminararbeit lesen. Wir sehen uns morgen«, verabschiedete er sich recht zügig.

»Na schön, bis dann, und grüß Gi…«

Er hatte schon aufgelegt. Und ich wurde das Gefühl nicht los, sie wollten mich nicht dort haben …

Trotzdem lag ich die ganze Nacht wach und machte mir, nach dem Misserfolg bei Lantz, Gedanken, wie man die Krabbenstube retten konnte.

Heutzutage war es wichtig, online sichtbar zu sein. Hier hatte, wie eine kurze Internetrecherche ergab, die Krabbenstube noch viel nachzuholen. Sie war zwar auf einigen Restauranttipp-Seiten vertreten, hatte aber keine eigenen Social-Media-Accounts. Ich legte diese an, um unsere Reichweite zu erhöhen. Irgendwann ging ich dann doch zu Bett.

Gegen sieben klingelte mein Wecker. War nicht so, als hätte der sich anstrengen müssen, mich wach zu kriegen. Ich hatte im Prinzip kein Auge zugemacht, nur vor mich hin gedöst und die ganze Zeit nach einer Idee gesucht, die Krabbenstube sichtbarer zu machen. Ich duschte, trank einen Kaffee und warf einen Blick aufs Handy und auf den AB, aber Nils hatte nicht angerufen. Ich war enttäuscht, versuchte aber, es zu verdrängen. Bald war er ja wieder hier.

Danach machte ich mich in meinem Kleinwagen an der Küste entlang auf den Weg nach Rostock, um gegen elf dort zu sein und Vorbereitungen für die Öffnung zu treffen. Ich schaute durch das Beifahrerfenster aufs Wasser hinaus, beobachtete, wie die Wellen verspielt anrollten, und bewunderte zugleich die scheinbar endlose Weite.

Mein Weg führte mich durch die Rostocker Heide und irgendwann durch den Rostocker Ortsteil Hohe Düne. Am Straßenrand erspähte ich einen noch geschlossenen Foodtruck.

Fischbrötchen aller Art, stand dort in dicken Lettern. Irgendein cleverer Verkäufer hatte die gute Lage vor der Küste für sich ausgenutzt. Was Leckeres für unterwegs brachte man hier, an der See, ja auch immer irgendwie an die Leute.

Und plötzlich kam mir die Idee! Sie war so einfach und naheliegend. Ich rief Gina über die Freisprechanlage an, weil ich so aufgeregt war und die Idee gleich unserer Chefin mitteilen wollte, aber die ging nicht ran. Genauso wenig Marco, falls er noch dort war. Gestern bei der Suche nach den alten Dekorationen im Keller hatte ich einen alten Verkaufsstand auf zwei Rädern entdeckt, in dem Yvonna und Tobias früher Kostproben, Fischbrötchen und warme Suppen im Winter ausgeschenkt hatten.

Wenn wir den wieder aufmotzten, könnten wir die Leute, die nicht reinkommen wollten, mit unseren Köstlichkeiten eben direkt von der Straße anlocken, wenn das Angebot reizvoll war. Das sollte unter die aktuelle Straßennutzungsordnung fallen, Tische standen ja auch draußen.

Passend zur kalten Jahreszeit und unseren Vorräten, die sich häuften, würden Fischeintöpfe weggehen wie warme Semmeln! Dann könnten wir alles aufbrauchen, bevor es verfiel, was einer Win-win-Situation gleichkäme. Und zugleich wäre es ein super Aushängeschild für die Stube. Ich war mir sicher, die Idee würde funktionieren.

11. Kapitel

Immerhin, Gina hatte mir geöffnet, und sie war nüchtern. Ich sah das als gutes Zeichen. Außerdem sah sie frischer aus. Zwar war sie immer noch nicht wie die alte fröhliche Gina, aber auch nicht mehr ganz wie das Häufchen Elend von neulich.

Wir setzten uns ins Wohnzimmer, wo eine zusammengeknüllte Decke auf der Couch lag. Die gehörte wohl Marco, der hier genächtigt hatte, um für sie da zu sein. Ich fand das ehrlich nett von ihm. Nun war er aber nicht mehr in der Wohnetage, und wir waren allein.

»Einen Fischeintopf-Stand?«, fragte sie, als würde sie ihren Ohren nicht trauen, und setzte sich in den Sessel, ich nahm auf der Couch in der Wohnstube über dem Bistro Platz.

»Was sagst du dazu? Gibst du dein Okay?«, fragte ich aufgeregt. »Bestimmt erinnerst du dich, dass deine Eltern früher im Winter auch Suppen verkauft haben. Lief damals ganz gut, irgendwann war der Andrang in der Krabbenstube aber so enorm, dass sie den Stand nicht länger managen konnten. Aber die Idee war super, das können wir auch realisieren!«

Gina zuckte gleichgültig mit den Schultern. »Klar, macht, was ihr wollt. Geht mich nichts mehr an. Der alte Stand ist noch im Keller. Retro ist ja wieder in.«

Es ging sie sehr wohl was an.

Ich wollte sie am liebsten bei den Schultern packen und kräftig durchrütteln. Ihr in den Kopf hämmern, dass das ihr Laden war und sie sich zusammenreißen und mit anpacken sollte. Aber ich konnte sie zu gut verstehen, sie tat mir leid. Ich wusste, dass Gina sonst ganz anders war.

»Gerade jetzt im Winter ist doch ein heißer Ostsee-Eintopf genau das Richtige. Ich entsinne mich, dass deine Eintöpfe immer große Klasse waren«, versuchte ich meine Cousine zu motivieren.

»Kann sein, spielt keine Rolle. Wie gesagt, macht, was ihr wollt.«

Ich seufzte. Na schön, ich konnte hier nichts ausrichten, aber unten im Laden konnte ich was tun.

»Sieh ihn dir nachher wenigstens mal an, wenn er aufgebaut ist.«

Sie wog den Kopf hin und her und nickte schließlich.

»Fein«, freute ich mich. Das war doch ein erster Schritt in die richtige Richtung.

Ich ging gleich in den Keller der Krabbenstube runter, um mir ein Bild von der Lage zu machen, ob der Stand überhaupt noch nutzbar war. Hier unten lagerten nicht nur die Weine und andere Spirituosen, sondern unter einer Folie zauberte ich eine elektrische Wärmestation mit vier Töpfen hervor. Außerdem den alten Metallstand und eine dazugehörige rotweiß gestreifte Überdachung. Der Stand erinnerte an einen Hot-Dog-Wagen, er war in seine Einzelteile zerlegt und dank der Abdeckfolie nur ein wenig eingestaubt. Er sah wirklich gut aus, ein bisschen retro, wie Gina gesagt hatte, aber für unsere Zwecke mehr als genug. Ein super Teil! Gut, es musste natürlich erst mal gereinigt werden, aber die paar Staubflocken und Spinnenweben, die sich trotz der Folie an das Gerät geheftet hatten, bekam man schnell ab. Es gab sogar eine alte Kasse. Ich war sofort in das Uralt-Ding verliebt.

Überaus motiviert begab ich mich zum »Team«, das sich bereits im Gastraum der Stube eingefunden hatte, um von meinem Plan zu berichten. Trudy hatte das Rollgitter schon hochgefahren, nun stellten Marco und sie die Stühle runter. Ich musste ihm lassen, er wirkte engagiert, und ich ahnte, weswegen das so war.

»Ein Eintopfstand? Was für eine schöne Idee«, freute sich Trudy, an Marcos Blick erkannte ich aber: Begeisterung sah anders aus.

»Ich zeig euch alles, kommt mit runter.«

Sie folgten mir in den Keller, ich hob die Folie an und offenbarte den Schatz.

»Für deine Fischeintöpfe wäre die Station perfekt. Ich sag es euch, dass du auf diese Idee gekommen bist, lag an meinem Kristall auf der Theke. Der verströmt gute Energie!«

Trudy schlug andächtig die Hände vor der Brust zusammen. Marco untersuchte die Ausstattung skeptisch. »Das ist alt.«

»Das ist retro«, erwiderte ich und ließ mir das nicht madigmachen.

»Wir sollten das erst mal mit Gina abklären.«

»Ist es schon«, versicherte ich Marco. Wie kam er überhaupt darauf, ich würde Entscheidungen ohne Gina treffen? Zwar hatte sie mir die Verantwortung übertragen, ich würde aber dennoch nie etwas über ihren Kopf hinweg entscheiden. Allmählich ärgerte mich seine ständige Skepsis mir gegenüber.

»Und wer schleppt das alles hoch und baut es auf?«, grummelte Marco.

»Wir packen alle mit an!«, sagte ich, das war doch selbstverständlich. »Ich lass dich schon nicht alles allein machen, auch wenn du der Mann für alle Fälle bist«, meinte ich spitz und hoffte, dass das Eis zwischen uns langsam mal brach. Aber er verschränkte nur ablehnend die Arme. »Wenn das klappt, locken wir Gäste an, wenn Gäste kommen, kehrt vielleicht auch Gina zurück«, erklärte ich ihm den eigentlichen Plan.

Marco nickte langsam, er wirkte zusehends überzeugter.

»Da muss aber die ganze Zeit jemand da sein. Also am

Stand, meine ich, sonst hat's ja auch keinen Sinn«, überlegte Trudy.

»Das könnte ich übernehmen«, schlug Marco zu meiner Überraschung vor, und ich hatte das Gefühl, dass er mir nun auch etwas entgegenkommen wollte. »Derzeit ist die Anzahl der Gäste überschaubar, da gibt es leider nicht viel zu tun, aber so ein Stand mit Suppenausschank, der würde mir Spaß machen.«

»Einverstanden«, sagte ich. Wie schön, dass wir an einem Strang zogen.

Wir schleppten alles hoch, wischten es sauber und bauten den Stand in der Fjordstraße vor dem Bistro auf, direkt neben dem vorderen Eingang. Denn hier kamen die meisten Leute vorbei. Dazu mussten wir ein paar der Tische verrücken. Doch bis zum frühen Nachmittag hatte alles schon Gestalt angenommen. Zusätzlich beförderten wir noch drei alte Stehtische aus dem Keller, die wir rund um den Wagen aufbauten. Zum guten Schluss wurde noch das Dach an den Stahlstreben über dem kleinen Wagen festgeschraubt. Ich hielt es zusammen mit Trudy, während unser Mann für alles den Schraubenzieher schwang. Marco nickte schließlich zufrieden und trat einen Schritt zurück, um das Gesamtbild zu mustern. »Besser als erwartet.« Er stellte sich probeweise vor den Wagen, als wäre er ein Kunde. Mir fielen die neugierigen Blicke einiger Passanten auf, der Stand zog bereits Aufmerksamkeit auf sich.

»Ist doch klar, wenn alle mit anpacken, wird das auch was«, meinte Trudy und drückte gleichzeitig seine und meine Hand.

Da hörten wir über uns ein Fenster zugehen, das zur Wohnetage der Krabbenstube gehörte.

Wir schauten erst alle hoch und uns dann gegenseitig an.

»Gina«, meinte Marco.

Sie hatte wohl zugesehen, wie wir den Stand aufgebaut hatten. Aber dann war sie schnell wieder verschwunden.

»Gebt ihr Zeit«, meinte Trudy. »Immerhin interessierte es sie, was wir hier tun.« Ich sah Marco an, er wollte am liebsten sofort zu ihr. Aber wir hatten hier noch einiges zu klären.

»Lass uns erst mal alles Weitere besprechen«, bat ich ihn. So wie Gina im Moment drauf war, ließ sie eh keinen an sich ran. Dass sie uns dennoch beobachtet hatte, wertete ich als gutes Zeichen.

Er nickte, und ich war froh, dass er so kooperativ war. Zumal ich glaubte, dass Trudy recht hatte. Gina brauchte Zeit.

Wir gingen in den Laden und setzten uns an unseren Lieblingstisch in der hinteren Nische, die von einem Balken verdeckt war.

Trudy schenkte uns derweil ein Diesel ein.

»Also, wie geht's weiter?«, fragte sie.

»Wir brauchen Schüsseln für den Eintopf«, erklärte ich. »Und zwar viele.«

»Wir sollten Pfand darauf nehmen, das motiviert zur Rückgabe«, entschied Trudy.

»Und wenn jemand was für unterwegs mitnehmen möchte? Immerhin ist das doch Teil des Konzepts, oder? Was Warmes zum Mitnehmen«, gab Marco zu bedenken.

»Plastikschüsseln kommen nicht infrage«, sagten Gina und ich wie aus einem Mund.

Erstaunt drehten wir uns alle zu der unerwarteten Quelle dieser Äußerung um. Gina stand plötzlich im Raum. Sie sah frisch aus, krempelte sich die Ärmel hoch und kam auf unseren Nischentisch zu.

»Gina!« Trudy fasste sich als Erste und eilte zu ihr hin, umarmte sie. Marco folgte.

»Hast du es dir anders überlegt?«, fragte Tante Trudy, und Gina nickte entschlossen, sah dabei zu mir. »Ihr habt recht! Es ist mein Bistro. Ich werde dafür kämpfen, dass es wieder Aufwind kriegt.«

Marco strich sanft über ihre Schulter, während ich ihr zunickte. Das war die alte Gina! Ich wusste nicht, was ihre Meinung geändert hatte, aber ich war froh drüber, dass es geschehen war. Mit ihr zusammen konnte es nur besser werden.

»Kompostierbare Pappschüsseln sollten gehen«, sagte Marco dann, damit konnte er Gina und mich sofort überzeugen. »Ich fahre zum Gastrobedarfsladen und sehe zu, was ich da kriegen kann. Löffel brauchen wir ja auch.«

»Gut, und wir fangen schon mal an, Eintöpfe zu kreieren, die wir dann morgen in großen Portionen kochen und anbieten können«, meinte Gina zu mir. »Mal schauen, was wir hinkriegen.«

Ich nickte begeistert. Sie versprühte endlich wieder ihre typische Gina-Energie.

»Wenn wir uns ranhalten, können wir den Stand morgen schon einweihen«, versuchte ich alle zu motivieren.

Marco machte sich gleich auf den Weg, Trudy stellte ihm ihren Smart zur Verfügung, der immerhin einen kleinen Kofferraum für den Transport der kompostierbaren Schüsseln hatte, denn als »armer Student«, wie Marco sich selbst nannte, besaß er nur einen Motorroller.

12. Kapitel

Gina und ich verschwanden in der Küche, um uns zu beraten, welche Art Eintopf wir machen wollten. Natürlich spielten dabei unsere Vorräte eine Rolle. Wahrscheinlich würden sich die Gerichte von Tag zu Tag ändern.

»Ich bin für einen vegetarischen, einen mit Lachs und einen bunten Fischeintopf mit verschiedenen Sorten, je nachdem was da ist«, schlug ich vor, während Gina sich ein Haarnetz aufsetzte und eine Schürze umband. Ich tat es ihr gleich.

»Der Lachs hat einen intensiven Eigengeschmack, den können wir unterstützen mit ein wenig Koriander und einer schönen sämigen Grundsuppe, aber für den bunten Fischeintopf würde ich ihn nicht nehmen, weil er zu stark dominieren würde und …«

»Wir müssen reden«, erklärte Gina ernst. Ich hielt inne. Ihre Augen wirkten klar, eine kleine Falte bildete sich über ihrer Stirn. Obwohl es ihr besser ging, wirkte sie ein wenig gealtert.

»Okay«, meinte ich nur.

Ich wusste nicht so recht, was nun auf mich zukam, aber Gina sah mich einigermaßen freundlich an, wodurch ich mich etwas entspannte.

»Hör zu, ich … war einfach blöd und … betrunken neulich Abend, in meinem Stolz verletzt – aber ich liebe das Fischbistro. Und ich will es retten, genau wie du und alle anderen. Als ich euch vorhin den Stand aufbauen sah, wusste ich, dass wir es nur zusammen schaffen können. Es tut mir leid, dass ich dich blöd angemacht … und mich wie eine Idiotin aufgeführt habe.«

Ich atmete auf. Vielleicht konnten wir nun gewinnen, wenn wir an einem Strang zogen.

»Schon vergessen.«

»Es ist ja nicht nur das«, meinte sie kleinlaut. »Ich war auch echt wütend, dass du nach der Ausbildung nicht hier geblieben bist. Ich hatte mir das schön vorgestellt, du und ich in der Krabbenstube, stattdessen bist du nach Graal-Müritz gezogen, hast im Emilios angefangen. Ich war echt angefressen deswegen, aber es war egoistisch, das weiß ich nun. Tut mir echt leid.«

»Das wusste ich ja gar nicht.«

»Ich – hab's keinem gesagt, außer Marco gegenüber ist mir das mal rausgerutscht.« Deswegen war er wohl die ganze Zeit so komisch drauf gewesen. »Bist du böse?«

Ich streichelte ihre Schulter. »Ich kann es verstehen, ich hatte ja ursprünglich auch andere Pläne. Aber du hättest mit mir reden können.«

Sie seufzte.

»Werde ich von jetzt an machen.«

»Dann lass uns einfach nach vorne blicken, ja? Kanada ist ja hoffentlich vom Tisch?«

Sie nickte mit einem typischen Gina-Lächeln, das Julia Roberts alle Ehre gemacht hätte. »Es ist schön, dass du wieder da bist«, sagte sie.

»Dito!« Das hieß, mein Plan, sie zu motivieren, war aufgegangen, und ich war sicher, mit dem »neuen« alten Konzept würde Gina das Schiff schon schaukeln, wenn ich bald nicht mehr da war.

Gina schlang spontan die Arme um mich. Wie gut das tat! Ich umarmte sie zurück und fühlte mich, als hätte ich meine beste Freundin wiedergewonnen, und im Grunde war das ja auch so.

»Hab dich echt ganz schön vermisst. Aber hast du denn überhaupt die Zeit, mir hier zu helfen?«

»Zeit habe ich im Augenblick mehr als genug. Ich bin auf Jobsuche und kann dir eine ganze Weile helfen, allerdings habe ich bald ein Probekochen …«

»Ja, richtig, das hattest du schon erwähnt. Wo hast du denn das Probekochen?«

»Bei Bernhard von Bergen.«

Ginas Augen wurden größer, sie wusste natürlich, dass es das Restaurant schlechthin im Landkreis Rostock war, wenn es um die gehobene Küche und große Kochkunst ging.

»Ich drücke dir die Daumen, wenn es jemand verdient, in einer Sterneküche zu kochen, dann du.«

»Danke«, sagte ich ehrlich gerührt.

»Hör mal, ich bezahle dich natürlich für deine Mühen, wie die anderen auch.«

»Das ist nicht nötig, wirklich, ich helfe gerne.«

»Trotzdem, es fühlt sich nicht richtig an …«

»Investiere das Geld lieber in Werbung. Ein paar schöne Flyer wirken Wunder.« Ich zwinkerte. Wahrscheinlich würde sie mir trotzdem einen Scheck ausstellen.

»Also – kochen wir los? Ich bin zu allen Schandtaten bereit«, meinte Gina und klatschte in die Hände. Endlich war sie wieder die Alte, voller Tatendrang, nicht dieser Trauerkloß.

»Du den Lachstopf, ich den bunten Fisch, plus den Veggietopf?«

Sie nickte.

»Aber mit Musik geht alles leichter von der Hand!« Sie schaltete das Radio ein, und *Born in the USA* schallte uns entgegen. Gina wippte begeistert mit, und ich musste grinsen.

Danach machten wir uns ans Werk. Wir nutzten alle Waren, die vor dem Ablauf standen und zum Gericht passten. Als Basis für den bunten Eintopf verwendete ich Fischbrühe, dazu kamen noch ein paar Krabben für den Ostseeflair und Paprika und Zwiebeln. Das Ganze wurde zu einer rahmigen Sauce verrührt, schön angedickt mit etwas Mehl. Der Geruch war zum Dahinschmelzen. Und den Veggietopf bereitete ich parallel zu.

Sodann ging es ans Probeessen. Wir servierten Trudy und dem gerade zurückgekehrten Marco, der einen riesigen Karton neben seinem Stuhl abstellte, unsere Vorschläge. Und was soll ich sagen, sie waren begeistert.

»Kinder, ich bin mir sicher, jetzt geht's bergauf«, meinte Trudy. »Nicht nur, dass ihr Mädels endlich zusammenarbeitet und wir unseren Boss wiederhaben, diese Eintöpfe sind fantastisch!«

»Du kannst ruhig sagen, wenn du Verbesserungsvorschläge hast. Das hier ist ja nur ein Testmenü«, sagte ich, aber Trudy machte das Lecker-Zeichen mit Daumen und Zeigefinger. »Keine Kritik, alles perfekt.«

Und während Trudy den Eintopf weiter genoss, fiel mir auf, dass Marco Gina die ganze Zeit zärtlich ansah, sie das aber gar nicht mitbekam.

Ich musste unwillkürlich grinsen und räusperte mich. »Ich glaube, wir haben noch einiges zu tun. Zum Beispiel ein paar Aktionen planen, damit jeder weiß, dass die alte Krabbenstube zurück ist.«

»Richtig!«, sagte Gina und fuhr sich über die Schläfen.

»Ich habe für uns eine Facebook-Seite eingerichtet, die könnte mit Fotos upgedatet werden!«, schlug ich vor. Heutzutage kam man ohne Facebook nicht mehr aus. Schon lief Gina mit ihrem Handy herum.

»Was kann ich tun?«, fragte Marco.

»Vielleicht ein paar Annoncen aufgeben? Ich glaube, im Büro sind noch ein paar alte Anzeigentexte von uns, die kannst du wiederverwenden und anpassen.«

»Klingt cool.«

Ich holte sie ihm.

Trudy und ich kümmerten uns ums Geschirr, während

Marco sich in die Anzeigentexte vertiefte. Etwas später schoben er und ich unseren Stand ins Innere der Stube.

»Du bist schon in Ordnung«, sagte Marco zu meiner Überraschung, und es freute mich, dass er seinen Groll gegen mich aufzugeben schien. Nun, da Gina wieder da war, wirkte unser Mann für alles auch viel entspannter.

»Die Stehtische lassen wir draußen?«

»Ich denke schon, die klaut sicher niemand.«

Bei der Gelegenheit wollte ich den Wagen noch einmal sauber wischen und schnappte mir hierzu ein feuchtes Tuch von der Theke. Ich freute mich drauf, ihn morgen einzuweihen.

Durch das Fenster sah ich, dass ein paar Passanten schon neugierig unsere Tafel beäugten. Aber noch standen keine Angebote darauf. Nachdem ich mit dem guten Stück zufrieden war und die Metallflächen strahlten, ging ich rüber zu unserer Nischenecke.

Trudy fragte gerade Marco und Gina in großen Gesten und mit klimpernden Ohrringen, ob es nicht sinnvoll wäre, ein paar ihrer Bilder an die graue Wand zu hängen.

»Stellt euch die Seebrücke im Licht der untergehenden Sonne vor, das wird heimelig wirken. Und wisst ihr, was wir noch gebrauchen könnten? Ein paar neue Tischdecken und ein paar schöne Schürzen. Das bringt etwas frischen Wind und Farben hier rein.«

»Ich weiß schon, wen ich da frage!«, sagte Gina.

»Morgen bleibe ich übrigens nur bis zum Nachmittag. Nils kommt heim, und ich will sein Leibgericht zubereiten.«

»Klar, das verstehe ich. Danke, dass du uns aus der Patsche hilfst«, sagte Gina.

Es hatte mir heute echt Spaß mit allen gemacht, wir waren ein cooles Team!

»Dann mache ich mich auf den Weg, muss noch was für das Überraschungsdinner morgen einkaufen«, sagte ich.

»Und ihr bleibt noch geöffnet?«, hakte ich nach.

»Vielleicht kommt ja noch jemand«, meinte Gina, und das fand ich gut. Ich hingegen musste mich nun beeilen, wenn ich noch alles bekommen wollte, was ich für das Dinner brauchte.

13. Kapitel

Das Weinkontor lag in Stadtmitte in der Nähe des sogenannten Kuhtors, das zur historischen Rostocker Stadtbefestigung gehörte. Seinen Namen hatte es daher, dass in früheren Zeiten das Vieh durch dieses Tor auf die Warnowwiesen geführt worden war, heute galt es als Sehenswürdigkeit. Ich parkte direkt vor dem Laden, der sich in einem alten Backsteingebäude befand.

Entschlossen, den besten Wein für Nils zu finden, betrat ich den Laden kurz vor Geschäftsschluss, hatte es gerade noch geschafft. Die Auswahl war überwältigend, kein Wunder, dass Nils von dem Laden schwärmte.

Durch meine Erfahrung bei Emilios kannte ich mich recht gut aus, wir hatten oft mit teuren und manchmal sogar sehr teuren Weinen gekocht. Aber Nils reichte niemand das Wasser, wenn es um Wein ging, er hätte wohl Sommelier werden sollen oder war es in einem anderen Leben gewesen. Mit seinem Gaumen schmeckte er feinste Unterschiede heraus, es war beeindruckend.

Endlich entdeckte ich das richtige Regal für meine Zwecke. Die Rotweine aus der Region Jura waren in formschöne Flaschen abgefüllt, wirkten naturgemäß edel und hatten ihren Preis. Für meinen Coq au Vin würde ich nur eine Flasche brauchen. Nur welche … jeder würde wohl dem Gericht eine besondere Note verleihen, aber Nils war in dieser Hinsicht anspruchsvoll, und bevor ich den Falschen nahm …

Ich beschloss spontan, Nils anzurufen, und er ging zum Glück gleich ran.

»Hallo, Schatz, ich bin grad im Weinkontor und suche einen Rosé aus dem Jura für unser Abendessen morgen, welchen magst du denn am liebsten? Hier stehen Savagnin und Poulsard. Ich kenne mich da wirklich nicht so gut aus wie du.«

Beherzt griff ich nach einem Savagnin und betrachtete die Flasche.

Langsam und scharf atmete Nils ein, ich hörte es deutlich, instinktiv stellten sich die feinen Härchen in meinem Nacken auf.

»Deswegen rufst du mich an?«, pflaumte er mich ungehalten an.

Irritiert schaute ich aufs Display, ob ich wirklich die richtige Person angerufen hatte. In der Tat.

»Sorry, ich wollte nicht stören.« Ging ja nur drum, für ihn sein Leibgericht zu kochen.

»Ich hab die ganze Zeit viel zu tun, ich mache diese Ostseefahrt nicht zum Vergnügen«, grummelte er. »Ich habe heute noch keinen Feierabend, das hier ist wirklich wichtig für meine Karriere, denk doch bitte etwas mit!«, hielt er mir eine Standpauke. Ich war so überrascht, dass ich den Wein automatisch ins Regal zurückstellte, allerdings rutschte er direkt vom Brett und knallte zu Boden. Die Flasche war natürlich zerbrochen. Auch das noch.

Zu meinen Füßen verteilte sich eine rote Weinlache.

»So ein Mist.«

»Das ist jetzt nicht wahr, oder? Du rufst mich an, und dann hörst du noch nicht mal zu?«, beschwerte sich Nils.

»Tut mir leid.«

Der Verkäufer hatte das Malheur schon bemerkt und eilte auf meinen Gang zu.

»Ich nehme einfach irgendeinen Wein«, murmelte ich durcheinander. Eigentlich hatte ich Nils ja eine Freude machen wollen, wie hätte ich mit dieser heftigen Reaktion rechnen sollen? Wie sollte ich denn auch wissen, dass die noch so spät ihre Verhandlungsgespräche führten? Er stöhnte unüberhörbar.

»Wenn das Essen was werden soll, nimmst du einen Trousseau, alles andere ist rausgeworfenes Geld.«

Immerhin eine Information, mit der man was anfangen konnte. Aber ich fühlte mich dennoch furchtbar im Moment, wenn seine Stimme so kalt klang.

»Okay, ich seh mal zu, dass ich den finden kann.«

Der Verkäufer stand vor mir, wartete aber zumindest, weil ich noch telefonierte. Wie peinlich mir das alles war.

»Mach das.«

Aufgelegt, nicht mal ein Wiederhören, geschweige denn: ›Ich vermisse dich‹ oder ›Ich freu mich auf morgen. Schön, dass du für uns kochst‹.

Was war da nur los? Hatten die sich noch immer nicht auf Fusionsbedingungen geeinigt?

Ich war echt wütend über sein flegelhaftes Verhalten, beschloss jedoch, mir Nils' ruppige Art nicht zu Herzen zu nehmen, obwohl ich einen Stich in der Brust verspürt hatte. Aber so war er – der Job ging immer vor. Und sicher war es wirklich stressig an Bord. Nur war das kein Grund, seine schlechte Laune an mir auszulassen. »Sie werden den Wein hoffentlich bezahlen wollen«, ächzte mir der Verkäufer entgegen.

Ich schaute zwischen ihm und dem Wein am Boden hin und her.

Was für ein teures Vergnügen.

»Selbstverständlich, entschuldigen Sie.« Die Lache schien immer größer zu werden. Ich wich einen Schritt zurück, um mir zu allem Überfluss nicht auch noch die Schuhe zu ruinieren. Der Verkäufer schnipste einen jungen Mann herbei, der mit einem Lappen bewaffnet anfing, den Boden zu reinigen.

Danach beobachtete er mit Argusaugen, wie ich mich mit einem zweiten Wein, einem Trousseau, der mir just ins Auge gesprungen war, Richtung Kasse orientierte. Einer zum Preis von zweien.

Ich bezahlte und verließ das Kontor mit meiner Ausbeute und einem Drücken in der Bauchregion. Nils' kalte Stimme ging mir immer noch durch und durch, aber ich schob es auf seinen stressigen Job. Jetzt ging es zum Supermarkt in Graal-Müritz. Das würde mich auf andere Gedanken bringen.

Ich war ziemlich erschöpft, als ich am späten Abend meine Einkäufe erledigt und die Schenkel schon mal in Marinade eingelegt hatte. Ich schnappte mir meinen Ostseekrimi, begab mich eine Etage höher, wo unser Schlafzimmer lag, und kuschelte mich dort in unser weiches Bett. Aber ich konnte mich nicht recht auf den Roman konzentrieren, immer wieder musste ich an das unschöne Telefonat mit Nils denken.

Ich war verärgert, machte mir zugleich Sorgen, ob alles an Bord wegen der Verhandlungen glattlief.

Nils war kein einfacher Mensch, aber ungerecht war er sonst nicht. Ich überlegte, ihn noch mal anzurufen, aber fürchtete, ihn erneut auf dem falschen Fuß zu erwischen. Stattdessen beschloss ich, meinen Plan fürs perfekte Dinner weiterzuverfolgen.

Sicher war er morgen besser drauf, vor allem wenn es Coq au Vin gab. Außerdem hatte doch jeder mal einen schlechten Tag, und ich sollte es nicht überbewerten. Nun freute ich mich umso mehr auf unser Essen morgen und darauf, ihn endlich wieder bei mir zu haben.

14. Kapitel

Am nächsten Morgen rief mich Trudy sehr früh an.

»Line, schaust du noch mal vorher bei mir vorbei, bevor es ins Bistro geht? Ich möchte dir ein paar meiner Fotos zeigen, die ich gerne in der Krabbenstube aufhängen würde. Für einen neuen Look!« Ich sagte natürlich Ja.

»Ich brauche noch einen Moment, ich bin in einer Dreiviertelstunde bei dir.« Die Vorbereitungen fürs Dinner hatte ich im Prinzip gestern abgeschlossen, die eigentliche Arbeit würde heute Abend beginnen, wenn alles in den Bräter käme und alle Komponenten zusammengefügt würden. Ich hoffte ehrlich, Nils wäre dann entspannter und würde sich freuen.

»Ach, das reicht doch völlig aus, Kind!«

»Ich halte mich ran«, versprach ich. Ich machte mich frisch und schlüpfte in Mantel und Stiefel, verließ das Haus und stieg in mein Auto. Ich hatte Glück, der Winter war mild, die Straßen nicht zugefroren. Fiel vereinzelt Schnee, schmolz er, noch bevor er den Boden erreichte. Ich konnte kräftig aufs Gas treten, zumal zu so früher Stunde wenig los war in der Rostocker Heide und später, nach dem Übersetzen mit der Auto-Fähre von Hohe Düne nach Warnemünde, auf den Schleichwegen, die ich fuhr.

Ich parkte schließlich vor Trudys Wohnblock, einem typischen Plattenbau aus den späten Sechzigern, frühen Siebzigern, als im Stadtteil Lütten Klein viele Neubauten errichtet worden waren. Trudy erzählte gerne, wie ihre Eltern damals nur durch gute Beziehungen an eine der begehrten Wohnungen gekommen waren. Später hatte sie diese übernommen, während Mama und Yvonna ausgezogen waren und beide geheiratet hatten.

Ich fand mich keine fünf Minuten später im vierten Stock vor Trudys Wohnung wieder, um zu klingeln.

Ein Gefühl von Nostalgie überkam mich, als Trudy mir öffnete und der vertraute Geruch aus ihrem Flur mir entgegenströmte. Eine Mischung aus Anis und anderen Kräutern.

»Paulinchen! Wie schön. Komm doch rein.«

Ich trat ein und blickte zu dem deckenhohen Regal neben der Garderobe, in dem unzählige Porzellanfiguren standen. Und eine Reihe von verschiedenfarbigen Kristallen. Trudy sammelte diese, seit ich denken konnte. Und seit ich denken konnte, hatte ich dieses Regal noch nie eingestaubt gesehen.

Die Kristalle waren farblich sortiert, und kleine Schildchen waren vor jedem angebracht, auf denen standen *Glück* oder *Liebe, Reichtum, Gesundheit.*

»Willst du dir die Beine in den Bauch stehen? Nun komm schon in die gute Stube«, meinte Trudy herzlich, und entzückende Lachfältchen bildeten sich in ihrem Gesicht.

Ich hängte meine Jacke am Garderobenständer auf, schlüpfte aus den Stiefeln und stellte diese auf der kleinen Bank neben der Tür ab, dabei glitt mein Blick zu dem Foto, das dort hing und meine Familie beim letzten gemeinsamen Urlaub zeigte, der Jahrzehnte her war. Trudy und ich in der Mitte, Mama und Papa außen. Vor uns hockten Familie Haas und die kleine Gina sowie Tom, Tante Trudys Ex-Mann. Seit sie sich vor einer gefühlten Ewigkeit getrennt hatten, hatte ich ihn nie mehr gesehen. Trudy sprach nicht über ihn, von Mama wusste ich, dass er ausgewandert war, mit neuer Frau und deren Kind. Besser man sprach Trudy nicht darauf an. Sie musste ganz schön einsam sein, überlegte ich und folgte ihr in ihr Wohnzimmer, wo Trudy bereits ein paar ihrer Bilder nebeneinander auf dem Dreisitzer platziert hatte. Im Hintergrund dudelte *Life* von Des'Ree.

Die Fotos sahen alle wunderschön aus: der Ostsee-Strand von Warnemünde, der Küstenwald von Nienhagen mit seinen außergewöhnlich dünnen Bäumen sowie der Rügener Kreidefelsen, der sich auf der Halbinsel Jasmund befand, ein blitzweißes Stück Kalk, das aus einem Meer grüner Bäume herausragte. Trudy hatte wirklich ein Auge dafür, Motive so einzufangen, dass sie eine mystische Aura umgab.

»Wunderschön«, murmelte ich andächtig.

»Freut mich.«

Trudy strahlte stolz. »Also, welches passt am besten zur Krabbenstube?«

»Können wir nicht alle drei nehmen?« Ich fand sie wirklich wunderschön, und Platz genug war ja auch da. Die olle graue Wand würde mit den Bildern gar nicht mehr auffallen.

»Denkst du?«

Ich nickte überzeugt. »Wir wollen die Stube ja ein bisschen aufbrezeln. Natürlich muss Gina vorher ihr Okay geben.«

»Das bekommen wir schnell.« Trudy fotografierte ihre Bilder mit dem Smartphone ab und schickte sie Gina. Die Antwort kam prompt, in Form eines Daumen-hoch-Emoticons.

»Sie will sie alle«, grinste Trudy.

»Sie hat Geschmack.«

»Na schön, hilfst du mir, sie runterzutragen?«

»Aber klar.« Gesagt, getan.

15. Kapitel

Wir kutschierten die Bilder zur Stube, ich transportierte zwei in meinem Wagen, Trudy eins in ihrem Smart, und hängten sie direkt an der grauen Wand auf.

»Das macht was her«, stimmte Marco uns zu. »Das Plätzchen hier kenne ich, das ist doch unweit vom alten Leuchtturm«, stellte er dann fest.

»Der Mann hat gute Augen«, sagte Trudy kichernd.

»Hab ich gar nicht gewusst, dass du so eine gute Fotografin bist«, fügte er anerkennend hinzu.

»Na hör mal, du Grünschnabel, ich bin Künstlerin! Schon immer gewesen«, sie lachte.

»Und, schon was verkauft, für richtig viel Kohle?«, hakte er nach.

Trudys Mundwinkel senkten sich.

»Oh, tut mir leid«, sagte Marco eilig.

»Ach was, was nicht ist, kann ja noch werden. Ich muss nur die richtige Kristallenergie ermitteln, dann kommen die Kunstliebhaber ganz von selbst.«

»Aber jetzt haben wir Tante Trudys Talent genug gewürdigt, ich glaube, wir sollten uns nun an die Arbeit machen, wenn wir unseren Stand bald einweihen wollen«, sagte Gina, die aus der Küche kam, und sie hatte natürlich recht. Plötzlich beugte sie sich noch zu Marco vor und küsste ihn. Trudy und ich tauschten überraschte und doch erfreute Blicke aus.

»Na endlich, wurde ja auch Zeit, Kinders«, freute sich meine Tante.

Gina kicherte. »Topf und Deckel, ihr wisst schon.«

Sie gab ihm noch einen Kuss und winkte mich dann mit

sich, um mir ihre Preisliste zu zeigen. »Denkst du, das ist zu viel für das Stew-to-go?« Ich merkte, dass ihre Haut ganz rosig war.

Ihre Vorstellung deckte sich ziemlich genau mit meiner. »Finde ich passend.«

Sie gab die Liste zufrieden an Marco weiter. »Schiebst du den Wagen schon mal raus und schreibst die Preise auf die Tafel?«

Er nickte, warf ihr einen glühenden Blick zu, ehe er ihr die Liste abnahm und sich daran machte, den Wagen durch den Vordereingang zu rollen.

»Und wir machen die Eintöpfe«, sagte Gina an mich gewandt, ihre Augen leuchteten ebenfalls, und sie krempelte entschlossen die Ärmel hoch. »Ich habe ein gutes Gefühl, ich glaube, die Idee wird gut ankommen.«

Kurz darauf standen wir in Schürzen und mit Haarnetzen auf den Köpfen in der Küche, um unsere Fisch- und Veggie-Eintöpfe zu kreieren. *Kiss from a Rose* dudelte aus dem Radio.

Während wir eifrig Gemüse schnippelten und die Suppe zubereiteten, nebenher Fischbrötchen belegten und der Duft von Matjes, Bismarck und Backfisch herrlich durch die Küche waberte, rutschte mir ein »Also Marco und du …« raus.

Ginas Wangen leuchteten unwillkürlich, es sah süß aus.

»Er war die ganze Zeit für mich da«, sagte sie. »Als es mir wegen der Kritik schlecht ging, eigentlich auch schon davor. Ohne ihn wäre es noch schlimmer für mich geworden. Ich habe ihn zuerst nur für einen guten Freund gehalten. Na ja, und gestern Abend … ist daraus mehr geworden« Sie strahlte übers ganze Gesicht. »War das mit Nils und dir auch so? Also, dass ihr zuerst Freunde wart, aber dann – schlug es ein wie der Blitz?«

Ich dachte an Nils' harsche Art gestern am Telefon und seufzte. Aber dann fiel mir der Moment ein, in dem Nils und ich uns zum ersten Mal in die Augen gesehen hatten, damals in der Tauchgondel. Ein amüsanter Zufall, dass wir zwei Ostseekinder uns bei der Seebrücke getroffen hatten, um einen Tauchgang am Tag der Einweihung der Gondel zu machen. Ein wunderbarer Sommertag war das gewesen. Ich hatte gar nicht so viel von der Unterwasserwelt mitbekommen, dafür aber noch nie so blaue Augen gesehen.

»Bei uns hat's sofort gefunkt«, erklärte ich und rührte mit einer Kelle den Inhalt meines Eintopfs um. Der konnte jetzt, da die Fischstücken schon drin waren, etwas ziehen, sodass ich mich um die Lachs-Variante kümmern konnte.

Gina würzte ihren Veggie-Topf noch etwas nach. »Dann sind wir ja jetzt beide glücklich liiert!« Sie lächelte eine Weile vor sich hin. Frisch verliebt zu sein war die beste Zeit. Waren Nils und ich nicht mehr in dieser Phase?

»Und dein Nils kommt heute wieder?«

Ich nickte.

»Ich hab ihn ja nur einmal vor ein paar Jahren zum Geburtstag deiner Mama gesehen, ganz kurz. Attraktiver Typ.« Sie zwinkerte.

Ich nickte wieder. Es war einer der seltenen Momente gewesen, in denen Nils meiner Familie begegnet war. Familienfeiern waren nicht sein Ding, er bastelte lieber an seiner Karriere, machte Überstunden oder traf sich mit wichtigen Leuten, von denen er hoffte, dass sie ihn förderten.

»Ladys, seid ihr fertig?«, fragte Trudy und lugte durch die Durchreiche in die Küche. »Marco hat den Stand schon geöffnet, es fehlen nur noch der Eintopf und die Brötchen.«

»Wir sind gleich so weit«, sagte Gina.

Wir kosteten unsere gegenseitigen Eintöpfe und waren zufrieden.

Sodann machten wir uns daran, den Inhalt der Töpfe in die der elektrischen Suppenstation zu füllen, die Brötchen in die Auslage zu legen, und dann sollten die Kunden nur kommen!

Es war erstaunlich, wie neugierig so ein Stand die Leute machte. Ein paar kamen sogleich rüber, um sich das Angebot anzusehen. Ebenso viele warfen vorher einen Blick aufs Handy, schüttelten die Köpfe und gingen weiter. Die hatten wohl die Kritik gelesen.

Aber wir konnten mehr Leute aufmerksam machen als in den Tagen zuvor. Und ein paar nahmen auch einen Eintopf für unterwegs mit.

»Geben wir der Sache Zeit«, meinte ich am frühen Nachmittag. Man durfte wohl keine Wunder erwarten. Wirklich beurteilen konnte man das erst später. Aber jetzt schon zeichnete sich ein gewisses Interesse ab.

Kurz darauf betrat eine rothaarige junge Frau die Stube, einen dicken Ordner unter den Arm geklemmt.

»O mein Gott!«, entfuhr es mir, denn ich erkannte sie sofort wieder!

»Lou! Wie schön, dich zu sehen.«

»Pauline, ich hab ja schon gehört, dass du jetzt hier arbeitest! Lass dich drücken«, sagte Lou und umarmte mich herzlich mit einem Arm.

»Nur vorübergehend«, erklärte ich. Bis ich hier eben alles in Ordnung gebracht hatte. Und die Mission war ja auf einem guten Weg.

»Es ist jedenfalls toll, dich wiederzusehen.«

»Ja, ist lange her, oder?«

Bevor Lou in den Sanddornweg gezogen war, hatte sie nur die Sommer hier mit uns an der Ostsee verbracht, und seit ich in Graal-Müritz lebte, hatten wir uns kaum noch gesehen. Nun machte sie mit ihrer Oma Mode, die sie im eigenen Geschäft verkauften.

Gina und Trudy gesellten sich auch zu uns.

»Was darf's denn sein?«, fragte ich unseren liebenswerten Gast von der Strandboutique.

»Eigentlich habe ich ja was für euch mitgebracht, Gina sagte, dass ihr neue Tischdecken und Schürzen benötigt.«

Lou zog ein Musterbuch unter ihrem Arm hervor.

»Verstehe, das ist also ein Geschäftsessen«, meinte ich zwinkernd, und Gina bot Fischeintopf an.

»Gerne, den bunten Topf bitte«, bestellte sie.

»Ich hole ihn«, sagte ich und eilte raus. Zu meiner Überraschung war da draußen einiges los. Mehr als noch vor ein paar Stunden, und mehr als ich erwartet hatte. Marco kam kaum hinterher, alle zu bedienen.

Einige Bauarbeiter von gegenüber, die in dem leer stehenden Laden werkelten, gönnten sich unseren Eintopf, und auch ein paar weitere Passanten zeigten Interesse.

»Ihr braucht hier noch scharfe Sauce zum Nachwürzen«, meinte der eine Bauarbeiter, und die Idee war gar nicht schlecht.

»Danke, das werden wir berücksichtigen«, meinte ich zu dem Muskelprotz, der sich mit seinen Kollegen zufrieden nickend in den leeren Laden zurückzog.

»Ich nehme mir was, ja?«, warnte ich Marco vor und befüllte eine Keramikschüssel, die ich mit nach draußen genommen hatte.

»Klar, der Stand wird gut angenommen, die Eintopfidee ist ein Kracher.« Er nickte anerkennend. »Und ein paar Fischbrötchen habe ich auch schon verkauft.«

Das freute mich wirklich.

»Ich muss allerdings nachher zu einem Kurs an der Uni, nur als Vorwarnung.«

»Kein Problem, dann übernimmt eine von uns.«

Ich füllte meine Schüssel und brachte den Eintopf rein.

»Dieses Muster ist zeitlos«, erklärte Lou gerade Gina und Trudy und deutete auf karierten Stoff im Landhaus-Stil. »Der Stoff ist für Tischdecken wie geschaffen, sehr robust, gut zu reinigen.«

Gina befühlte den Musterstoff mit Daumen und Zeigefinger. »Fühlt sich gut an.«

Lou lächelte, dann präsentierte sie einen zweiten Stoff, der blau-weiß gestreift war. »Den empfehlen wir für eure neuen Schürzen – mit maritimem Schick. Hier ein Entwurf von Viola.«

Sie reichte uns eine Zeichnung, auf der zwei Schürzentypen abgebildet waren, die aus ebenjenem Streifenstoff bestanden. Das Küchenpersonal sollte eine Latzschürze bekommen, die Bedienungen eine nur für die Hüfte. Es sah umwerfend aus, fing genau ein, wofür die Krabbenstube stand, maritimes Flair und Gemütlichkeit. Ostsee und Krabbensnacks. »Die Materialien sind für den Gastronomieeinsatz zertifiziert, sie haben außerdem ein Ökosiegel.«

»Gekauft!«, sagte Gina sofort begeistert.

»Wann könntet ihr die Schürzen und Tischdecken liefern?«

»Das geht schnell«, versicherte uns Lou. »Wir sind zu zweit. Wir haben zwar noch einige andere Aufträge, aber euern schieben wir dazwischen.«

»Oh, wir wollen nicht, dass wegen uns jemand länger warten muss!«, beeilte ich mich zu sagen.

»Nicht doch, wir regeln es so, dass niemand warten muss, ihr aber trotzdem zeitig eure Bestellung erhaltet.«

Sie wollten also extra für uns Überstunden schieben? Freunde wie die aus dem Sanddornweg waren mit Gold nicht aufzuwiegen.

»Danke, dann macht mir bitte einen Kostenvoranschlag«, bat Gina.

»Wir stellen euch nur die Materialkosten in Rechnung«, sagte Lou.

»Das kommt nicht infrage«, beharrte Gina.

»Das ist unsere Art, euch zu unterstützen, hier im Sanddornweg hält man zusammen«, erklärte sie ohne Umschweife.

»Das solltest du doch wissen, du hast uns damals auch nicht im Stich gelassen, als die Boutique fast nicht hätte eröffnen können.«

»Oh, was war denn los?«, wunderte ich mich.

»Jemand hat versucht, uns zu sabotieren«, sagte Lou ernst, und ich erschrak, klang ja fast kriminell!

»Es ist dann doch noch alles gut gegangen, auch dank Gina und ihrer Familie. Deswegen gibt's für euch keine Rechnung.«

Gina strahlte. »Na schön, danke, ihr seid die Besten.«

»So ich muss wieder, kann Omsi ja nicht die ganze Zeit allein im Laden lassen.«

Sie hob die Hand, und Gina brachte Lou noch zur Tür.

16. Kapitel

Kurz nachdem Lou gegangen war, musste der bunte Fisch-Eintopf nachgefüllt werden, darauf auch die Veggie Variante. Gina und ich übernahmen das sogleich, kochten noch mal welchen nach. Als wir gemeinsam die beiden Bottiche raustrugen, um sie in die elektrischen Töpfe zu füllen, stellten wir erfreut fest, dass sich gerade ein paar Gäste in die Krabbenstube setzten. »Das hat es seit Tagen nicht gegeben, so viele auf einmal«, meinte Gina erfreut.

Außerdem kam eine Lebensmittel- und Getränkelieferung an, die wir im Lager und im Kühlraum verstauten, bis schließlich irgendwann Trudy, die für Marco am Wagen eingesprungen war, verlautbaren ließ, dass der Lachseintopf nun auch fast leer war. Wir mussten also abermals nachkochen. »Ich übernehme das«, schlug ich vor und machte mich daran, noch einen weiteren Topf zuzubereiten.

Als der Eintopf fertig war, half Trudy mir, ihn umzufüllen. Gerade war nicht so viel los an unserem Stand. Es schien gewisse Stoßzeiten zu geben, die wir für die Produktion berücksichtigen würden.

»Ist es okay, wenn ich jetzt in die Pause gehe? Heute Mittag bin ich nicht dazu gekommen«, fragte sie daher.

»Klar, ich vertrete dich noch rasch, bevor ich losmuss«, erwiderte ich und übernahm für den Zeitraum den Stand, schenkte hier und da Eintopf in unsere kleinen Schüsseln aus. Dann kam ich auf die Idee, Nils anzurufen, denn für meine Planung war es wichtig zu wissen, wann er heimkam. »Abends« war ein wenig zu unspezifisch. Doch zu meinem Verdruss ging er nicht ans Handy.

Ein paar Handwerker von drüben kamen noch mal vorbei, wollten sich erneut Eintopf gönnen. Drei kräftige Kerle, die trotz der Kälte nur hautenge Shirts trugen. Die mussten wohl ganz schön schwitzen.

»Drei bunte Eintöpfe bitte«, sagte der eine und hielt drei Finger hoch. Ich nickte, steckte das Handy in die Hosentasche und tat ihnen auf, reichte die Schalen eine nach der anderen rüber.

»Lecker«, meinte der eine. »Genau das Richtige bei dem Wetter. Ihr bekommt von mir fünf Sterne bei Google Restaurants!«

»Wow, danke!«

»Super, dass ihr schon die scharfe Sauce bereitstellt«, lobte der andere und griff nach einer roten Flasche, erst da sah ich, dass Marco sich noch vor seinem Aufbruch zur Uni darum gekümmert hatte.

Der dritte Mann deutete hinter sich zum leer stehenden Geschäft, aus dem hin und wieder eine leichte Staubwolke kam, weil da noch weitere Männer zugange waren.

»Euer Eintopf ist der perfekte Energiespender, auch die anderen Jungs sind begeistert.«

»Das freut mich.

Noch etwas Brot?«, bot ich an und reichte ihm eine Scheibe.

»Danke.«

»Sie müssen ja ganz schön anpacken«, sagte ich unverfänglich. »Wissen Sie schon, was in das Geschäft reinkommt?« Das fragte ich mich schon die ganze Zeit.

Er schüttelte den Kopf. »Ein neues Lokal, der Elektriker musste neue Küchenanschlüsse legen.«

»Ich verstehe …« Noch ein Lokal also in der Gegend?

»Wir müssen wieder, Jungs«, erinnerte einer der Männer seine Kollegen.

»Bis zum nächsten Mal!«, verabschiedeten die drei Handwerker sich und gingen an die Arbeit zurück.

Ich schaute kurz zum Geschäft rüber, hörte es hämmern und bohren, eine Staubwolke bildete sich vor Türen und Fenstern.

Schließlich blieben Leute immer wieder interessiert vor dem Stand stehen, angelockt vom Duft. Ich schenkte aus, sammelte leere Keramikschüsseln ein, die einige Kunden auf den Stehtischen zurückgelassen hatten, als plötzlich ein dunkelhaariger Mann im dicken Steppmantel, einen Schal über die untere Gesichtshälfte gezogen, vor dem Stand innehielt.

»Kann ich Ihnen einen Eintopf anbieten?«, fragte ich lächelnd, während er unser Schild musterte. Dann nickte er und sah mich mit haselnussbraunen warmen Augen an. »Den bunten Fischtopf bitte.«

»Noah!« Der Plunderstück-Mann stand vor mir! Und ganz unvermittelt klopfte mein Herz auch plötzlich etwas schneller.

»Hallo, Pauline. Ich wollte mir das hier mal ansehen, nachdem Sie es mir so empfohlen haben.«

»Gerne. Und der bunte Fischtopf ist eine ausgezeichnete Wahl!« Ich schenkte ihm ein und stellte die dampfende Schüssel vor ihn hin.

»Haben Sie sich denn inzwischen ein bisschen bei uns eingelebt?«, fragte ich.

»Rostock ist sehr schön, und gar nicht so viel anders als Wismar.«

»Lassen Sie das nicht die Rostocker hören«, sagte ich, und er lachte, während er nach Kleingeld in seiner Manteltasche suchte. Dabei platzierte er ein Buch neben der Schüssel, das er zuvor unter seinem Arm geklemmt hatte.

Der Titel sprang mir förmlich ins Auge: *Mord & Meer*, der Ostseekrimi von Bestsellerautor Jan Thies, den ich auch gerade las.

Ich lachte. »Das ist ein gutes Buch«, erklärte ich.

Er hob erneut den Blick, um seine schönen hellbraunen Augen bildete sich ein Lächeln.

»Mit Ostseekrimis kann man nichts falsch machen, oder?«, meinte er lachend und reichte mir ein paar Münzen, die ich aber ablehnte.

»Lassen Sie stecken, Sie haben mir immerhin das letzte Plunderstück überlassen.«

Er lachte.

»Danke. Ich hoffe, die haben Ihrer Cousine geholfen.«

Ich wog den Kopf hin und her, indirekt ganz sicher. »Es geht ihr besser«, sagte ich also. »Ich habe schon einen Verdacht, wer der Mörder ist.« Mit dem Finger tippte ich auf sein Buch.

»Ich bin mir auch bereits sicher, wer die Tat begangen hat«, erklärte er und griff mit beiden Händen nach der Schüssel.

»Vielleicht sind wir ja auf derselben Spur?«

»Tante Klara«, sagte er. »Nur sie kann es sein, denn ihr Alibi ist fadenscheinig. Wer will beweisen, ob sie wirklich auf dem Segelboot war?«

»Das denke ich auch! Sie kam mir von Anfang an verdächtig vor«, stimmte ich zu.

Noah nickte amüsiert und trug seinen Eintopf zu einem der Stehtische, schon hatte ich den nächsten Kunden vor mir. Nachdem ich diesen bedient hatte, brachte ich Noah noch etwas Brot an seinen Tisch. Es kam viel zu selten vor, dass ich auf jemanden traf, der auch Jan-Thies-Fan war. Nils interessierte sich leider gar nicht für Krimis.

»Aber meistens überrascht Thies einen am Schluss noch mal, und jemand anderes entpuppt sich als Mörder«, sagte ich.

»Ja, der Autor führt seine Leser gerne an der Nase rum.« Er brach etwas vom Brot ab und tunkte es in den Eintopf. »Mmh«, machte er.

»Aber das erwartet man ja auch von ihm, oder? Andernfalls bräuchte man keinen Thies zu lesen«, meinte ich. Wenn etwas die Ostsee-Krimis dieses Schriftstellers ausmachte, waren es die überraschenden Wendungen.

Noah nickte und schien mich genau zu verstehen.

Er bedachte mich mit einem warmen Blick und deutete hinter sich zur Stube. »Nettes Lokal, Ihre Krabbenstube«, meinte er.

»Ist ein Urgestein hier«, klärte ich ihn auf.

»Ich bin immer auf der Suche nach interessanten Locations. Also danke für den Tipp.«

»Ach ja?«

Er nickte, tunkte ein weiteres Stück Brot in die deftige Suppe.

»Darf man fragen, weshalb?« Machte mich ein bisschen neugierig.

»Ich bin Event-Manager.«

»Dann müssen Sie unbedingt durch den Möwenbogen in den Sanddornweg gehen. Es gibt in der Gegend keine zauberhaftere Einkaufsgasse. Sicher eine tolle Location.«

»Werde ich machen.«

»Ich hoffe, der Eintopf schmeckt.«

»Ausgezeichnet. Wirklich richtig gut. Haben Sie den gekocht?« Ich nickte.

Er sah mich direkt an, und seine Augen funkelten warm. Die sind wirklich schön, dachte ich schon wieder.

»Freut mich. Lassen Sie es sich schmecken.«

Ich wollte zurück an den Stand, denn dort standen inzwischen zwei Leute an, und die wollten bestellen. Ich kümmerte mich um diese, schaute ab und an zu Noah rüber, der las, und irgendwann erhob er sich, brachte mir die Schüssel zurück. »Es war köstlich«, meinte er lächelnd.

»Danke«, sagte ich und nahm ihm die Schüssel ab.

»War auch sehr nett, Sie wiederzusehen und mit Ihnen

über Krimis zu plaudern, ich treffe selten Menschen, die da mit mir auf einer Wellenlänge sind.«

Ich freute mich sehr, dass er das sagte. Ohne dass er es ahnte, hatte er mir den Tag ein wenig versüßt.

»Wenn Sie wieder mal zufällig in der Gegend sind, unsere Tagesangebote wechseln, aber wir haben auch eine feste Karte mit leckeren Ostsee-Gerichten.«

»Ich schau es mir an«, versprach er, schenkte mir einen letzten warmen Blick und ging seiner Wege. Zu spät sah ich, dass er sein Lesezeichen auf dem Tisch hatte liegen lassen. Ich schaute die Fjordstraße runter, ob ich ihn noch sah, aber er war verschwunden. Also nahm ich das Lesezeichen an mich, es kam in unseren Fundgrube-Karton im Büro. Dann kehrte auch Trudy zurück, um mich abzulösen. Genau da trudelte eine SMS von Nils ein.

Hi Schatz, bin 19 Uhr da!

Dazu ein Emoticon-Herz. Es stimmte mich versöhnlich. Er war gut drauf, ich war es jetzt auch. Nun konnte mit dem Überraschungsessen heute Abend nichts mehr schiefgehen. Ich musste auch gleich los.

17. Kapitel

Es sollte der beste Coq au Vin werden, den Nils je gegessen hatte. Das Hähnchenfleisch sollte ihm auf der Zunge zergehen und zugleich so aromatisch sein, dass es seinen Gaumen kitzelte. Das hatte ich mir fest vorgenommen, und so wollte ich es umsetzen. Wenn er heimkam und es aß, sollte er sich richtig wohl zu Hause und mit mir fühlen.

Ich war in Windeseile daheim und machte mich ans Werk in unserer geräumigen Küche, zum Glück hatte ich gestern Abend schon einiges vorbereitet.

Die Hähnchenschenkel waren mariniert, wurden angebraten und kamen dann mit geschnittenem Gemüse in den Bräter.

Immer wieder übergoss ich sie mit der Sauce, in der sie brutzelten. Das färbte die Haut schön rotbraun.

Ich schloss die Ofentür wieder, und mein Blick fiel auf das Foto von Nils und mir an der Pinnwand, das uns im Sommerurlaub in Italien zeigte, eine Vielzahl bunter Regenschirme über unseren Köpfen.

Ehrlich, ich freute mich auf seine Heimkehr, der Groll war längst vergessen.

Kurz nach sechs klingelte mein Handy, die Melodie verriet bereits, es war Nils. Ich ging rasch ran.

»Hallo, Schatz!«

»Gut, dass ich dich erreiche. Wir sind gerade am Rostocker Hafen angelangt.«

Oh, das war ja etwas schneller als gedacht, da musste ich mich ranhalten.

Dann wäre er in zwanzig Minuten hier. Während mein

Herz vor Freude bis zum Hals klopfte, überlegte ich, wie ich das Essen zügig fertig bekam. Auch für das Danach hatte ich Pläne. Ich hatte noch so ein süßes Schmetterlingsnegligé in der Schublade …

»Die Kollegen und ich wollen zum Abschluss des Deals noch zusammen anstoßen, was essen«, verkündete Nils jedoch.

»Aber …« Ich hatte gedacht, er würde nach der langen Fahrt direkt nach Hause kommen. Ich hatte doch angekündigt, dass ich was für uns kochen würde.

»Freust du dich denn nicht? Die Fusionsgespräche waren ein großer Erfolg. Greg ist sehr zufrieden.«

Doch, schon. Es hatte sich ja gestern angehört, als wäre das nicht der Fall. Aber enttäuscht war ich auch, immerhin hatte ich mich abgehetzt, um das hier rechtzeitig hinzukriegen. Und natürlich konnte ich es nicht erwarten, Nils wiederzusehen.

»Nils, ich habe für uns gekocht. Das weißt du doch. Ich bin enttäuscht.«

»Ach Pauline, jetzt stell dich doch nicht so an«, sagte er leicht gereizt. »Das hier ist wichtig für mich.«

Verstand ich ja, aber unser Essen war eben wichtig für mich gewesen.

»Es ist schon so gut wie fertig«, seufzte ich.

»Kannst du das irgendwie einfrieren?«

Coq au Vin einfrieren? Na toll. Ich hatte in letzter Zeit wirklich oft hintangestanden und immer gute Miene gemacht, Nils so gut ich konnte unterstützt, aber nun war ich doch etwas angefressen.

»Sicher … geht, aber …«

»Danke, du bist die Beste.« Er wollte schon wieder auflegen.

»Warte. Wann bist du denn nun zu Hause?«

»Oh, das kann ich noch nicht sagen.«

»Vor zehn? Dann könnten wir zumindest noch zusammen ’ne DVD gucken und ein Glas Wein trinken.« Oder auch andere Dinge tun, ich sehnte mich nach ihm, obwohl ich gleichzeitig echt wütend war.

»Ich versuche es. Es ist ja nur noch dieser Abend, dann ist es endlich geschafft. Ich weiß, das ist für dich unschön, du hast dir sicher viel Mühe gemacht, aber dieser Abschluss ist eben genau das: ein Abschluss. Danach wird es besser.«

Ich atmete ein. Na schön … der Gedanke, dass die Fusion dann endlich abgeschlossen war, stimmte mich versöhnlich. Und der Ausblick, dass danach wieder Normalität bei uns einkehren würde, tat sein Übriges.

»Ah, da ist schon Greg. Bis später, Schatz.«

Seufzend steckte ich das Handy weg, widmete mich dem Essen, machte es fertig und entschied dann schweren Herzens, es einzufrieren. Aber ehrlich, es war eine Schande …

Ich überlegte, was ich nun mit dem traurigen Abend anfing, und schnappte mir aus Mangel an Ideen meinen Laptop, um ein paar Flyer für die Krabbenstube zu entwerfen, die ich dann auch direkt im Internet in Auftrag geben wollte. Als ich damit fertig und Nils immer noch nicht da war, nahm ich den Ostseekrimi von Jan Thies zur Hand und wartete auf Nils. Während die Seiten nur so dahinflogen, dachte ich kurz an Noah und unseren gemeinsamen Verdacht, dass Tante Klara die Mörderin war. Ich war gespannt darauf herauszufinden, was die Auflösung für mich bereithielt, und für kurze Zeit konnte ich abtauchen in eine ganz andere Welt.

18. Kapitel

Ich war eingedöst und wurde durch das Klacken der Haustür wach, die ins Schloss fiel. Ein Blick aufs Handy verriet, es war kurz vor Mitternacht. Ich hörte Nils im Flur schnaufen, wie er sein Gepäck abstellte, legte meinen Krimi zur Seite und erhob mich. Ich beobachtete, wie Nils seinen Mantel im Halbdunkeln aufhängte. Ich richtete mich auf.

»Du bist noch wach?«, stellte er erstaunt fest.

»Hast du eine Ahnung, wie spät es ist?«, fragte ich ärgerlich. So hatte ich mir unseren Abend nicht vorgestellt. Klar, er hatte gesagt, er wolle noch mit den Kollegen essen. Aber wer saß denn sechs Stunden im Restaurant?

Er eilte auf mich zu, schaltete dabei das Licht im Flur an und umarmte mich.

»Entschuldige, Pauline, es war einfach noch so viel zu besprechen. Die Stimmung war großartig, dann hat das eine das andere ergeben, und ich wollte Greg nicht enttäuschen.« Er lächelte mich an, wollte mich küssen, aber ich wich aus. »Was ist denn los?«, fragte er, und ich konnte nur verwirrt die Stirn über diese Frage runzeln. Kapierte er das wirklich nicht? Ich fühlte mich einfach total hintangestellt.

»Du hast gesagt zehn Uhr.«

Wenn schon kein gemeinsames Essen, dann zumindest ein gemeinsamer Abend – hatte ich gedacht, und fragte mich nun zerknirscht, ob Nils das alles wirklich so wenig bedeutete.

Wir gingen ins Wohnzimmer, ich ließ mich auf die Couch fallen, die Arme vor der Brust verschränkt.

»Ich sagte, ich versuch's. Es tut mir ehrlich leid, Pauline«, sagte er sanft. »Ich weiß, du hast dir Mühe mit dem Essen gegeben. Wir essen es morgen, versprochen. Freust du dich denn gar nicht über meinen Erfolg? Ich habe so lange auf die Beförderung hingearbeitet, und nun steht sie kurz bevor.«

Doch, natürlich freute ich mich für ihn. Aber es ging eben nicht nur um ihn, auch wenn er das nicht zu verstehen schien.

»Ich mache es wieder gut, morgen gehört nur uns, ja?« Er kam näher, hockte sich vor mich hin, sah mir tief in die Augen. »Du wirst sehen, von jetzt an wird alles besser.« Seine Hand legte sich auf meine, sanft und zugleich kräftig. »Ich werde es dir beweisen«, raunte er. »Sieh mal, das war einfach nur der Endspurt für dieses Projekt, ich musste noch mal richtig Gas geben, um über die Ziellinie zu kommen. Und ich habe es geschafft, jetzt kehrt Ruhe ein. Glaub mir.«

Ich nickte langsam.

»Alles wieder okay?«

»Okay«, gab ich nach. Ich wollte ihm einfach glauben, ich vermisste die alten Zeiten, den alten Nils, der immer für mich da gewesen war und sich Zeit für uns genommen hatte.

Sein Kuss landete auf meiner Stirn, während er sich erhob.

»Ich muss dir alles über die Kreuzfahrt und unsere Fusion erzählen«, meinte er und holte Wein aus der Kammer, goss mir ein Glas ein und sich selbst auch und fing an zu berichten, von den Leuten an Bord, den Restaurants und der Tatsache, dass seine Kollegen und er am Tisch des Kapitäns hatten sitzen dürfen, und natürlich von den vielen Verhandlungsgesprächen, die, so wie er es schilderte, rund um die Uhr stattgefunden hatten.

Es fiel mir ein wenig schwer, mich zu konzentrieren, war ich doch müde, aber ich merkte ihm an, wie stolz er auf Greg und sich war, wie zufrieden mit dem Ergebnis, und deswegen war ich zusehends auch zufriedener, denn ich wollte ja, dass er glücklich war, und ihn unterstützen.

»Klingt nach einer sehr erfolgreichen Geschäftsreise«,

meinte ich und nahm einen Schluck aus meinem bauchigen Glas.

»In der Tat. Und jetzt erzähl doch mal, was hast du denn in der Zwischenzeit getrieben?«

Ich nahm einen weiteren Schluck, stellte das Glas ab und erzählte es ihm. Immerhin hatte auch ich einen kleinen Erfolg vorzuweisen.

»Dass sich die Krabbenstube macht, freut mich. Nun kannst du dich ja endlich wieder aufs Probekochen im Von Bergen konzentrieren.«

»Ein bisschen aushelfen werde ich bei Gina schon noch«, meinte ich. Das gefiel Nils nicht, das erkannte ich daran, wie sich seine Brauen zusammenzogen. Sein Mundwinkel zuckte. Was hatte er denn gegen die Krabbenstube?

»Das Probekochen im Von Bergen ist in gut einer Woche, Pauline. Ich finde, du solltest das nun ganz oben auf die Prioritätenliste setzen. Das hab ich dir aber schon mal gesagt.«

»Ist es doch. Nur weil ich Gina aushelfe, verliere ich das doch nicht aus den Augen.«

Er schüttelte energisch den Kopf. »Ich hatte mir das anders vorgestellt, ich hatte erwartet, du würdest hier schon mal ein paar Gerichte von Bernhard von Bergens Karte nachkochen, die gibt's ja schließlich im Internet …«

»Um es dann einzufrieren, wie den Coq au Vin?«

»Das war jetzt unfair, Pauline!«

»Überleg dir lieber mal, wie du mit mir redest! Ich bin kein dummes Kind.« Ich hatte schon einen Überblick über meinen Zeitplan und konnte durchaus selbst entscheiden, wie ich die verbleibende Zeit nutzen wollte.

»Sorry … so war das doch gar nicht gemeint.«

Ich war leicht genervt, wollte es zwischen uns aber nicht eskalieren lassen. Ich hatte mich eben auf Gina und die Krabbenstube konzentriert, das war in meinen Augen wichtiger gewesen, zumal ich ja jetzt auch noch ein paar Tage Zeit hatte, was völlig genügte. Aber ich hatte einen Kompromissvorschlag.

»Ich koche Montag ein Von-Bergen-Gericht, okay? Das essen wir gemeinsam, und du als großer Von-Bergen-Fan kannst mir dann sagen, wie nah ich ans Original rangekommen bin.«

Seine Laune schien Aufwind zu kriegen, er nickte. »Klingt gut, ich freu mich drauf.« Ein Kuss landete auf meinem Haaransatz, und plötzlich wechselte er das Thema. »Nun aber zu deiner Überraschung«, raunte er, ließ von mir ab und griff nach einem kleinen Kästchen aus seiner Jackett-Tasche, das in eine samtene Schleife gebunden war. Dieses reichte er mir.

»Ich kriege eine Überraschung?«

»Mach es auf.«

Neugierig zog ich die Schleife auf, öffnete das Kästchen und blickte hinein. Ein Anhänger in Form einer bauchigen kleinen Flasche, kaum größer als ein Zweieurostück, lag darin. Und in der Phiole schimmerte etwas Grünliches in der Dunkelheit.

»Das ist eine Aurora Borealis, also ein Nordlicht, das eingefangen und in diese Flasche gebracht wurde.«

Ich war sprachlos. Natürlich war es kein echtes Nordlicht, das konnte man nicht einsperren, doch es wirkte täuschend echt. Ich hob den Anhänger heraus, betrachtete ihn von allen Seiten. Das Licht schien sich zu bewegen, darin zu wabern, wie ein leuchtend grüner Nebel.

»Gefällt es dir?«, fragte Nils.

Ich konnte kaum in Worte fassen, wie sehr. »Es ist traumhaft.«

Er nahm mir die Kette aus der Hand. »Dreh dich um«, sagte er und legte sie mir an.

»Als wir uns Finnland genähert haben, konnte ich abends an Deck die Nordlichter am Himmel sehen. Sie waren wunderschön, und ich musste jedes Mal an dich denken.«

Der Verschluss hakte ein, und ich drehte mich wieder zu Nils um. »Ich liebe es«, sagte ich, befühlte aufgeregt das Fläschchen. Nicht nur, dass er an mich gedacht hatte, er hatte auch noch so einen schönen Anhänger gefunden. Wenn noch etwas Ärger in mir übrig gewesen war, war er spätestens jetzt verflogen.

Da beugte er sich zu mir vor und küsste mich zärtlich. Sanft umschlossen seine Lippen die meinen, und sein herbmännlicher Geschmack breitete sich auf meiner Zunge aus. Ich hielt den Atem an, genoss den wunderbaren Kuss.

»Ich habe dich vermisst, Pauline«, raunte er und hob mich hoch, trug mich auf Händen durch das Zimmer, dann in den Flur und die Treppe hoch zu unserem Schlafzimmer. Dort angekommen, ließ er mich auf das Bett sinken, beugte sich über mich. Mein Herz schlug vor Glück einen Dreifachsalto.

»Ich bin nicht immer einfach, das weiß ich, und es tut mir leid. Aber es gibt auch Dinge, die ich gut kann.«

Nils zwinkerte, nahm mein Gesicht in beide Hände und küsste mich erneut voller Leidenschaft.

19. Kapitel

Nils öffnete am nächsten Morgen das Fenster ganz weit, und die angenehm frische Ostseeluft wehte zu uns herein. Ich konnte sogar das Rauschen der Wellen hören, obwohl unser Haus ein Stück weit von der Küste entfernt lag, bei gutem Wetter konnte man die See jedoch problemlos von hier sehen. Nils verschwand und kam kurz darauf zu mir zurück, brachte mir das Frühstück ans Bett. Behutsam kniete er sich auf seine Matratze und stellte ein Tablett neben mir ab, auf dem ich nach einem kurzen Blinzeln zwei Hörnchen, etwas Marmelade sowie ein paar Scheiben Roggenbrot und Pfeffermakrele entdeckte. Dazu eine Tasse dampfenden Kaffee.

»Wow, du hast dir echt Mühe gegeben.« Ich fühlte mich ein bisschen wie eine Spielverderberin, weil ich noch gar keinen Hunger hatte.

»Ich sagte doch, ich beweise dir, dass von jetzt an alles besser wird.«

Er küsste mich auf den Scheitel, und ich schnappte mir ein Hörnchen, gab etwas Marmelade auf den Teller und tunkte es ein.

»So kann man es auch essen«, Nils lachte.

»Solltest du auch mal probieren.« Ich zwinkerte, aber Nils schnitt sein Hörnchen auf und bestrich es mit Marmelade. Als es ihm zu kühl wurde, machte er das Fenster wieder zu.

»Was wollen wir denn mit unserem Sonntag anfangen?«, fragte Nils, setzte sich wieder zu mir und aß genüsslich sein Hörnchen, er war schneller fertig als ich.

»Wir bleiben den ganzen Tag im Bett?«, schlug ich vor und trank einen Schluck Kaffee.

Ich war satt, stellte das Tablett aufs Nachttischchen, und er zog mich in seine Arme.

Nils lachte, vergrub sein Gesicht in meinen Haaren.

»Und wirklich?«

»Wie ›und wirklich‹? Das war ernst gemeint.« Ich war kurz davor, Gina anzurufen. Ich wusste, mit Trudy und Marco im Rücken käme sie auch ohne mich zurecht.

»Aber wir könnten heute doch so viel unternehmen, das wäre doch was, raus in die Wintersonne.«

»Du warst doch schon die ganze Woche über unterwegs, hast du denn noch nicht genug erlebt?«, wunderte ich mich, drehte mich zu ihm um und hauchte einen Kuss auf seine Nasenspitze.

Da fiel mir etwas ein. »Ich könnte dir die Krabbenstube zeigen, wir gehen dort essen!« Wenn er erst Ginas unglaubliche Spezial-Krabbenbrötchen probierte oder unsere Eintöpfe, würde er sicher verstehen, warum dieses verträumte Fischbistro echtes Potential bot.

»Mittag im Fischimbiss?«, neckte er mich, als wäre es die absurdeste Idee, die er je gehört hätte.

Ich rollte gespielt empört mit den Augen, manchmal konnte er ja wirklich arrogant sein. Als wenn Imbissbuden etwas Schlechtes wären …

»Du kennst doch die Krabbenstube gar nicht, weil du noch nie da warst.« Seit Ewigkeiten drückte er sich davor, und manchmal kam es mir vor, als wären das Lokal oder meine Familie nicht gut genug für ihn. Aber den Gedanken verdrängte ich gleich wieder. Es sollte ein schöner Tag werden.

»Also gut, wir verbringen den Tag im Bett, Kompromiss?«

»Okay«, sagte ich zufrieden und hielt mir das Handy ans Ohr.

»Wen rufst du an?«

»Gina, damit sie nicht wartet.«

Ich gab ihr kurz Bescheid, aber noch während ich mich

von ihr verabschiedete, nahm Nils mir das Handy weg. »Sie hat heute frei«, sagte er prompt und legte auf.

»Du kannst doch nicht …«

»Kann ich wohl«, sagte er grinsend und packte mich verspielt, ich landete auf meinem Kissen, er lachte und beugte sich über mich, aber so lustig fand ich das nicht.

»Du kannst doch nicht einfach mein Telefonat unterbrechen«, sagte ich ärgerlich.

Er rollte mit den Augen. »Mein Gott, jetzt sei doch nicht gleich eingeschnappt deswegen. Entspann dich mal.«

Ich seufzte, na schön … aber gut fand ich es dennoch nicht.

Gegen Abend beschloss ich, den Coq au Vin aufzutauen. Sicher würde er jetzt nicht mehr ganz so gut schmecken, aber es wäre auch schade, ihn nicht zu essen. Ich schob ihn also noch mal in den Ofen und servierte ihn eine Stunde später. Ausgerechnet da klingelte sein Handy, er zog das Smartphone rasch hervor.

Echt jetzt? Beim Essen?

Doch er ging nicht ran, sein Mundwinkel zuckte nervös, als er aufs Display schaute. Ich wusste sofort, irgendetwas stimmte nicht.

»Alles okay?«, fragte ich also, doch er steckte das Mobiltelefon rasch wieder weg.

»Nils?«

»Wie? O ja … ja, das war nur Greg …«

»Dein Boss? Am Sonntagabend?« Der hatte ja vielleicht Nerven.

Apropos Nerven, Nils wirkte merkwürdig nervös, knetete seine Finger, bis sie rot waren.

»Wirklich alles okay?«

Vielleicht war ja etwas wegen der Fusion schiefgegangen, warum sollte Greg auch sonst um die Zeit anrufen?

»Klar, hab ihn weggedrückt. Ist doch unser Tag.«

Ich nickte, war vielleicht ganz gut, wenn Nils Greg auch mal Grenzen aufzeigte, der nutzte seine Gutmütigkeit viel zu oft aus.

»Dann wollen wir mal essen, oder?«, schlug Nils vor. Er schnappte sich das Besteck.

»Gerne!« War schon auf seine Reaktion gespannt, hatte ich doch mit viel Liebe gekocht.

Als Nils ein Stück von seinem Schenkel probierte, verzog er leicht das Gesicht.

»O nein, es schmeckt nicht«, fürchtete ich und probierte selbst. Es war nicht so gut, wie es hätte sein können, dank des Einfrierens, aber auch kein Reinfall.

»Es ist in Ordnung«, versicherte Nils und spießte ein Karottenstück und dazu noch etwas von der Schalotte mit der Gabel auf, um es sich in den Mund zu stecken. Kauend wog er den Kopf hin und her, nahm dann einen riesigen Schluck von dem guten Wein, den ich geöffnet hatte, um den Abend perfekt zu machen.

Nils spülte den Mund mit dem guten Tropfen aus, ließ ihn von einer Seite seines Mundes zur anderen gleiten, sodass sich seine Backen blähten.

»Vielleicht hättest du lieber den Dornfelder geöffnet«, bemerkte er.

»So schlimm ist der Coq au Vin nun auch nicht«, sagte ich leise, denn ich hörte raus, dass Nils es als Verschwendung empfand, dass ich unseren guten Wein ausgewählt hatte.

»Nein, das wollte ich gar nicht sagen«, erklärte er, während sein strenger Blick eine völlig andere Botschaft vermittelte.

»Man friert halt Coq au Vin nicht ein«, kam es über seine Lippen. Ich rollte mit den Augen.

»Das war doch dein Vorschlag. Hätte ich ihn stattdessen wegwerfen sollen?«, fragte ich ärgerlich. Das wäre dann wirklich Verschwendung gewesen. Wieso war er jetzt überhaupt so schlecht drauf? Wegen Gregs Anruf?

»Ach Pauline, dass du aber auch immer alles in den falschen Hals kriegen musst.«

Tat ich doch gar nicht!

»Natürlich sollst du nichts wegwerfen, ach, vergiss einfach, was ich gesagt habe«, schlug er vor. »Ich bin sicher, er hätte gestern vorzüglich gemundet.«

Nils klang versöhnlich, und ich wollte mir unseren perfekten Tag nicht kaputtmachen lassen, mich nicht an einer einzelnen Äußerung festbeißen. Immer schon war Nils mein größter Kritiker gewesen, er unterstützte mich aber auch, ohne ihn hätte ich das Probekochen bei Von Bergen nicht an Land gezogen.

»Du bist eine super Köchin, das weiß ich. Und ich bin sicher, wenn du morgen ein Von-Bergen-Gericht nachkochst, wird es grandios schmecken.«

Ich würde mein Bestes geben.

Wir aßen auf, das hieß, Nils ließ noch einen halben Schenkel auf seinem Teller übrig. Ich schluckte das Gefühl von Kränkung zugunsten eines harmonischen Abends herunter.

20. Kapitel

Nils hatte es am nächsten Morgen eilig, ins Büro zu kommen, daher war keine Zeit für ein gemeinsames Frühstück. Aber das war nicht schlimm, ich freute mich dafür umso mehr auf unseren Abend.

Heute war wie jeden Montag Schließtag in der Krabbenstube, da konnte ich mir also Zeit fürs Gericht nehmen.

Ich ging den Tag entspannt an, machte mich frisch und ging dann Zutaten für das Fisch-Ragout, das ich plante, einkaufen. Ich fuhr zum örtlichen Supermarkt, der auch frische Ware anbot. Zuvor hatte ich mir online noch mal die Speisekarte vom Von Bergen runtergeladen, damit ich wusste, was ich brauchte.

So landeten Kabeljaufilet, Minikartoffeln, Frühlingszwiebeln, Dill, Crème fraîche und viele weitere leckere Dinge in meinem Einkaufswagen. Wein hatten wir im Keller mehr als genug, da würde ich schon etwas finden.

Den Rest des Tages machte ich sauber, saugte, wischte Staub und holte alles nach, was ich die letzte Zeit ein wenig wegen der Krabbenstube vernachlässigt hatte, ehe ich mich am späten Nachmittag ans Kochen machte.

Ich spülte den Kabeljau unter dem Wasserhahn ab und schnitt das Filet in kleine Würfel, die ich anschließend würzte. Danach schnippelte ich noch die Frühlingszwiebeln und weiteres Gemüse, um anschließend Butter im Topf zu erhitzen und das Gemüse hinzuzugeben. Schließlich kamen Weißwein und die Crème fraîche hinzu, um eine rahmige Sauce zu erhalten.

Zu guter Letzt landeten noch die Kartoffeln und der Fisch

im Topf, und das Gemisch köchelte noch etwas, bis Nils überpünktlich die Tür aufschloss.

»Du kommst genau richtig«, rief ich ihm zu, und kurz darauf lugte er in die Küche.

»Mmh«, machte er und sog genießerisch den Duft ein. »Ich erkenne das Von-Bergen-Aroma!«

»So soll's auch sein.« Ich gab noch etwas Würze rein und rührte das Gericht kräftig um.

»Kann ich mich noch kurz umziehen?«, wollte er wissen.

»Klar.«

Nur wenige Minuten später saßen wir bei Tisch.

Nils schmeckte es sehr gut, ich war direkt überrascht, dass er nichts auszusetzen hatte.

»Wenn du bei Von Bergen so kochst, nehmen sie dich mit Handkuss«, erklärte er, und das wäre mein Traum.

Wir stießen an. »Auf das Von Bergen.«

Ich lachte. »Etwas verfrüht, oder? Nicht, dass das Unglück bringt.«

»Bei diesen Kochkünsten kann nichts schiefgehen, Pauline, das weiß ich.«

Er war süß, wenn er so an mich glaubte.

Nach dem Essen setzten wir uns auf die Couch und kuschelten uns aneinander. Ich fühlte mich rundum zufrieden. Und auch etwas selbstsicherer, was das bevorstehende Probekochen anging. Eigentlich wusste ich, was ich konnte, aber ich litt auch seit jeher an Prüfungsangst. Ich hoffte sehr, dass es klappte. Zwar machte es in der Krabbenstube wirklich Spaß, aber es wurde Zeit, dass ich wieder auf meine eigenen Füße und wieder etwas Geld in die Kasse kam. Aber nun war erst mal gemeinsame Zeit mit Nils angesagt.

Sein Arm legte sich um mich. »Tut mir leid, dass ich so wenig Zeit für dich hatte. Der Job hat mich völlig beansprucht. Ich merke jetzt selbst, wie sehr ich unter Strom stand.«

»Jetzt habt ihr euer Ziel ja erreicht«, sagte ich.

Aber sein Blick verdunkelte sich.

»Wenn's nur so wäre. Es soll Nachverhandlungen geben, weil einer der Anwälte der Swede Bank nicht mit einigen Klauseln im Vertrag einverstanden ist. Dabei waren wir uns längst einig. Es geht in die zweite Runde …«

Ich seufzte, durfte das wahr sein? Sollte das bedeuten, alles ging wieder von vorne los? Überstunden, Arbeiten am Wochenende, was blieb dann für uns?

»Nein, Nils …« Ich schüttelte den Kopf.

»Pauline …«

»Das ist fast, als wäre alles auf null gesetzt …«

»Pauline!«

»Was denn?«, knurrte ich.

»Entspann dich, das ist unser Abend.«

Ich atmete tief ein.

»Wir wissen noch gar nicht, was auf uns zukommt, beruhige dich, okay? Wahrscheinlich muss ich bei den weiteren Verhandlungen nicht mal dabei sein, das machen die Anwälte unter sich aus.« Er lächelte zärtlich. »Lass dich nicht ablenken, konzentriere dich aufs Probekochen.«

»Du hast ja recht.«

Sanft streichelte seine Hand meine Wange. Dann beugte er sich über mich, und ich schloss genüsslich die Augen.

21. Kapitel

In den nächsten Tagen half ich weiter in der Krabbenstube aus und freute mich über die wachsende Anzahl von Gästen und darüber, dass uns unsere Nachbarn aus dem Sanddornweg mit zahlreichen Besuchen unterstützten. Zugleich bereitete ich mich in jeder freien Minute mental auf mein Vorstellungsgespräch im Von Bergen vor. Dazu las ich abends ein paar Online-Artikel mit Tipps zu Bewerbungsgesprächen. Der Termin rückte näher und näher.

Am Morgen vor dem Probekochen wurde ich von Nils' Gemurmel wach. Ich hatte vor Aufregung wegen des Vorstellungsgesprächs kaum ein Auge zugemacht. Entsprechend leicht war mein Schlaf. Es brauchte einen Augenblick, ehe ich begriff, dass er gar nicht mehr neben mir in unserem Bett lag, sondern nebenan, im angrenzenden Badezimmer war. Nur mit wem redete er?

Ich schnappte ein »ich dich auch« auf und wurde hellhörig.

In dem Moment ging die Badezimmertür auf, und Nils kam raus, erschreckte sich, dass ich wach war.

»Du telefonierst im Bad?«, fragte ich und bemühte mich, nicht zu aufgeregt zu reagieren. Aber dieses »Ich dich auch« sorgte für ein ganz ungutes Gefühl. Wann erwiderte man das schon? Mir fiel spontan nur ein »Ich liebe dich« ein.

»Ich … wollte dich nicht … wecken«, erklärte Nils und wich meinem Blick aus.

»Das war Greg«, fügte er hinzu und holte sich frische Sachen aus dem Schrank. Schon wieder Greg?

»Ich muss auch sofort los.«

»Du verabschiedest dich bei Greg mit einem ›Ich dich auch‹?«

Abrupt drehte er sich zu mir um. »Du hast mich belauscht?«

»Nicht absichtlich, und das ist auch nicht der Punkt.«

»Das ist ja ein starkes Stück«, schimpfte er. »So vertraust du mir also? Keine Ahnung, was ich zur Verabschiedung gesagt habe, aber sicher war es kein Liebesgeständnis oder was immer du mir hier vorwerfen willst«, sagte er sichtlich verärgert. »Aber bitte, wenn du mir nicht glaubst, hier ist mein Handy, ruf Greg an und frag ihn, ob wir gerade telefoniert haben.«

»Unsinn«, gab ich nach. Das wäre nun wirklich albern.

»Du hast dich einfach nur verhört, Pauline. Ich habe nämlich extra leise gesprochen und die Tür zugemacht, damit du nicht wach wirst.«

»Es war wirklich nur Greg?«, rückversicherte ich mich.

Ein Lächeln huschte über seine Lippen. »Wenn ich es dir doch sage. Und mal ehrlich, Pauline, wenn ich dich in welcher Form auch immer hintergehen würde, wäre ich doch nicht so blöd, es direkt neben deinem Bett im Bad zu tun.«

Ich musste unwillkürlich schmunzeln. Wahrscheinlich hatte er recht, und ich hatte überreagiert. Tatsächlich war es ja mehr ein Gemurmel gewesen. Und so richtig wach war ich auch noch nicht gewesen.

Nils hatte inzwischen einen frischen Anzug an. »Also, alles geklärt?«, wollte er wissen.

Ich nickte.

Er lächelte versöhnlich. »Dann bis heute Abend.« Er beugte sich vor und küsste mich auf den Schopf.

Etwas später machte ich mich fertig und fuhr in meinem Wagen zur Krabbenstube, wo Gina bereits Eintöpfe für den Stand angerichtet hatte, die Marco in unsere Suppenstation nachfüllte, während Trudy durch das Bistro wirbelte, um Bestellungen aufzunehmen, weil wir heute fast viermal so viele Gäste hatten wie an den Tagen zuvor.

Ich band mir die Schürze um und machte mich in der Küche nützlich. Aber ich war viel tollpatschiger als sonst, verwechselte um ein Haar Salz und Zucker, weil mein Adrenalinpegel wegen morgen auf Hochtouren lief.

»Willst du heute wirklich hier arbeiten?«, fragte Gina besorgt. »Ruh dich doch lieber zu Hause aus, und bereite dich auf morgen vor.«

Ich schüttelte den Kopf. »Ich muss irgendetwas Sinnvolles tun, sonst werde ich vor Aufregung verrückt«, sagte ich zwinkernd, meinte es aber auch ernst. Ich musste mich einfach ein bisschen auf andere Gedanken bringen.

»Weiß eigentlich jemand, was da gegenüber in den leeren Laden reinkommt?«, fragte Marco etwas später und half mir, ein paar frische Lieferungen im Kühlraum und im Lager zu verteilen.

»Keine Ahnung, aber das viele Gehämmer und der ganze Staub sind etwas lästig für unsere Gäste«, meinte Gina, die gerade eine Lachslasagne zubereitete und das Gespräch mitbekommen hatte.

»Die Bauarbeiter sprachen von Küchenanschlüssen, vermutlich kommt ein neues Lokal rein«, sagte ich.

Wir brachten weitere Teile der Lieferung ins Kühllager, und ich stellte bei einem Blick in unsere »Das muss schnell verbraucht werden«-Truhe fest, dass man schon den Boden sehen konnte.

»Noch ein Lokal in der Gegend?«, sagte Marco skeptisch. »Klingt nach Konkurrenz.«

»Kommt auch drauf an, was für ein Lokal«, sagte Gina.

Er zuckte die Schultern. »Ich muss wieder zum Stand.«

»Achte übrigens mal drauf: Lou und Viola haben uns schon ein paar Tischdecken und Schürzen gefertigt.« Gina öffnete die Durchreiche und präsentierte mir stolz die neuen Decken. Sie sahen unglaublich süß aus mit diesen Landhausmustern, die man in amerikanischen Dinern öfter fand.

»Nicht schlecht, oder? Unsere Decken und Schürzen sind nicht von der Stange, sondern aus einer Boutique! Wer kann das schon von sich behaupten?«

»Ja, wirklich toll. Da müssen wir uns bedanken«, meinte ich.

Im Laufe des Tages kamen immer mehr Gäste. Ich gewöhnte es mir an, ab und an selbst ein Gericht an den Tisch zu bringen, da Trudy auch alle Hände voll zu tun hatte und Marco vom Stand kaum wegkonnte. Gerade brachte ich einem Gast ein Calamari-Fritti-Brötchen, aber wegen des Probekochens morgen war ich wirklich durch den Wind und erkannte ihn nicht sofort, sondern erst, als dieser mich lächelnd aus zwei haselnussbraunen Augen ansah.

»Noah?«

»Warum so überrascht, hier ist es köstlich. Klar, dass ich noch mal vorbeisehe.«

Schwarze, leicht gewellte Haare, die an den Seiten bis zu den Ohren reichten und im Nacken etwas länger waren, umgaben sein schmales, aber dennoch markantes Gesicht.

Sein Lächeln wurde von winzigen Fältchen umspielt und übertrug sich auch auf seine Augen. Ich ertappte mich dabei, wie ich auch noch Sekunden später in seinem Blick versank. Komisch, so was passierte mir sonst nie.

»Freut mich, das hören wir natürlich gerne.« Ich reichte ihm den Teller.

»Das sieht aber gut aus«, erklärte er, hielt sich das Gericht unter die Nase und sog den Duft ein.

»Die Krabbenstube ist das einzige Restaurant, das ich kenne, in dem der Meeresfrüchteanteil des Fischbrötchens warm ist.« So stand es auch in der Karte. Spezialbrötchen mit angebratenen oder frittierten Meeresfrüchten. Dazu frische Beilagen aus Gurken, Tomaten und Salat.

»O ja, das hat mein Onkel irgendwann eingeführt. Er dachte, der Geschmack wäre dann intensiver.«

»Verstehe. Na, ich bin gespannt.«

»Da fällt mir ein, ich hab da noch was für Sie, das Sie bestimmt schon überall gesucht haben.«

»Ach, was denn?«

»Einen Moment.« Ich eilte ins Büro, holte das Lesezeichen aus dem Fundgrube-Karton und brachte es ihm.

Er machte große Augen. »Hier habe ich es also liegen lassen. Danke.«

Er schien sich ehrlich zu freuen. Das Lesezeichen wirkte recht alt, sicher hatte er es oft benutzt, und es hatte eine emotionale Bedeutung für ihn.

»Keine Ursache und guten Appetit«, wünschte ich und wollte in die Küche zurück.

»Ich habe den neuen Thies übrigens durch«, erklang seine Stimme hinter mir. Ich drehte mich noch mal zu ihm um. Keine Ahnung wieso, aber er lenkte mich super von morgen ab und war zugleich eine Art Ruhepol. Jedenfalls genoss ich unser Gespräch, auch wenn ich eigentlich keine Zeit zum Plaudern hatte.

»Verraten Sie mir nichts, ich bin erst knapp über die Hälfte gekommen.«

Er lachte. »Na schön, da will ich Ihnen den Spaß nicht verderben. Nur so viel: Es war spannend, einer der besten Thies-Krimis seit langem.«

»Dann hab ich ja etwas, worauf ich mich freuen kann.«

Er nickte und schenkte mir noch ein strahlendes Lächeln.

Nun gut gelaunt kehrte ich zu Gina in die Küche zurück.

»Wer war denn das?«, fragte mich Gina überaus neugierig.

»Oh, nur ein Krimi-Fan wie ich«, erklärte ich und machte

mich wieder an die Arbeit, Ginas »Soso« überhörte ich geflissentlich.

»Süßer Typ«, entwich es ihr noch, aber auch diese Äußerung ließ ich unkommentiert. Aber ja, wäre ich nicht längst in festen Händen, Noah wäre wohl jemand, der mich interessieren würde. Aber schon musste ich wieder an morgen denken.

Gina ahnte, was mit mir los war. »Du bist die beste Köchin, die ich kenne. Du kriegst das hin, ehrlich. Ich werde dich schmerzlich hier vermissen, das kann ich dir jetzt schon sagen.«

Ich lachte leise.

»Bernhard von Bergen muss das einfach auch so sehen, sonst müsste ich ernsthaft an dessen Verstand zweifeln. Aber so oder so, hier hast du immer einen Platz in der Küche. Wir hier wissen nämlich, was gut ist!«

»Du bist so lieb.«

»Außerdem wird Nils dich bestimmt heute Abend aufbauen, so wie ein Trainer seinen Boxchampion.«

»Nils muss heute länger arbeiten. Seine Fusionsgespräche werden wieder aufgerollt, er ist total unglücklich deswegen.« Und ich war es auch.

»Ist nicht dein Ernst!« Gina schien empört. »Bei aller Liebe, aber einen Abend vor deinem großen Tag kann er doch wohl mal seinen Allerwertesten etwas früher nach Hause schwingen.«

»Er hat es derzeit nicht leicht«, verteidigte ich ihn halbherzig.

Gina rollte mit den Augen.

»Weißt du was, dann machen wir dir hier einen schönen Abend«, sagte Gina plötzlich.

»Heute Abend findet das Sanddorn-Treffen in der Stube statt, und du nimmst dran teil. Das wird lustig. Und es geht ja nur ein bis zwei Stunden.«

»Die Sanddorn-Treffen gibt es immer noch?«

Ich kannte sie noch von früher. Alle Ladenbesitzer des Sanddornwegs trafen sich, redeten über alles, was im Laufe eines Monats so angefallen war, oder planten gemeinsame Aktionen. Für uns Kinder waren diese Erwachsenen-Gespräche damals irre langweilig gewesen. Doch nun würde es sicher schön sein, alle mal wiederzusehen.

Und bevor ich zu Hause allein versauerte oder mir vor Prüfungsangst das Nagelbett wund kaute … Warum also nicht?

»Na siehst du. Ich bin sicher, wir werden unseren Spaß haben. Da fällt mir noch was ein, ehe ich es vergesse …«

Sie holte etwas aus dem Kräuterregal und reichte mir einen Umschlag.

»Was ist das?«

»Für deine Mühen.« Sie lächelte, aber ihre Augen schimmerten auch ein wenig. »Dank dir konnte ich meiner Mama neulich am Telefon guten Gewissens sagen, dass hier alles gut läuft. Und du kannst dir vorstellen, wie erleichtert sie war.«

»Ist das ein Scheck? Ich sagte doch, ich will kein Geld, ich …«

»Es ist nur ein Gutschein für die Strandboutique. Wir haben alle zusammengelegt, du kannst dich also komplett neu einkleiden, wenn du magst. Und den nimmst du an, darauf bestehe ich.«

Ich lächelte und steckte ihn ein, umarmte Gina. »Danke.« Über dieses Präsent freute ich mich wirklich.

22. Kapitel

Zum Abend hin bereiteten wir ein paar Snacks vor, dann trafen die ersten Gäste zum Sanddorn-Treffen ein, denen wir zwei Tische in der besten Ecke reserviert hatten. Marco hatte dabei geholfen, das rustikale und massive Mobiliar zu verrücken, ehe er zu seinem Uni-Abendkurs aufgebrochen war. Nicht jedoch, ohne sich vorher von Gina mit einem innigen Kuss verabschiedet zu haben. Nach dem Seminar wollte er wieder herkommen, um uns mit den Gästen zu helfen, die wir neben dem Treffen noch bedienen mussten. Abends war inzwischen wieder einiges los hier.

Ich begrüßte erfreut unsere Nachbarn, und dann trat auch eine alte Bekannte vor mich, die ich lange Zeit nicht gesehen hatte.

»Ahoi, meine Lieben!«, rief die gute alte Irmchen, die Besitzerin des Souvenirladens.

Ich kannte sie, seit ich laufen konnte, eine sehr sympathische und herzliche Frau in ihren Sechzigern. Einst war die raubeinige Irmchen mit dem älteren Bruder, dem die Nawrath Fischerei gehörte, jeden Morgen mit dem Kutter raus, aber dann hatte die Hüfte nicht mehr mitgemacht. Die Geschichte kannte hier jeder. Und auch Irmchens große Liebe zur See. Wir sahen uns zum ersten Mal seit langem wieder, denn sie war auf Familienbesuch gewesen und der Souvenirladen deswegen vorübergehend geschlossen, wie Gina mir verraten hatte.

Freudig breitete sie die Arme in meine Richtung aus.

»Pauline, das gibt's ja auf keinem Schiff! Wie lange haben wir uns nicht gesehen?«

Ich umarmte die winzige Frau, die dennoch kräftig war und fest zupacken konnte.

»Ich wollte ja eigentlich viel früher vorbeikommen, doch ich war so viel unterwegs. Aber nun bin hier und schon auf dem neuesten Stand der Dinge! Man hat mir schon verraten, dass du der kleinen Gina hilfst. Denn wisst ihr, das Herz und die Seele eines Schiffes ist die Kombüse. Das war immer so, das wird immer so bleiben. Und für den Sanddornweg gilt das auch, bei uns seid ihr die Kombüse. Deswegen ist die Krabbenstube nicht von hier wegzudenken. Und früher oder später kapieren das die Leute und kommen wieder.«

»Es läuft ja schon besser«, meinte Gina.

»Großartig! Es heißt ja nicht umsonst, die besten Kapitäne stehen an Land«, sagte Irmchen in meine Richtung, stellte sich dann vor mich auf die Zehenspitzen, um mit beiden Händen an mein Gesicht zu kommen und meine Wangen zu drücken, wie sie es immer tat.

»Gut gemacht! Ich hab gehört, morgen ist der große Tag mit dem Probekochen?« Sie war wirklich gut informiert. Irgendwann in ihrer Pause musste Gina Irmchen alles erzählt haben, was in deren Abwesenheit hier passiert war. »Da kann man ja nur Mast- und Schrotbruch wünschen.«

Ich lachte leise, Gina hatte wohl alle gebrieft. »Danke, Irmchen.« Sie ließ von mir ab, klopfte mir noch mit ausgestrecktem Arm auf die Schulter und suchte sich dann einen Platz an einem der zusammengestellten Tische.

Nach und nach trudelten auch die anderen ein, eine eingeschworene Gemeinschaft, viele vertraute Gesichter. Ich erkannte den einst so grimmigen Buchmann, der plötzlich bester Laune und überaus aufgeschlossen erschien. Viola und er hielten Händchen, als sie die Stube betraten. Sieh an, so war das also! Mir wurde warm uns Herz, hatte ich doch mitbekommen, dass Violas Mann vor einiger Zeit von uns gegangen war. Buchmann selbst wirkte um Jahre jünger.

»Guten Abend«, sagte er mit einem faltigen, aber herzlichen Lächeln im Gesicht.

Viola umarmte mich überschwänglich.

»Eure Decken und Schürzen sind erste Sahne«, erklärte ich ihr. »Sie sind auch bereits im Einsatz.« Ich deutete zu den rotweißen Tischdecken, welche die Krabbenstuben-Tische zierten. Ich hatte sie vorhin ausgetauscht.

»Wäre mir gar nicht aufgefallen«, meinte sie zwinkernd. »Freut mich, dass es dir gefällt. Ein paar Decken und Ersatzschürzen bekommt ihr auch noch.«

»Nur keine Eile. Nehmt doch schon mal Platz.«

Sie setzten sich zu Irmchen.

Außerdem kam auch Lou mit einem hochgewachsenen Mann im Anzug, den ich noch nicht kannte.

»Der Sanddorn-Erbe, der nun das Hotel leitet«, raunte Trudy mir zu. »Sein Name ist Henrik.«

Ich beobachtete, wie zärtlich sich Henrik und Louisa ansahen, und freute mich, doch vermisste zugleich solche Blicke von Nils. Nils, der nicht hier war. Am Abend vor meinem großen Tag, ich seufzte.

»Die beiden haben laut Viola eine turbulente Geschichte hinter sich«, fügte Trudy hinzu.

Lou umarmte mich auch. Henrik reichte mir die Hand, stellte sich überaus höflich vor. Obwohl ich in den letzten Jahren kaum hier gewesen war, schon gar nicht an einem Sanddorn-Treffen teilgenommen hatte, hatte mich niemand vergessen. Das war ein wunderbares Gefühl, so, als gehörte ich dazu.

»Hallo, Pauline, schön, dich zu sehen«, hörte ich von allen Seiten. Ich fühlte mich herzlich aufgenommen.

Außerdem waren da noch viele andere Ladenbesitzer, die ich noch nicht kannte. Eine kleine zarte Frau kam mir entgegen, stellte sich als Hannah, Irmchens Aushilfe, vor. Sie studierte an derselben Uni wie Marco, allerdings ein anderes

Fach, und war mir sofort sympathisch. Ab morgen würden Irmchen und sie wieder gemeinsam im Souvenirladen stehen.

Es wurde Wein und Bier ausgeschenkt, munter über das Wetter, das einige zu kalt, andere nicht wintergerecht genug fanden, geplaudert und über Winterrabatte, die nun sowohl im Blumenladen als auch in der Strandboutique eingeführt worden waren.

»Im nächsten Sommer werden wir auch ein paar Stücke der Designerin Francesca Guiliani im Sortiment haben«, verriet Lou. Das klang großartig! Ich war schon mächtig gespannt.

»Wie läuft es mit der Krabbenstube?«, wollte der Mann vom Blumenladen von uns wissen.

»Diese Kritik war so was von scheußlich«, erklärte die Dame vom Fahrradverleih. »Ich finde es auch schön, dass sie wieder wie früher aussieht.«

Ginas Gesicht rötete sich ein wenig. »Ja, sie zu verändern war wohl keine Glanzleistung … Aber sie erholt sich jetzt. Es kommen wieder regelmäßig Gäste«, erklärte Gina.

Das war auch im Augenblick der Fall, weswegen Gina und ich immer mal wieder aufstehen und in die Küche mussten, während Trudy die Stellung an der Bar hielt. Der Stand war schon dicht, und nachdem wir die aktuellen Bestellungen fertig hatten, kehrte auch etwas Ruhe ein. »Ihr seht ja, was hier los ist. Und das habe ich nur Pauline zu verdanken«, endete Gina.

»O nein, es war Teamarbeit«, versicherte ich.

»Nicht so bescheiden. Ehre, wem Ehre gebührt!«, sagte Irmchen und kippte einen Schluck aus ihrer Bierflasche runter. Dann hustete sie mit einem Mal so heftig, dass Hannah ihr auf den Rücken klopfen musste.

»Du solltest wirklich mal zum Arzt, das geht doch schon seit Wochen so und ist auch in deinem Urlaub nicht besser geworden«, hörte ich die junge Frau sagen, aber Irmchen wäre wohl nicht Irmchen, wenn sie nicht abgewinkt hätte. »Ach, was für ein Seemannsgarn, Kleine. Ich bin aus hartem Holz geschnitzt, da haut mich ein kleiner Husten nicht um.«

Hannah schaute unglücklich drein, aber sagte nichts.

»Ich finde auch, dass das immer schlimmer wird«, sorgte sich Viola.

»Ich bin vielleicht eine alte Fregatte, aber deswegen geh ich doch nicht gleich unter.« Irmchen lachte wieder. »Reden wir von was anderem. Morgen ist Paulines großer Tag«, sagte sie, und alle Augen richteten sich auf mich, ich bekam direkt etwas Lampenfieber. Scheinbar hatte Gina doch nicht alle informiert.

»Eine von uns wird in einem Sternerestaurant kochen«, meinte Irmchen unverblümt. »Und ich bin froh, dass ich rechtzeitig zurück bin, um diese tolle Neuigkeit zu verkünden.«

»Es ist nur ein Probekochen«, sagte ich rasch, bevor ein falscher Eindruck entstand.

»Der Chef dort hätte doch nicht mehr alle Segel am Mast, wenn er dich nicht nimmt«, meinte Irmchen.

»Das sag ich ihr ja auch dauernd«, erklärte Gina.

»Trotzdem, es ist noch nichts entschieden …«

»Du hast ja recht, Lütte, man soll die Crew nicht vor dem Abend loben. Dennoch, gegen ein feucht-fröhliches Anstoßen spricht nichts, oder? Auch ein Probekochen ist schon ein Erfolg. Jetzt musst du das Schiff nur noch in den Hafen bringen«, meinte Irmchen und hustete leise.

»Du hast recht. Ich hole den guten Sekt.« Gina sprang schon auf.

»Was? Das ist doch nicht nötig«, sagte ich nervös. Aber ich hatte die Leute des Sanddornwegs gegen mich, alle waren der Meinung, dass man auf mich anstoßen musste, egal, wie sehr ich mich dagegen wehrte. Und das taten sie dann auch.

»Viel Glück für morgen!«, riefen alle. Und zugegeben, bei

so viel Glück, das über mir ausgeschüttet wurde, konnte doch nichts schiefgehen, oder? Jedenfalls gelang es ihnen, mir etwas Zuversicht zu geben, die ich genau jetzt brauchen konnte.

Und Trudy drückte mir obendrein einen Kristall in die Hand. »Nimm den morgen mit, du wirst schon sehen, dann wird alles gut!«

23. Kapitel

»Guten Morgen«, flüsterte Nils in mein Ohr. Ich blinzelte ihn an. Seine verschwommenen Züge wurden nach und nach schärfer, er lächelte mich an.

Gestern war er spät nach Hause gekommen, viel später als ich. Ich war nur kurz wach geworden, als er sich ins Bett gelegt hatte, und danach sofort wieder eingedöst. Nun hauchte er einen Kuss auf meine Lippen. Das beruhigte mich, ich war so aufgeregt wegen des Probekochens heute.

Etwas später verließen wir gemeinsam das Haus. Die Sonne strahlte, man konnte fast vergessen, dass noch Winter war, wären nicht überall Spuren von Raureif gewesen.

Nils zog mich eng an sich.

»Viel Glück, und ruf mich gleich danach an.« Nils war gerade unglaublich lieb. »Ich denk an dich«, versprach er.

Wir küssten uns, stiegen dann in unsere Autos und fuhren in verschiedene Richtungen.

Das Von Bergen befand sich auf der anderen Seite von Graal-Müritz. Ich fuhr direkt durch die Gemeinde, vorbei an geschäftigen Leuten, kleinen Krämerläden und durch verwinkelte Gassen, wo das Leben gerade erwachte. Ein paar wenige Schneeflocken schwebten durch die Luft, doch schmolzen sie, bevor sie den Boden erreichten. Schließlich gelangte ich an den Rand der Ortschaft.

Ich parkte am Straßenrand und lief ein Stück den Weg hoch, wo blätterlose Bäume einladend ihre Äste ausstreckten, als wollten sie einen willkommen heißen. Festen Schrittes näherte ich mich dem etwas abseits gelegenen Gebäude, entschlossen, alles zu geben. Die Hand in der Hosentasche tastete nach Trudys Kristall. Eigentlich glaubte ich nicht an diese Art von Magie, aber dennoch hatte ich ihn mitgenommen. Sicher ist sicher.

Das Restaurant, das sich in einer Villa in ostseetypischem Bäderstil befand und wie eine strahlende Perle aus der Umgebung hervorragte, war noch geschlossen, aber ich wusste, dass längst reger Betrieb im Innern herrschte. Ich klingelte an der Hintertür, und ein Mann in mittleren Jahren öffnete mir, die Haare raspelkurz, die große Nase hoch in der Luft. Skeptisch musterte er mich, ich hingegen erkannte Bernhard von Bergen sofort.

»Ja bitte?«, fragte er und wirkte allein von meiner Anwesenheit pikiert, was mich irritierte, er musste doch wissen, dass heute jemand zum Probekochen kam.

»Pauline Lehmann, ich bin heute hier, um Ihnen etwas vorzukochen.«

»Sie sind das also«, sagte er nicht weniger pikiert und rümpfte die Nase. Ich hatte noch nie solch einen Pfau gesehen. Klar, Nils und ich hatten öfter hier gegessen, und manchmal hatte man auch von Bergen persönlich zu Gesicht bekommen, aber zu seinen Gästen war er immer überaus freundlich, was wohl auch daran lag, dass diese meist wichtige Persönlichkeiten waren. Jedenfalls in von Bergens Augen.

Ich war das offenbar nicht.

»Kommen Sie rein, Frau Lehmann«, sagte er schließlich und hielt mir die Tür auf. Ich betrat also den Bereich des Von Bergen, den man getrost als »hinter den Kulissen« bezeichnen konnte.

Hier fand die eigentliche Arbeit statt, hier wurde organisiert, gekocht und auch pausiert. Das Von Bergen hatte einen ziemlich großen Backstage-Bereich, sogar mit Personal- und getrenntem Pausenraum, durch Letzteren mussten wir durch, um zu der riesigen Küche zu gelangen, die etwa doppelt so groß war wie die vom Emilios und somit fünf Mal so groß wie die der Krabbenstube. Eifrig wurde hier gearbeitet. An die zehn Köche standen an Kochinseln und Herden, filetierten, schwitzten an und marinierten. Verschiedenartige Gerüche waberten durch die Luft. Die allgemeine Hektik machte mich nur noch nervöser. In jeder Kantine ging es wohl ruhiger zu. Aber das Von Bergen machte auch in einer halben Stunde auf. Eine gute Vorbereitung war eben alles, und manche Dinge mussten schon etwas früher gefertigt werden.

Doch zu meiner Überraschung blieben wir gar nicht in der Küche, sondern bogen ab und landeten in von Bergens Büro.

»Setzen Sie sich«, sagte er wenig höflich, und ich nahm vor seinem Schreibtisch Platz. Abschätzig musterte er mich.

Er überflog meine Bewerbungsmappe, die ich ihm vorab geschickt hatte, und nickte.

»Beim Emilios haben Sie also gearbeitet.«

Immerhin kannte er Emilio. Ich hätte ihn eher so eingeschätzt, dass er jedes Nicht-Sterne-Restaurant übersah, egal, wie gut es war.

»Wir sind im Gegensatz zum Emilios kein Mittelklasse-, sondern ein Sternerestaurant«, erklärte er auch schon spitz. »Unsere Ansprüche sind gehoben.«

»Dessen bin ich mir bewusst. Aber ich bin sehr motiviert und engagiert, ich möchte mich gerne weiterentwickeln.«

Er winkte ab, wollte gar nicht mehr hören.

Mir fielen die Bilder an der Wand auf, die alle Bernhard von Bergen in Kochkluft zeigten. Denkerpose, bei der Arbeit, den Kochlöffel schwingend und beim Servieren eines winzigen Portiönchens auf einem, im Verhältnis, überdimensionalen Teller. Die Bilder hätten auf dem Cover einer Zeitschrift erschienen sein können. Vielleicht waren sie das ja auch.

»Sie sind ja eine recht junge Frau – da steht doch die Familienplanung gewiss bald an.«

Ich atmete tief ein. Wir wussten beide, dass diese Frage in

einem Bewerbungsgespräch nicht zulässig war. Ihn darauf hinzuweisen würde mir jedoch auch wenig Sympathiepunkte einbringen. Ich hatte jedoch gelesen, man solle in solch einem Moment darauf hinweisen, dass man in den nächsten Jahren an der Verwirklichung beruflicher Ziele arbeiten wolle. Also sagte ich genau das, und es stellte von Bergen sichtlich zufrieden.

»Also schön, Sie können uns ein Zanderfilet mit Salzkartoffeln auf Apfel-Senf-Sauce zubereiten.«

Ich nickte aufgeregt, das klang recht einfach.

»Worauf warten Sie noch? Sie haben hoffentlich Kochkleidung dabei?«

»Sicher.« Ich klopfte auf meinen Rucksack.

»Hopp, hopp, ziehen Sie sich um und legen Sie los, ich habe nicht den ganzen Tag Zeit.«

Ich sprang auf und verließ das Büro, lief durch die Küche in den Personalraum und zog mich dort eilig um, um mich danach in die Küche zurückzubegeben. Dort sah man mich an, als wäre ich ein Fremdkörper, irgendwie war ich das ja auch.

»Pauline Lehmann?«, fragte mich ein junger Mann.

»Ja, genau.«

»Ich soll dir helfen«, erklärte er und führte mich zu einer leeren Kochinsel. »Zanderfilet, ja?«

»Genau.«

»Ich besorge die Zutaten, du fängst an zu kochen«, schlug er vor, womit ich einverstanden war. Der Zander war in einem Stück, ich musste ihn erst mal waschen, hatte aber keinen Hahn hier. Also ging ich zum nächstbesten, was zu Missfallen führte.

»Das ist mein Platz«, schnauzte mich eine junge Köchin an. »Verzieh dich da rüber.« Sie deutete wirsch in eine vage Richtung. Ich hetzte dorthin, fand eine alte Spüle und beschloss, den Fisch hier zu waschen, bevor ich ihn filetierte.

»Steh nicht im Weg rum«, schimpfte jemand mit mir auf dem Weg zurück zu meiner Kochinsel.

Gott, die Atmosphäre hier war furchtbar, alle standen total unter Strom. Ich bemerkte, dass von Bergen wie ein Tiger hier herumschlich, allen hier und da mal über die Schulter sah, etwas probierte und schimpfte. Ja, er schimpfte unentwegt.

»Das ist mangelhaft! Wir sind eine Sterneküche, und wir wollen es bleiben!«, kreischte er und setzte die Leute nur noch mehr unter Druck.

»Wie lange arbeitest du eigentlich schon für uns? Wenn das nicht dein letzter Tag sein soll, streng dich mehr an!«, rief von Bergen.

Kein Wunder, dass alle so angespannt waren. In großen Küchen herrschte immer ein etwas rauerer Umgangston, aber hier war es extremer, außerdem schien es keinen Zusammenhalt zu geben.

»Ich brauche noch Kartoffeln«, trug ich meinem Helfer auf, der mit den Augen rollte.

»Musst du noch was anderes machen?«, fragte ich ihn.

»Ja, die Salate. Und ich bin in Verzug.«

»Okay, ich komme hier allein klar«, sagte ich, was er dankbar aufnahm. Immerhin hatte ich ja gesehen, wo das Lager war.

Ich organisierte mir von dort eine Handvoll Kartoffeln, fing an, sie zu schälen.

Unweit entfernt gerieten zwei Köche in Streit, weil sie beide ein und dieselbe Zucchini haben wollten.

Zum ersten Mal machte es mir gar keinen Spaß, etwas zu kochen, im Gegenteil, ich ließ mich von der komischen Stimmung anstecken, geriet mehr und mehr unter Leistungsdruck. War wohl naiv gewesen zu glauben, es ginge hier so familiär zu wie im Emilios oder der Krabbenstube.

Von Bergen stand schließlich auch hinter mir. »Hopp,

hopp«, feuerte er mich an, weil ich ihm offenbar zu langsam war. Dabei gab ich schon volle Power.

Aber ich musste mich ja erst einarbeiten und zurechtfinden, mir war zum Beispiel nicht klar, wo die Gewürze waren. Ich entdeckte einige auf einem Regal auf der anderen Seite des Raums, war aber nicht sicher, ob ich die überhaupt benutzen durfte. Hier herrschte irgendwie eine Ellenbogenmentalität. Aber ohne Würzung würde das Essen fade schmecken.

Ich entschied mich also, sie mir zu schnappen, und raste dorthin, was zum Glück keinen Protest hervorrief.

Irgendwann schien der erste Gästeandrang vorüber, denn es kehrte überall etwas Ruhe ein, als von Bergen sich Zeit für mich nahm und mich mit meinem fertigen Gericht in einen separaten Raum führte. »Ich muss gleich in die Küche zurück, wir haben jetzt etwas Verschnaufzeit, haben aber viele Reservierungen und bekommen heute wieder ein volles Haus, also zeigen Sie mal her.« Ich war schweißnass, setzte mich mit von Bergen an einen Tisch am Fenster. Er probierte von meinem Zanderfilet, dessen Haut goldbraun schimmerte. Ich hatte darauf geachtet, dass das Fleisch nicht zu trocken geworden war. Die Salzkartoffeln und das Gemüse hatte ich zu einem bunten Mix vermischt, der farbliche, aber auch aromatische Highlights setzen sollte, dazu ein Hauch brauner Sauce. Ich hatte alles gegeben und war dennoch sicher, er würde es scheußlich finden. Aber ehrlich, das wäre mir egal. Ich wollte nur schnell hier weg.

Doch zu meiner Überraschung entwich von Bergen ein »Mmh«. Und danach ein »Gar nicht so schlecht«.

Immerhin.

Dann sah er mich an, nun freundlicher. Fast schon wohlwollend. »Sie haben eine gute erste Arbeit abgeliefert«, erklärte er angetan. »Nein, sie ist gar nicht schlecht. Warten Sie, schmecke ich hier Butter heraus?«

»Ja, ich habe den Zander mit etwas Butter bestrichen und diese einziehen lassen, das verstärkt den Eigengeschmack.«

»Ah ja? Aha. Mmh.«

Ich schmunzelte, hätte ich ja nicht gedacht, dass von Bergen echt mal ein gutes Wort für jemanden übrig hatte.

»Sie können bei uns anfangen«, erklärte er plötzlich und versetzte mir ernsthaft einen kleinen Schock. Ich hatte nicht damit gerechnet, dass er sich so schnell entscheiden würde. Von jetzt auf gleich. Höchstens ein »Ich melde mich bei Ihnen« hatte ich erwartet, da es ihm ja immerhin mundete.

Doch dass er mir sofort eine Zusage machte …

»Danke«, sagte ich durcheinander.

»Ihre Gehaltsvorstellung?«

Darüber diskutierten wir in seinem Büro weiter, und plötzlich hatte er auch viel mehr Zeit für mich übrig. Eine Einigung war gefunden, als von Bergen bereit war, mir etwas mehr zu zahlen, als ich im Emilios bekommen hatte.

»Sie fangen Anfang nächster Woche an«, fuhr von Bergen fort. »Besorgen Sie sich bitte neue Kochkleidung, was Sie da tragen, geht ja gar nicht. Am besten beim Berufsbekleidungsladen Meyerino, dann haben Sie dieselben Sachen wie die anderen.«

»Ja sicher, kein Problem.«

»Und jetzt entschuldigen Sie mich, ich habe noch viel zu tun. Bis nächste Woche.«

Schon war er weg, dieser hektische Mensch.

Ich zog mich im Personalraum um, mein Herz klopfte wie verrückt, und ich wusste ehrlich nicht, ob ich mich freuen sollte oder nicht. Sogleich rief ich Nils an, aber der ging nicht ans Handy. Sicher war er gerade wieder in einer wichtigen Sitzung. Ich bat ihn, mich zurückzurufen, verließ nachdenklich das Restaurant und lief etwas ziellos umher, auf der Suche nach dem Bekleidungsladen, aber ein Meyerino gab es hier in Graal-Müritz nicht, dafür aber in Rostock, wie mein treuer

Google Assistent verriet. Musste ich wohl dorthin. Denn ich brauchte ja die Von-Bergen-Uniform.

Ich fuhr mit dem Wagen nach Warnemünde und rief Gina über die Freisprechanlage an.

»Hey, Süße, wie war's?«

»Ich … hab den Job.«

»Wirklich? Das ist ja Wahnsinn! Herzlichen Glückwunsch! Ich freue mich so für dich.«

»Danke.« Ich war total verhalten.

»Das müssen wir aber feiern, ja?«

»Sicher …« Ich rauschte durch die Rostocker Heide.

»Kommst du morgen Abend in die Stube, geht das? Heute will Nils dich bestimmt für sich haben.«

»Ich hoffe, du planst keine Überraschungsparty.«

»Wo werd ich denn? Wir stoßen einfach drauf an, wie ist das?«

»Okay. Gerne.« Ich versuchte mich zu freuen. Echt lieb von Gina.

»Super! Dann ist das geklärt, ich muss leider wieder an die Arbeit, aber morgen erzählst du mir alles ganz genau, ja?«

Ich lachte leise, legte dann auf und rief meine Mama in Travemünde an.

»Pauline, Liebes, wie schön von dir zu hören, heute war doch dein Probekochen, richtig?«

Ich informierte auch sie über meinen Erfolg und versuchte erneut, mich zu freuen. Aber eigentlich war ich immer noch so geschockt, dass ich gar nichts empfand, so war ich auch froh, als meine Mutter das Thema wechselte.

»Papa und ich sind jetzt übrigens mit der Renovierung der neuen Wohnung hier fertig, die musst du dir bald mal ansehen.«

»Sehr gerne.« Am Tag der Fischsupermarkt-Eröffnung, als ich dort zu Besuch gewesen war, war diese ja noch ziemlich unfertig gewesen. Ich fand es schön, dass meine Eltern und

Onkel Tobias und Tante Yvonna zusammen ein so tolles Projekt gestartet hatten. Auch wenn es viele Probleme mit sich gebracht hatte, wie den Wasserrohrbruch kurz nach der Eröffnung.

»Ich hoffe, das Lager ist inzwischen wieder trocken.«

»Ach Liebes, die mussten sogar eine Wand aufbrechen, weil das Rohr daher leckte. Danach noch die Trockenmaschinen, wir waren kurzzeitig richtig außer Gefecht gesetzt. Yvonna war ziemlich fertig mit den Nerven, deswegen wollte ich mich auch noch mal bei dir bedanken.«

»Bei mir? Wieso denn bei mir?«

»Yvonna hat sich zusätzlich wegen der Probleme der Krabbenstube ziemlich verrückt gemacht. Aber Trudy hat uns alles erzählt, wie toll du Gina unter die Arme gegriffen hast, und wie ich höre, erholt sich die Krabbenstube wieder. Das hast du ganz wunderbar gemacht.«

Ich lachte leise. »War doch selbstverständlich.«

»Wenn hier wieder etwas Ruhe eingekehrt ist, kommen Papa und ich dich besuchen, und dann koch ich groß für dich. Ich weiß, ich bin keine Köchin, da kann ich dir nicht das Wasser reichen, aber meine Fleischbällchen kriegt niemand so gut hin.«

»Ich liebe deine Fleischbällchen. Ich freu mich drauf.«

»Hab dich lieb, Pauline. Halt die Ohren steif«, sagte Mama. Ich würde es versuchen.

Wir beendeten unser Gespräch, ich fühlte mich nun viel besser, Mütter hatten einfach diese spezielle Wirkung.

24. Kapitel

Ich fand die Meyerino-Berufskleidung-Filiale am Alten Strom in Warnemüde zwischen einem Ein-Euro-Laden und einem Döner-Imbiss. Seufzend betrachtete ich eine Kochuniform im Schaufenster, die bereits die war, die ich für das Von Bergen benötigte. Im Emilios hatte Kochkleidung nach eigenem Geschmack, die ebenfalls aus einem Berufsbekleidungsladen stammte, genügt, wir hatten nicht uniformiert sein müssen. Und um ehrlich zu sein, die Von-Bergen-Gewandung gefiel mir nicht mal besonders. Der Schnitt war etwas langweilig, die Kochmützen einen Tick zu altbacken. Darin würde ich mich nicht wohlfühlen.

»Pauline?«, erklang es plötzlich hinter mir, und im Schaufenster spiegelte sich eine hochgewachsene Gestalt, die mir vertraut erschien.

Überrascht drehte ich mich um.

Ich sah in Noahs Augen. Sie funkelten warm, lachten mich an.

»Oh … ich … hab Sie gar nicht gesehen.«

Er schien immer dann aufzutauchen, wenn ich am wenigsten mit ihm rechnete. Und zugleich jemanden brauchte, der mich ein bisschen aufrichtete.

»Das ist ja ein netter Zufall.«

Ich nickte.

»Alles in Ordnung? Du siehst ein wenig durcheinander aus.«

Das war ich auch. Sehr durcheinander sogar. Und das lag nicht nur an der Uniform. Es fiel mir erst Sekunden später auf, dass er mich duzte.

»Es ist alles gut«, versicherte ich, aber er sah mich forschend an, schien es mir nicht abzunehmen. Zumindest schnellte seine Braue in skeptischer Manier nach oben.

»Wie wäre es mit einem Tee«, schlug er unvermittelt vor.

Ich zögerte.

»Ich glaube, den kannst du gut gebrauchen. Mein Büro ist in der Nähe. Da können wir uns setzen und reden. Sofern du magst.«

Mein Blick glitt noch mal zu der Von-Bergen-Uniform, hatte die sogar Schlaghosen? Mein Bauch drückte. Sogar ziemlich doll. Ja, ein schöner heißer Tee würde mir wohl guttun, überlegte ich.

Ich nickte also und bemerkte ein paar Einkaufstüten in seinen Händen.

»Soll ich dir beim Tragen helfen?«

»Sehr freundlich, aber die sehen schwerer aus, als sie sind. Abgesehen davon sind es nur ein paar Meter.«

Verdutzt blickte ich den Alten Strom runter. Die Touristenmeile war nicht unbedingt für ihre Bürogebäude bekannt.

»Wo ist denn dein Büro?«, fragte ich also verwundert.

»Lass dich überraschen.«

Er zwinkerte, und sympathische Lachfältchen bildeten sich um seine Augen. Trotz aller Schwermut verspürte ich ein fernes Kribbeln im Bauch, seine gute Laune steckte mich an.

Noah führte mich die Straße runter zum Kai, wo ein Hausboot lag, dessen Farbe halb abgeblättert war, das also dringend einen Anstrich benötigte. Es wirkte alt, aber charmant, und lag erstaunlich ruhig im Wasser. Über dem Dach las ich auf einem Schild *Event-Agentur*. Ich musste unwillkürlich grinsen. Damit hatte ich nicht gerechnet.

»Das ist also dein Büro?«

»Ist nicht schön, aber besonders.«

»Es ist nett«, sagte ich ehrlich. Und ein wenig verrückt,

aber das gefiel mir. »Aber wieso ausgerechnet ein Hausboot?« Da war ich neugierig.

Er zuckte mit den Schultern. »Ich hab's im Internet gesehen und mich in den alten Kahn verliebt. Außerdem sind wir an der See, wie sonst könnte man dieser hier in der Stadt näher sein?«

Es war auf jeden Fall abenteuerlich.

»Wollen wir?«

Ich nickte, und er führte mich zum Übergang.

»Vorsicht, hier musst du einen großen Schritt machen«, sagte er und sprang vom Steg aufs Boot, wo er seine Tüten abstellte und mir die Hand reichte. Ich musterte sie einen Moment, sie wirkte schlank und doch stark.

»Hast du denn keinen Zugang oder ein Holzbrett oder so etwas?«, fragte ich und nahm die Hand an, traute mich aber nicht, darüberzuspringen. Der Abstand zwischen Boot und Steg schien mir doch recht groß. Und dazwischen schwappte kaltes Hafenwasser.

»Leider nein, aber du schaffst das schon«, sprach er mir Mut zu.

Ich zögerte immer noch, bestimmt lachte er mich gleich aus.

»Ich halte dich, versprochen. Vertrau mir einfach.«

Wieder dieses Lächeln, dem man einfach vertrauen musste …

Na, also schön. Ich seufzte und machte sicherheitshalber einen so großen Schritt, dass ich zu weit vorpreschte und mit zu viel Schwung Noah in die Arme fiel. Zum Glück fing er mich auf, ohne selbst hinzustürzen. Doch ein bisschen kamen wir schon ins Wanken. Aber er hielt mich fest.

»Hoppla«, sagte ich und schob noch ein »Tut mir leid«, hinterher. Sein Geruch wehte mir entgegen. Eine Mischung aus Moschus und Zartbitterschokolade.

»Kein Problem, ich hoffe, du hast dir nichts getan?« Besorgt sah er an mir runter. Da war wieder so ein Funkeln in seinen Augen …

»Nein, alles gut.« Ich löste mich von ihm, atmete ungewollt etwas von seinem sinnlichen Duft ein. Noah schloss die Tür zu der Behausung auf, schnappte sich seine Tüten und hielt mir dann die Tür mit dem Ellenbogen auf.

»Dann mal hereinspaziert.«

Ich trat etwas ungünstig auf und zischte, hatte mir bei meinem gewagten Sprung wohl doch was verknackst. So ein Ärger.

Wir betraten das Boot, das von innen geräumiger war als erwartet. Das hieß, es war immer noch eng, nur nicht ganz so eng, wie ich es vermutet hatte. Ich versuchte weniger stark aufzutreten, und Noah bot mir einen Platz auf einer gemütlichen Couch an.

»Ich bin gleich wieder bei dir, fühl dich wie zu Hause!«, sagte er und verschwand dann mit den Einkäufen in einem Nebenzimmer, und ich hörte den Wasserkocher rauschen. Ich drehte das Fußgelenk, merkte, dass es immer noch leicht schmerzte, aber auszuhalten war. Was Schlimmes war es nicht …

Mein Blick wanderte zu den Postern, mit denen die gegenüberliegende Wand förmlich zugepflastert war, sodass man es eigentlich fast schon Tapete nennen konnte. Wirkte hip und modern. Mir fielen auch ein paar Plakate von der Lesetour von Jan Thies auf, der auf dem Bild ein bisschen wie ein älterer Nick Knatterton in die Kamera blinzelte und den Roman *Mord & Meer* hochhielt.

Noah kehrte mit zwei dampfenden Tassen und einem Eisbeutel zurück. Eine Tasse stellte er vor mich hin. Der Geruch von Pfefferminz stieg mir in die Nase.

»Was hast du denn damit vor? Eistee machen?«, meinte ich.

»Ich wollte mir deinen Fuß lieber noch mal ansehen, wenn

ich darf. Wenn ich dich nicht zum Sprung überredet hätte, wäre das ja nicht passiert.«

»Oh … es ist wirklich okay.«

»Dann kühlen wir ihn wenigstens mit etwas Eis, leg das Bein ruhig hoch. Warte, ich helf dir.«

Er gab mir den Eisbeutel, zog mir vorsichtig den Schuh aus und ordnete zwei Kissen am Ende der Couch so an, dass ich meinen Fuß dort ablegen und kühlen konnte.

»Tut mir wirklich leid, so ein Unglück.«

»Er ist ja noch nicht mal geschwollen, aber danke, dass du dich um mich kümmerst.« Das war wirklich ausgesprochen nett von ihm.

»Das ist doch das Mindeste«, meinte er lächelnd.

Dann nahm er im Sessel neben mir Platz. Ich genehmigte mir einen Schluck von dem Tee.

»Mmh«, machte ich. Tat das gut. Irgendwie war es irre gemütlich hier. Mein Blick wanderte wieder zu den Plakaten an der gegenüberliegenden Wand.

»Du hast aber nicht die Lesetour von Thies organisiert?«, schlussfolgerte ich detektivisch.

Er nickte. »Doch.«

Mir blieb der Mund offen stehen.

Dann war er nicht einfach nur ein Fan, er kannte den Autor, arbeitete mit ihm zusammen. Das war ziemlich aufregend.

»Eine hübsche kleine Ostsee-Lese-Tour. Thies ist ein typischer Autor der alten Schule, er mag keine großen Veranstaltungen, daher finden seine Lesungen immer vor kleinem Publikum statt.«

»Ich weiß, deswegen ist die Anzahl der Besucher auch begrenzt. Wenn ich das früher gewusst hätte, dass du das organisierst – ich hab nämlich versucht, Karten für Rostock zu bekommen, war aber alles ausverkauft. Und jetzt ist die Tour fast vorbei.«

»Ich kann meine Fühler ausstrecken, wenn du magst, und versuchen, noch was in Stralsund zu bekommen.«

Ich seufzte und nickte. Eigentlich hatte ich dafür kaum Zeit. Insbesondere wenn ich im Von Bergen nächste Woche anfing. Und schon wurde mir wieder schwer ums Herz.

»Pauline … was ist passiert?«, fragte er und sah mich ernst an. Er hatte mir wohl angesehen, wie es um meine Stimmung bestellt war.

»Ach …« Wie sollte ich da nur anfangen?

»Man hat mir oft gesagt, ich wäre ein guter Zuhörer«, sagte er warm. Und das glaubte ich sofort, er war so angenehm entspannt.

»Ich habe einen neuen Job«, erklärte ich schließlich.

»Das ist ja großartig. Aber ich sehe dich weder Luftsprünge machen noch Freudentänze aufführen, richtig glücklich wirkst du nicht.«

»Ich … das kommt sicher noch. Ich muss das ja erst mal verarbeiten.« Ich nahm noch einen Schluck von dem Tee.

»Wo denn, wenn ich fragen darf?«

»Im Von Bergen.«

»Wirklich?« Noah nickte anerkennend. »Das ist ja eine ziemlich gute Adresse.«

Ich nickte auch, war mir dessen natürlich bewusst. Eben drum war alles so verzwickt.

»Aber Herr von Bergen ist wohl nicht ganz einfach«, meinte Noah dann und führte seine Tasse zu seinen Lippen.

»Überhaupt nicht. Der setzt alle unter Strom mit seiner hektischen Art und seinem ›Hopp, hopp‹. Und er hat mich auch nach meiner Familienplanung gefragt, kannst du dir das vorstellen?«

»Das ist doch nicht mehr zulässig heutzutage.«

»Eben, aber er hat dennoch gefragt.«

»Und was hast du geantwortet?«

»Dass Nils und ich uns einig sind …«

»Nils?«

»Mein Freund.«

»Verstehe.« Er wirkte überrascht, ich hatte Nils wohl bisher nicht erwähnt …

»Jedenfalls will ich erst mal meine berufliche Laufbahn voranbringen. Ich bin froh, dass ich noch kein Kind habe, das würde mich wirklich im derzeitigen Stadium meiner Karriere behindern.«

Noah wurde plötzlich merkwürdig still. Als würde er das nicht verstehen können.

»Kinder sind doch wunderbar«, meinte er.

»He, ich will eines Tages auch Kinder, so ist das ja nicht«, lenkte ich ein in der Sorge, dass es nun vielleicht falsch rübergekommen war. »Ich bin nur noch nicht so weit, ich will erst beruflich was erreichen, verstehst du?«

»Sicher«, meinte er sanft. »Dann passt es ja in dieser Hinsicht mit dem Von Bergen.«

Ich seufzte wieder, Herr von Bergen war einfach ein schrecklicher Chef. Aber es war eine große berufliche Chance. Da musste man wohl Abstriche in Kauf nehmen. Nur warum zog mich das wieder so runter?

»Weißt du, ich glaube, das Wichtigste ist, dass man in seinem Job glücklich ist, deswegen organisiere ich Events. Meine Familie sieht das anders, versteht das nicht. Ich bin für sie das schwarze Schaf in der Familie, weil ich mein Jurastudium hingeschmissen habe. Bei uns sind alle Juristen.«

Ich sah überrascht zu ihm auf, es bedrückte mich immer, wenn die Erwartungen von Eltern an ihre Kinder hoch waren und es diesen schwer gemacht wurde, sich selbst zu verwirklichen. Umso beeindruckender, dass er seinen eigenen Weg gegangen war. Das fand ich wirklich toll.

»Deswegen hast du Wismar verlassen?«

Er schüttelte den Kopf. »Das ist eine lange Geschichte, Pauline. Und eigentlich reden wir jetzt über dich.«

Ein sanftes Lächeln umspielte seine Züge, ich ertappte mich dabei, wie ich nicht aufhören konnte, es anzusehen.

»Habe ich nicht recht?«

Ich nickte, spielte dabei mit dem Henkel meiner Tasse.

»Was ich eigentlich sagen will, ist, es ist schön, Erwartungen zu erfüllen, aber wichtiger ist es, sich selbst treu zu sein. Ich tue nichts mehr, um anderen zu gefallen oder weil ich fürchte, dass mir sonst eine Chance entgeht.«

Klang vernünftig. Aber mit mir hatte das nichts zu tun, ich hatte immer schon in einer Sterneküche arbeiten wollen.

»Ich kenne dich noch nicht lange, Pauline. Es schien mir aber, als würde es dir in der Krabbenstube viel Spaß machen.«

»Tut es auch.« Ich seufzte. Ich durfte gar nicht an Gina, Trudy oder Marco denken, mir wurde sofort schwer ums Herz. Dabei war ich doch gerade erst einen Tag weg. Schon vermisste ich unser Team. »Aber das ist nur vorübergehend, um den anderen im Fischbistro auszuhelfen«, erklärte ich. »Mein eigentliches Ziel war immer die Sterneküche, und ich habe alles getan, um so weit zu kommen, wie ich jetzt bin.«

Er zog eine Braue hoch, nur ganz leicht.

»Ich weiß, was du denkst.«

Noah beugte sich etwas zu mir vor. Sein männlicher Geruch umwehte mich angenehm. Wieder diese besondere Mischung aus Moschus und Zartbitter, die etwas Aufregendes an sich hatte.

»Ach ja?«

»Dass unsere Geschichten sich ähneln, was aber nicht der Fall ist.«

»Nicht?« Er grinste.

Na, das konnte ich ihm erklären. »Ich tue genau das, was ich tun will! Ich bin also nicht wie du zuerst dem falschen Pfad gefolgt«, betonte ich. Und er endete nicht mit dem Von Bergen, ich wollte dort so viel wie möglich lernen und dann irgendwann mein eigenes Lokal eröffnen, in dem ich meine Vorstellungen realisieren konnte.

Noah lächelte. »Dann ist es ja gut.«

»Ist es auch!« Ich hatte das Gefühl, er glaubte mir nicht. Was mich ein bisschen ärgerte. Also betonte ich es nochmals.

»Hör mal, Pauline, du musst dich nicht vor mir rechtfertigen«, sagte er sanft.

Er hatte ja recht, ich war das irgendwie gewöhnt, seit ich mit Nils zusammen war. Der wollte immer alles genau wissen und dann zwischen uns abstimmen, damit es zum Plan passte, den er sich für uns überlegt hatte.

Noah war da ganz anders, viel lockerer.

»Was zählt, ist doch, dass du mit deiner Jobwahl glücklich bist«, fuhr er fort.

Ich nickte, da hatte er zweifelsfrei recht.

»Das bin ich!«

»Also, auf das Von Bergen«, sagte er und hob seine Tasse.

Ich lachte, genau, auf das Von Bergen, und stieß mit ihm an. Wenn mir gerade etwas klar geworden war, dann, dass das Von Bergen nur eine Zwischenstation für mich sein würde. Und somit alles okay wäre, auch wenn das Betriebsklima vielleicht suboptimal war. Die Erfahrungen, die ich dort sammeln würde, waren die Sache wert.

Nur, warum drückte mein Bauch dann immer noch?

25. Kapitel

Als Nils abends nach Hause kam, hatte er eine Flasche Champagner dabei. Ich war erstaunt, denn ich hatte auf seiner Mobilbox nur um Rückruf gebeten, der im Übrigen nicht erfolgt war. Wie es im Von Bergen gelaufen war, hatte ich mit keinem Wort erwähnt. Doch Nils hatte wohl eine recht gut funktionierende Intuition.

»Und?«, fragte er. Ich musste nur nicken, schon brach er in Jubelstürme aus. »Ich hab es ja gewusst!«, rief er und hob mich mitsamt der Champagnerflasche hoch, drehte sich mit mir im Kreis, dass wir fast über den TV-Tisch stürzten. »Du bist eine großartige Köchin, und von Bergen hat das erkannt«, sagte er und küsste mich innig. »Darauf sollten wir unbedingt anstoßen«, meinte er und hielt mir den Champagner vor die Nase, aber mir war gar nicht zum Feiern zumute.

»Lass es uns ruhig angehen«, meinte ich.

»Das kommt nicht infrage! Solch ein Erfolg … Den können wir schlecht verschlafen, oder?« Schon war er in der Küche und kehrte kurz darauf mit zwei Gläsern zurück.

»Okay«, gab ich nach.

Wir setzten uns auf die Couch, Nils goss uns ein, und wir stießen an.

»Das läuft ja alles richtig gut. Nun bin ich bald Bereichsleiter und du eine Sterneköchin.«

Wieso nur bereitete es mir trotzdem Bauchschmerzen? Das klang doch eigentlich toll, als würde sich unser gemeinsamer Traum endlich erfüllen. Sein Plan aufgehen!

Ich nickte nur.

»Jetzt freu dich doch mal, also wirklich, Pauline«, schimpfte Nils und rollte mit den Augen. »Wozu sind Erfolge da, wenn wir sie nicht genießen dürfen?«

»Was ist denn, wenn … ich gar nicht im Von Bergen arbeiten möchte?«, hörte ich mich selbst sagen. Meine Stimme kam mir fremd vor. Und es überraschte mich selbst, dass ich das sagte. Denn vorhin bei Noah war ich noch anderer Meinung gewesen.

Nun lachte Nils los. Er bekam sich gar nicht mehr ein, und der Champagner schwappte über den Rand seines Glases, weil es ihn so schüttelte. »Der war gut!«

»Ich meine es ernst«, wurde es mir klar, und ihm wohl auch, denn seine Augen verengten sich. Noah hatte es irgendwie gleich geahnt. Aber ich hatte auf dem Schlauch gestanden, bis jetzt.

»Wieso sagst du denn so was?« Ärgerlich stellte Nils das Glas auf den Tisch.

»Weil … es dort ganz schrecklich war.«

»Wie schrecklich?«

»Die Arbeitsatmosphäre war furchtbar, von Bergen ist ein Tyrann, und die Kollegen sind alle untereinander verfeindet.«

Nils schüttelte den Kopf. »Pauline, du warst doch nur kurze Zeit dort. Wie willst du denn wissen, wie die Atmosphäre dort ist?«

»Na, ich hab genug gesehen.« Oder hatte er recht?

»Hör mal, du kannst dir diese Chance doch nicht entgehen lassen, weil die da vielleicht einen schlechten Tag hatten. Und wo willst du stattdessen arbeiten, in der Krabbenstube vielleicht?« Er lachte wieder. Diesmal klang es richtig gehässig, was mich erschreckte.

»Vielleicht möchte ich das, ja«, sagte ich ernst.

»Ich kann es nicht glauben. Du wolltest doch immer in einer Spitzenküche arbeiten, oder nicht? Was ist mit unserem Plan? Wir waren uns doch einig?« Nils schüttelte den Kopf. »Ich hab mich dafür eingesetzt, dass du im Von Bergen vorkochen kannst. Ich habe etliche Leute angerufen, damit das klappt. Und jetzt sagst du einfach so mir nichts, dir nichts, dass du gar nicht dort arbeiten willst?«, meinte er vorwurfsvoll.

»Ich habe dich nicht darum gebeten, Nils.«

Er wich zurück und setzte sich sichtlich beleidigt in den Sessel.

»Ich meine, es war nett von dir. Wirklich. Ich hab mich ja zuerst auch gefreut, als du mir gesagt hast, dass ich dort vorkochen darf. Aber nun war ich eben vor Ort, und es ist nicht das, was ich mir vorgestellt habe.«

»Man bekommt nicht immer das, was man sich wünscht. Das Leben ist kein Ponyhof.« Er lockerte ärgerlich seine Krawatte. »Manchmal muss man sich auch zusammenreißen. Denkst du, bei mir auf der Arbeit läuft immer alles rund? Ich bin fassungslos, dass du diese Chance einfach wegwerfen willst.«

»Ist dir denn nicht wichtig, dass ich glücklich bin?«, wunderte ich mich, denn das kam irgendwie gar nicht zur Sprache.

Nils ließ seinen Schlips los und lenkte ein. »Natürlich. Aber du gibst dem Von Bergen ja nicht mal eine Chance.«

Ich seufzte.

»Es geht mir doch nur drum, dass du mehr kannst. Du warst bei Emilios, du verdienst einen Job in einer Sterneküche. Alles andere ist Perlen vor die Säue werfen. Und vor allem, was hast du denn jetzt überhaupt vor?«

»Ich weiß es doch auch nicht«, musste ich eingestehen.

»Ich werde bald Bereichsleiter unserer Bank. Greg hat das heute angedeutet.«

Das freute mich für ihn, wirklich. Nur hatte das eine mit dem anderen nichts zu tun. Dachte ich zumindest naiv, aber Nils belehrte mich eines Besseren.

»Und wie hört sich das denn auch an, wenn wir irgendwo

auf eine Dinnerparty gehen und du den Leuten erzählst, dass du in einem Fischimbiss arbeitest oder was weiß ich wo.«

Ich schüttelte den Kopf. »Darum geht's dir? Das ist deine größte Sorge?«

Und was sprach überhaupt gegen die Krabbenstube? Das Team war wie eine Familie. Dort fühlte ich mich wohl.

»Versteh mich doch, Nils.«

Nils schüttelte den Kopf, erhob sich, ging in den Flur und zog sich seine Wintersachen über.

»Wo willst du hin?«

Das war doch alles nicht sein Ernst!

»Ich brauche frische Luft«, gab er erzürnt zurück. Und dann war er weg. Einfach so.

26. Kapitel

Nils kam erst spätnachts heim, er blieb im Wohnzimmer, zog dort die Schlafcouch aus und war am nächsten Morgen früh verschwunden, ohne ein Wort oder eine Nachricht. Ich fühlte mich furchtbar.

Aber ich verstand auch nicht, weshalb mein Job oder die Stellung, die ich innehatte, für ihn so von Bedeutung war. Würde er mich als Köchin einer Krabbenstube etwa weniger lieben denn als Sterneköchin?

Ich überlegte, mich mit dem Job bei Von Bergen doch zu arrangieren, während ich die Runde durch unser Haus machte, um die Blumen zu gießen. Mein Fuß tat zum Glück gar nicht mehr weh, und ich konnte normal auftreten. Aber der Gedanke an von Bergens Küche fühlte sich einfach nicht gut an, ich fühlte mich nicht wie ich selbst, nicht wohl in meiner Haut, wenn ich mir nur vorstellte, dort noch mal hinter dem Herd zu stehen. Ich hatte versucht, die unangenehmen Seiten zu verdrängen, doch sie überwogen. Leider. Wahrscheinlich hatte ich Nils zuliebe zuerst mit dem Gedanken gespielt, den Job anzunehmen, weil ich irgendwie geahnt hatte, dass er andernfalls enttäuscht wäre. Aber es ging nicht um ihn oder die anderen, sondern um mich, da hatte Noah recht gehabt mit seiner Einschätzung!

Ich würde dort nicht glücklich werden. Wieso wusste Noah, den ich kaum kannte, so viel besser Bescheid über mich und was ich brauchte, als Nils?

Meine Entscheidung stand fest.

Ich stellte die kleine Kanne auf das Fensterbrett, griff nach dem Hörer vom Beistelltisch und rief Gina an.

»Morgen, Süße. Was kann ich denn zu so früher Stunde für dich tun?«

»Sag mal, war dir das ernst? Dass du mir einen Job in der Krabbenstube geben würdest?«

»O nein, diese Deppen vom Von Bergen haben dich nun doch abgelehnt? Erst ja, dann nein? Darf man das überhaupt? Wie kann man nur so dumm sein, du bist die beste Köchin, die ich kenne!«

»Beruhige dich, Gina, es ist alles gut.«

»Äh … und wieso fragst du dann nach einem Job bei mir? Willst du jetzt zwei Jobs ausüben? Könnte ein bisschen viel werden.«

»Ich möchte nicht bei Bernhard von Bergen arbeiten. Es war dort einfach nur schrecklich. Die Leute standen total unter Stress, und es gab eine Art Hackordnung. Ich hab so etwas noch nie erlebt, und der von Bergen hat das auch noch befeuert. Ich will dort auf keinen Fall anfangen. Mir macht es bei euch Spaß, in der Krabbenstube. Ich habe erst jetzt gemerkt, wie sehr ich es all die Zeit vermisst habe, dort zu arbeiten.«

Immerzu hatte ich mich an Nils' Plan festgehalten, vielleicht, weil es zuerst vernünftig geklungen hatte, aber es war eben immer sein Plan mit seinen Vorstellungen gewesen.

Ich war so aufgelöst, dass ich viel zu schnell sprach. Aber Gina konnte mir dennoch irgendwie folgen. Sie lachte sogar.

»Das erlebt man ja auch nicht alle Tage, dass eine Spitzenköchin wie du der Krabbenstube den Vorzug vor dem Von Bergen gibt. Aber ja, du kannst natürlich bei uns anfangen. So richtig mit Vertrag und allem Drum und Dran. Ich zahle dir natürlich auch die zwei Wochen, die du schon hier für lau gearbeitet hast.«

»Das will ich doch gar nicht. Außerdem hab ich euern Gutschein. Aber sag mal, kannst du dir denn wirklich eine neue Stelle im Bistro leisten? Ich will dich ja nicht in den Ruin treiben.«

»Darüber musst du dir keine Gedanken machen. Bevor das alles den Bach runterzugehen drohte, wollte ich jemanden für die Küche auf Dauer einstellen, eine Köchin allein schafft das nicht sechs Tage die Woche. Meine Eltern hatten deswegen bereits zugesagt, dass sie die Stelle finanzieren, bis die Krabbenstube genug abwirft, dass ich das Gehalt aus eigenen Mitteln bezahlen kann. Also, ich freue mich total, wenn du zu uns kommst, ehrlich, Süße. Du weißt ja, dass ich mir das immer so vorgestellt hatte, wir, das dynamische Duo.«

Auch für mich fühlte sich das wirklich gut an. Also so richtig gut, mit zentnerschwerer Last, die von den Schultern rollte.

»Ich sage dann im Von Bergen ab. Es ist das Richtige.«

Ich musste auf mein Herz hören.

»Dann mach das. Ich stehe hinter dir. Bis später, ja?«

»Bis später.«

Ich legte auf und rief in dem Nobelrestaurant an, um das Jobangebot abzulehnen. Ich machte das schnell und schmerzlos, wie ein Pflaster, das man zügig abriss. Als ich auflegte, fühlte ich mich viel besser. Von Bergen hatte zwar geschimpft und die beleidigte Leberwurst gemimt, weil es ja ein Sakrileg sei, bei ihm eine Stelle auszuschlagen, aber mit etwas in der Art hatte ich gerechnet.

Nils musste meine Entscheidung akzeptieren. Es war *mein* Job. Ich ahnte, er würde seine Zeit brauchen, um die »Planänderung« zu bewältigen, ich war mir aber auch sicher, er würde das hinbekommen.

Zufrieden machte ich mich fertig und dann auf den Weg zur Krabbenstube. Gina wartete dort im Büro auf mich, mit neuer Haarfarbe und Undercut!

»Ich brauchte was Neues!«, sagte sie und bot mir ein Gehalt, das natürlich nicht so gut war wie das, welches ich im Von Bergen bekommen hätte. Aber es war immer noch akzeptabel. Anschließend machten wir einen Vertrag, und dann war alles unter Dach und Fach. Wir einigten uns noch, was die Schichten anging, ich wollte die erste übernehmen, die mit der Öffnung der Stube startete, denn es war mir wichtig, noch etwas Zeit am Abend mit Nils verbringen zu können. Außerdem hatte ich als Pendlerin ja auch noch einen etwas längeren Hin- und Rückweg. Wir vereinbarten außerdem, dass ich freitags und samstags bei Bedarf länger blieb, weil dann mit den meisten Gästen zu rechnen war.

Gina würde die zweite Schicht machen, die geteilt wäre, sodass sie mittags zur ersten Stoßzeit im Bistro war, dann eine Pause hatte und schließlich gen Nachmittag zurückkehrte, damit sie abends zur nächsten Stoßzeit bis Ladenschluss wieder in der Küche stehen würde. Aber wie ich Gina kannte, wäre sie sowieso rund um die Uhr im Bistro. So waren auch schon ihre Eltern gewesen, zu jeder Tages- und Nachtzeit im Lokal. Aber man musste als Betreiber wohl für das Geschäft leben, um erfolgreich zu sein. Und in der Gastronomie waren Sechs-Tage-Wochen schließlich nicht ungewöhnlich.

»Dann ist alles geklärt. In letzter Zeit war ich rund um die Uhr hier. Es ist schön, nun feste Unterstützung und einen geregelten Zeitplan zu haben. Willkommen in der Krabbenstube, Frau Lehmann«, sagte Gina zwinkernd und schüttelte mir die Hand. Ich grinste.

Danach begrüßten mich noch Trudy und Marco offiziell im Team.

»Gina hat schon alles erzählt, du hast alles richtig gemacht und gehörst zu uns«, sagte Trudy und drückte mich. Marco nickte zustimmend.

»Danke, Leute, ihr seid die Besten!«

»Du hast unsere volle Unterstützung, und die von deinem Nils bestimmt auch«, meinte meine schlaksige Tante und gab mich wieder frei.

»Nils«, murmelte ich bedrückt. »Er versteht es nicht, leider.«

»Karrieretypen«, meinte Trudy augenrollend.

»Er wird sich schon dran gewöhnen, er hat eh keine Wahl«, sagte Marco und deutete zum Stand. »Ich muss dann mal raus.«

Trudy klopfte mir auf die Schulter.

Ich nickte und machte mich an die Arbeit. Wie gut es tat, hier zu sein – also wirklich angekommen zu sein, in diesem verträumten Bistro im Sanddornweg, Ecke Fjordstraße, wo ich mich zu Hause fühlte.

Der Betrieb lief recht gut, Bestellungen gingen ein, und ich bereitete verschiedene Fischplatten zu. Es waren einfache Gerichte, aber diese zu verfeinern und etwas Besonderes aus ihnen zu machen bereitete mir Freude. Es war authentisch, gute und leckere Ostsee-Hausmannskost. Außerdem hatten wir in letzter Zeit viele gute Bewertungen im Internet bekommen, die die Kritik verblassen ließen. Hier und da las man *Tolle Gerichte zum kleinen Preis* oder *So schmeckt die Ostsee!*

Irgendwann am frühen Nachmittag klingelte mein Handy. Es war Nils.

»Triff keine voreilige Entscheidung, lass uns noch mal über alles reden.«

»Es ist zu spät, ich hab schon abgesagt.«

»Das darf doch nicht wahr sein, Pauline! Wieso ruinierst du alles?«

Seine heftige Reaktion überraschte mich erneut. Wieso war er so komisch drauf? Ich hatte keine Lust, weiter mit ihm zu diskutieren. Er war so aufgebracht, dass seine Stimme richtig schrill klang. Wenn er in diesem Zustand war, brachte alles Reden nichts.

»Ich habe mich entschieden, akzeptiere das bitte«, machte ich eine klare Ansage.

Nils seufzte, murmelte etwas von »bis später« und legte auf. Vielleicht hatte er es nun begriffen.

Etwas später brachte ich Noah, der mittlerweile unser Stammgast war, eine Forelle Müllerin Art mit Bratkartoffeln.

»Die riecht aber gut.« Er legte sein Smartphone zur Seite und fächerte sich den Geruch mit der Hand zu. Das Fisch-Aroma umwaberte seinen Tisch.

»Ich sehe, du hast deine Berufung gefunden«, meinte er dann herzlich, als ich ihm erklärte, dass ich nun offiziell Köchin in der Krabbenstube war.

»Sieht so aus«, entgegnete ich. »Danke …«

»Wofür denn?«, wunderte er sich und sah mich neugierig aus seinen lachenden Augen an.

»Du hast mich zum Nachdenken bewegt.«

Sein Lächeln wurde größer. Es kam mir außergewöhnlich herzlich vor.

»Ich wusste, dass du die für dich richtige Entscheidung triffst. Und du wärst auch ohne mich drauf gekommen, nur vielleicht etwas später.«

Ich klopfte ihm auf die Schulter, spürte, wie überraschend muskulös sie war.

»Und zur Feier des Tages habe ich noch eine Überraschung für dich«, eröffnete er und hielt mir dann zwei Karten für die Lesung in Stralsund hin. »Es gab nur noch wenige Karten, was wohl für den Erfolg der Lesetour spricht.«

»Das ist ja großartig, vielen Dank!« Ich umarmte ihn vor Freude und bemerkte seinen angenehmen Duft. Dabei fiel mein Blick auf das Smartphone, das neben ihm lag. Das Hintergrundbild zeigte ein kleines Mädchen, das Noah sehr ähnlich sah.

»Deine Tochter?«, fragte ich neugierig.

»O ja, das ist Jenny.« Jenny sah wirklich süß aus, ich schätzte sie auf sechs oder sieben, aber dann ging das Gerät in den Energiesparmodus.

»Du hast nie was gesagt«, meinte ich gespielt vorwurfsvoll. »Und wo war sie denn die ganze Zeit?«

»In Wismar, bei Maya, meiner Ex-Verlobten.«

Oh, ich hatte ja keine Ahnung gehabt.

»Nach der Trennung ist sie bei ihr geblieben. Zu mir kommt sie zu ausgemachten Zeiten.«

Ich nickte. »Ist sicher nicht einfach.

»Nein, das ist es nicht, aber es geht schon«, versicherte er.

Ich konnte ihn mir richtig gut als Vater vorstellen, er machte das bestimmt toll, so fürsorglich, wie er war.

»Lass mich raten, sie isst auch gerne Plunderstücke, oder?«

Unser erstes Treffen …

»Stimmt, an dem Tag, an dem wir uns zum ersten Mal getroffen haben, wollte ich ihr welche mitbringen, weil sie die so gerne isst.«

»Wenn sie wieder mal hier ist, bring sie doch her«, meinte ich neugierig.

»Das ist eine tolle Idee, mache ich.«

In dem Moment ging die Tür auf, und mir fiel fast die Kinnlade runter, als Nils die Stube betrat. Er sah sich um, entdeckte mich und nickte mir zu.

»Entschuldige«, sagte ich zu Noah und nahm Nils neugierig in Empfang.

»Was verschafft uns denn diese Ehre?«

Und wieso hatte er so früh Feierabend? Für eine Pause reichte die Zeit von Graal-Müritz nach Warnemünde bei weitem nicht. Er musste also früher Schluss gemacht haben.

Aus dem Augenwinkel bekam ich mit, dass auch Trudy hinterm Tresen argwöhnisch schien.

»Ich hatte in der Nähe einen Geschäftstermin.«

Ah, jetzt ergab es Sinn. Offenbar war er zudem versöhnlich gestimmt, er sprach wieder in einem vernünftigen Ton mit mir.

»Hey, Trudy«, grüßte er meine Tante beiläufig, die nur nickte.

»Wollte mir den Laden mal ansehen, der dein Ein und Alles ist, aber ich komme wohl ungelegen«, meinte Nils nun doch leicht spöttisch.

»Wieso denn ungelegen?«, wunderte ich mich.

Nils sah zu Noah rüber, wohl hatte er die harmlose Umarmung mitbekommen und dachte nun weiß ich was.

»Das ist doch nur einer unserer Stammgäste. Sieh mal, er hat Karten für die Lesung von meinem Lieblingsautor besorgt.« Ich hielt sie hoch.

Nils musterte Noah noch einen kurzen Moment, ehe er sich wieder mir zuwandte. »Lesung? Ach Pauline …«

»Es gibt kaum noch Karten, das ist wirklich eine besondere Veranstaltung für mich …«

»Sorry, du weißt doch, dass ich kein Fan von so etwas bin …«

»Aber die Karten …«

»Geh am besten mit jemand anderem hin, ja?«

Ich war etwas enttäuscht und ließ die Karten in meiner Hosentasche verschwinden. Ich hätte es wohl wissen sollen, dass es einfach nicht Nils' Ding war. Doch ich würde sicher jemanden finden, der mit mir hinfuhr.

»Empfiehlst du mir einen Tisch?«

Ich nickte und führte ihn zu unserem besten Tisch, der einen Blick auf den Sanddornweg erlaubte. Ich war mir sicher, der Anblick würde auch Nils verzaubern. Und vielleicht verstand er dann auch mich besser. Ich freute mich jedenfalls darüber, dass er der Stube endlich eine Chance gab.

Er legte seinen Mantel ab, setzte sich hin, und ich reichte ihm die Speisekarte.

»Dieses Krabbenbrötchen ist doch das Spezialgericht, oder?«

»Das ist richtig.«

»Dann nehme ich das und dazu eine Apfelschorle?« Wie brav. Er gab mir die Karte zurück, ohne hineingesehen zu haben.

»Ich bereite es dir höchstpersönlich zu«, versprach ich und verschwand motiviert in der Küche.

»Ist Nils da? Hab ich das richtig gesehen?«, fragte Gina neugierig.

»Ich glaube, er will sich mit der Krabbenstube als meinem neuen Arbeitsplatz anfreunden«, sagte ich und schnappte mir ein paar Krabben aus dem Kühlraum, um sie in die Pfanne zu werfen.

»Na, das sollte ja kaum ein Problem werden«, meinte Gina und zwinkerte. »Bisher hat sich noch jeder in die Krabbenstube verliebt. Außer vielleicht irgendwelche überheblichen Kritiker vom *Tagesblatt.*«

Ach, Nils konnte manchmal auch kritisch und überheblich sein, dass er nun aber hier war, versöhnte mich.

Ich bereitete das Brötchen mit viel Liebe zu, belegte es mit der besten Tomate und der frischesten Gurke, die ich im Lager fand, und brachte es ihm dann persönlich mitsamt einer extra großen Krabbenportion. Sein Blick war skeptisch, er hob den oberen Teil des Brötchens an, schaute drunter und nahm es schließlich in beide Hände, um abzubeißen.

Er kaute auffällig lange darauf herum, was mich zusehends nervöser machte. Klar, es war kein Fischfilet in Weißweinsauce aus dem Von Bergen. Aber das hätte auch nicht zur Krabbenstube gepasst.

Langsam legte er das Brötchen auf den Teller zurück und nickte, kaute immer noch.

»Und?«, fragte ich. Mein Herz klopfte vor Aufregung. Ich wollte so sehr, dass er es mochte.

»Ganz gut«, gab er großzügig von sich, aber das war schon mehr, als ich erwartet hatte. »Nein, ehrlich, es ist lecker.«

»Freut mich, dass es dir schmeckt«, sagte ich und drückte beherzt seine Schultern, dann ging ich zu einem anderen Tisch, an den sich gerade ein Pärchen setzte, das ein wenig wie Barbie und Ken aussah.

»Ist das entzückend hier«, sagte die Frau.

»Du hast recht, Liebes, hinreißend.«

»In so einem schönen Lokal waren wir lange nicht mehr, nicht wahr, Schatz?«

Ich bemerkte, wie Nils die Ohren spitzte und diese perfekt erscheinenden Leute belauschte. Sie trugen teure Garderobe im Partnerlook. Ich fragte mich schon, ob Gina diese engagiert hatte, damit sie hier dieses Schauspiel ablieferten, aber meine Cousine hatte ja nicht wissen können, dass Nils heute kam.

»Herzlich willkommen«, begrüßte ich das Paar und gab ihnen die Karten.

»Es kommt gleich jemand, um ihre Bestellung aufzunehmen.«

»Herzlichen Dank. Ist das Ihr Bistro?«, fragte die Frau.

»Nein, es gehört meiner Cousine, ich koche hier.«

»Verstehe, sagen Sie ihr bitte, wir sind verzaubert«, meinte der Mann. Ich überlegte schon, ob das irgendwelche Promis waren, weil sie eben so eine bedeutsame Ausstrahlung hatten.

»Mache ich gerne.«

Ich warf Nils einen »Siehst du«-Blick zu, ging in die Küche zurück, ließ ihn das Essen noch genießen.

»Der zieht ja ein Gesicht«, meinte Gina, die offenbar einen Blick durch die Durchreiche riskiert hatte und gerade Bratkartoffeln für eine Bestellung zubereitete.

»Er ist manchmal nicht ganz leicht«, entschuldigte ich Nils. Immerhin gab er sich Mühe, das wollte ich anerkennen.

»Du musst ihn echt lieben«, überlegte Gina.

Ich nickte.

»Lass dir trotzdem nichts gefallen.«

»Werde ich nicht«, konnte ich sie beruhigen. »Dieses nette Paar hat sich übrigens auf Anhieb in die Stube verliebt«, reichte ich an Gina weiter.

Ihre Wangen nahmen eine zarte rosa Farbe an.

»Sag ich doch, dem Krabbenstübchen widersteht niemand.«

Als ich das nächste Mal nach Nils sah, hatte er aufgegessen, nicht ein Krümel lag noch auf seinem Teller. Es musste ihm also wirklich geschmeckt haben.

»Also? Bekommt das Krabbenstübchen einen Daumen hoch?«, fragte ich amüsiert und nahm den Teller mit.

Nils lächelte und nickte. »Wenn du hier wirklich arbeiten möchtest und es dich glücklich macht, bin ich es auch.«

Ich umarmte Nils und drückte ihm einen Kuss auf die Wange. Dabei glitt mein Blick ungewollt zu Noah, der gerade den Stuhl an den Tisch schob und im Begriff war zu gehen, als wir uns für einen Moment direkt ansahen. Er presste die Lippen merkwürdig zusammen, als hätte er Magenschmerzen, nickte mir zu und ging.

27. Kapitel

»Wo willst du denn hin?«, fragte mich Gina, als ich gegen 22 Uhr Feierabend machen wollte und die Schürze in den Spind hängte. Ich hatte schon am ersten Tag viele Überstunden angehäuft, denn meine Schicht endete ja eigentlich viel früher. Aber ich hatte gar nicht gemerkt, wie die Zeit vergangen war, außerdem war so viel zu tun gewesen, dass Gina mich gebeten hatte, noch etwas zu bleiben.

»Nils wartet sicher schon.«

»Dann ruf ihn an, er soll herkommen.«

Zwei Besuche der Krabbenstube an einem Tag? Das war aber schon viel für Nils. Außerdem war es spät …

»Wieso überhaupt?«

Gina schob mich aus der Küche in den Gastraum, und ich wurde mit Beifall überrascht. Vor mir standen unser Team und die Leute aus dem Sanddornweg, über der Theke hing ein kleines Banner mit der Aufschrift: *Herzlichen Glückwunsch, Pauline!*

Irritiert sah ich zu Gina. Ach ja, den Sektanstoß hatte ich fast vergessen. War mir nun total unangenehm, aber durch das Hin und Her mit Nils hatte ich es aus den Augen verloren.

»Ich dachte, keine Überraschungsparty?«, sagte ich und wurde schon von allen geherzt.

»Das Banner hatte ich besorgt, als du noch bei Von Bergen arbeiten wolltest, aber es passt ja immer noch«, meinte Gina.

»Wie schön, jetzt ist die Lütte eine von uns!«, sagte Irmchen und knuddelte mich von allen am meisten.

»Ich brauche Rum!«, sagte sie dann und verschwand Richtung Bar.

»Du gehörst einfach hierher«, meinte auch Trudy.

Ich gab ihr ihren Kristall zurück. »Stell dir vor, er hat mir wirklich geholfen, immerhin bin ich jetzt hier.«

Trudy lachte, schloss aber meine Hand um ihren Kristall. »Behalte ihn ruhig, eine Extra-Portion Glück kann man immer brauchen.«

Das stimmte zweifelsohne.

Der Mann vom Blumenladen trat zu mir vor, überreichte mir einen wunderschönen Strauß, Marco verteilte Sekt, dann stießen alle an.

Ich war unendlich gerührt. Sah überall lächelnde Gesichter.

»Danke, Leute, war nicht nötig.«

»Wir fanden schon«, meinte Lou und zwinkerte mir zu, während Henrik von hinten die Arme um sie legte.

Hatte ich wegen meiner Entscheidung vielleicht noch minimale Bauchschmerzen gehabt, so waren sie spätestens jetzt verflogen. Mir war klar, ich gehörte wirklich hier in die Krabbenstube und in den Sanddornweg.

Get the party started dröhnte aus den Boxen, und alle, wirklich alle, freuten sich mit mir. Herr Buchmann und Viola schenkten mir ein altes Salz- und Pfefferstreuer-Set, das aussah, als stammte es aus dem frühen 20. Jahrhundert, ein echter Schatz. Eine dicke Schleife war um die Box geschlungen und veredelte das wertvolle Geschenk.

»Vielen Dank, das wäre nicht nötig gewesen«, konnte ich nur wiederholen.

»Die sind aber zu schade, um sie zum Kochen zu benutzen«, erklärte Irmchen, die wie aus dem Nichts wieder neben uns auftauchte, in einer Hand ihr Sektglas, in der anderen ein Gläschen Rum.

»Natürlich ist es eher als Deko gedacht«, meinte Viola.

»Geht's dir denn wieder besser?«, fragte ich Irmchen besorgt. Sie klang immer noch etwas außer Atem.

»Mir ging es doch gar nicht schlecht«, sagte sie glatt, ich schüttelte den Kopf, dass Leute dieser Generation immer glaubten, die Zähne zusammenbeißen zu müssen. Sie trank den Rum in einem Zug aus, den Sekt direkt hinterher, als wollte sie beweisen, dass alles bestens war.

»Und jetzt bringe ich erst mal die Gläser zur Bar zurück.«

Schon war sie wieder verschwunden.

Viola aber seufzte. »Ich wünschte, Irmchen wäre nicht so stur, wenn es um die Gesundheit geht.«

Konnte ich verstehen. Mein Blick glitt zu Lou und Henrik, die sich schmachtend ansahen, während sie sich zugleich Trudys Fotografien zu Gemüte führten.

Ich vermisste Nils …

In einer Verschnaufpause rief ich ihn an, aber er hatte keine Lust zu kommen. »Du hast mich geweckt, bin wohl vor dem Fernseher eingedöst.«

»Bist du böse, wenn ich nicht komme? War ein harter Tag.«

»Nein, ruh dich aus …« Böse war ich nicht, aber etwas enttäuscht, es hätte mir viel bedeutet, wenn er hier gewesen wäre. War ja schließlich mein offizieller Einstand. Immerhin hatte er der Stube heute einen Besuch abgestattet, tröstete ich mich.

»Du bist die Beste, bis später«, murmelte er schlaftrunken.

»Bis später«, sagte ich und legte zähneknirschend auf. Meine Laune war zugegebenermaßen etwas getrübt, war dies doch einer der Momente, die ich gerne mit ihm geteilt hätte.

Ich trank meinen Sekt aus und schnappte mir aus Frust direkt den nächsten. Alle um mich herum waren gut drauf, es steckte an, und ich beruhigte mich.

Und dann entdeckte ich Noah in der Menge. Er stand einfach nur da, beobachtete alles und lächelte. Ich gesellte mich zu ihm.

»Du auch hier? Jetzt lass mich raten, das war deine Idee, du Event-Manager.«

Er sah gut aus, die dunklen Haaren hingen ihm in die Stirn. Und immer war er umgeben von diesem Aroma aus Zartbitter.

»Ich wasche meine Hände in Unschuld, die Leute hier haben durchaus eigene Ideen.«

Ich nippte an meinem Sektglas. Das hatten sie, ganz bestimmt.

»Und wo steckt er?«

»Wer?«

»Dein Freund …«

Ich sog die Luft zwischen die Zähne.

»Hatte 'nen langen Tag.« Ich winkte ab, sah aber Missfallen in Noahs Blick. »Was?«, hakte ich nach.

Er zuckte mit den Schultern. »Schon gut.«

Nils hatte eben seine Gründe. Er war einfach immer gestresst, dafür konnte er nichts.

»Jetzt sag schon«, drängte ich. Etwas Wut grummelte in meinem Bauch, aber ich war nicht sicher, ob auf Nils oder Noah.

»Dachte ja nur, weil das heute dein großer Tag ist …«

Ohne es zu wissen, streute er noch Salz in die Wunde, weil er das Offensichtliche aussprach. Und dennoch tat er Nils damit unrecht!

»Du kennst weder mich noch Nils näher, also erlaube dir kein Urteil über uns«, entfuhr es mir.

Noah sah mich überrascht an, und ich war nicht minder verdattert über meine Mini-Explosion. Ich war sonst nicht aufbrausend. Und es tat mir im nächsten Moment leid, ihn angefahren zu haben.

Noah nickte langsam. »Hast recht, es geht mich nichts an.«

Er schüttete seinen Sekt runter, stellte das Glas auf einen Tisch und hob die Hand in meine Richtung. »Ich muss los.«

»He, tut mir leid …« Ich wollte mich doch gar nicht streiten, schon gar nicht heute Abend. Die Stimmung war doch eigentlich gut.

Er nahm seinen Mantel vom Garderobenständer, drehte sich zu mir um und lächelte sanft. »Schon vergessen. Es ist dein Tag.«

Ja, eben.

»Willst du nicht noch etwas bleiben?« Ich hatte ihn nicht vergraulen wollen. Mir war klar, der Falsche hatte meinen Ärger abbekommen.

»Ich muss wirklich, Pauline. Ich war nur zum Anstoßen hier. Parallel läuft eine Jubiläumsfeier, die ich organisiert habe. Da sollte ich mich blicken lassen.«

Das verstand ich. »Na schön, aber lieb, dass du da warst. Das meine ich ernst.«

Ich breitete die Arme aus, und er drückte mich lachend an sich. »Alles klar, und wasch deinem Nils zumindest später den Kopf dafür, dass er nicht da war.«

»Mach ich.«

»Dann noch viel Spaß.«

»Dir auch«, raunte ich, und als wir uns voneinander lösten, fing ich kurz seinen warmen Blick auf. Noah schlenderte zur Tür, drehte sich kurz noch mal um und ging in die Nacht hinaus. Sein Schatten huschte in der Dunkelheit an unserem Schaufenster Richtung Möwenbogen vorbei.

Irgendwie hatte er ja doch recht … überlegte ich.

Plötzlich hakten sich Gina und Lou bei mir unter und zogen mich zur Theke, wo ein paar Drinks auf uns warteten. Die konnte ich jetzt gut gebrauchen. Alle! Das war meine Party, ich sollte Spaß haben. Nicht an Ärger mit und ohne Nils denken. Auch wenn ich mir später ein Taxi nach Hause würde nehmen müssen.

28. Kapitel

Ein paar Tage später schien sich alles zum Guten zu wenden, Nils akzeptierte nicht nur meinen neuen Job, seine Beförderung war auch durch, was wir ordentlich gefeiert hatten. Im Von Bergen, wo auch sonst. Mir war es eigentlich unangenehm gewesen, ausgerechnet dorthin zu gehen, aber Nils hatte darauf bestanden, weil man seiner Meinung nach nirgends besser essen konnte, und darauf wollte er nicht verzichten, nur weil ich einen Job abgelehnt hatte. Ich hatte zudem keine Spielverderberin sein wollen. Aber von Bergen war gar nicht anwesend gewesen, was ich nicht sonderlich traurig gefunden hatte.

Wir konnten nun also mit Zuversicht in die Zukunft blicken, und endlich trat auch etwas Entspannung in unser Leben ein.

Auch mit der Krabbenstube ging es weiter bergauf. Unsere Werbemaßnahmen, zu denen Social-Media-Auftritte und neue Flyer gehörten, zeigten Wirkung, das Fischbistro erholte sich jeden Tag etwas mehr. Und immer wieder erhielten wir auch gute Bewertungen im Netz.

Klar, es war noch nicht wieder auf seinem Zenit, aber alles bewegte sich in erfreulich großen Schritten in diese Richtung. Die Lantz-Kritik war in Vergessenheit geraten. Die Stube hatte es überstanden.

Am nächsten Morgen wurde ich vom Rauschen der Dusche geweckt. Nils war offenbar früh wach geworden. Ich kletterte aus dem Bett, in der Absicht, uns noch schnell ein Frühstück zu machen, bevor er ins Büro fuhr. Da sah ich, dass sein Jackett vom Stuhl gerutscht und etwas aus der Tasche gefallen war. Ich hob die Jacke auf, hängte sie über die Stuhllehne und griff nach den beiden Karten vom Boden, die sich zu meiner Überraschung als Eintrittskarten für eine Lesung von Jan Thies in Stralsund entpuppten.

Mir blieb der Mund offen stehen, und mein Herz klopfte wie verrückt. Ich hatte ja keine Ahnung gehabt, dass Nils Karten für uns gekauft hatte. Wie hatte er das denn geschafft? Die waren doch sehr begehrt.

Außerdem hatte er mir doch erst neulich gesagt, dass er Lesungen gar nicht mochte, als ich ihm Noahs Karten gezeigt hatte. Offenbar wollte Nils mir zuliebe nun doch über seinen Schatten springen.

Ich steckte sie mit vor Freude wild klopfendem Herzen wieder in die Jacke und begab mich ins Bad im Erdgeschoss. Gut, nun hatte ich vier Karten für diese besondere Lesung, aber ich würde Noah seine zurückgeben oder die zwei übrigen verschenken.

Nach einer Dusche machte ich mich daran, das Frühstück zuzubereiten. Das hatte er sich redlich verdient.

Nils lugte in die Küche, den Anzug hatte er inzwischen an.

»Ich muss eigentlich sofort los«, sagte er, aber das konnte ich jetzt nicht erlauben.

»Setz dich, es ist ja schon fertig.« Ich tat ihm etwas Rührei auf.

Nils nickte, nahm Platz und aß das Ei, während ich ihm Kaffee eingoss.

»Wäre nicht nötig gewesen«, versicherte er.

O doch, es war so was von nötig. Ich hatte schon die ganze Zeit das Gefühl, dass es mit uns bergauf ging. Diese Karten waren der Beweis, dass ich es mir nicht eingebildet hatte. Apropos Karten … wieso sprach er das denn nicht direkt an?

Vielleicht stand er gerade so unter Strom, dass er nicht dran dachte, also beschloss ich, ihm einen Wink zu geben.

»Ich bin übrigens total begeistert von *Mord & Meer.*«

»Von was?«

»Na … dem neuen Roman von Jan Thies.«

»Aha. Das freut mich.«

Scheinbar ahnungslos nahm er einen Schluck vom Kaffee. Aber mir dämmerte, es war eine Überraschung, die er da plante, und ich durfte offenbar noch nichts von den Karten wissen. Na schön, da würde ich mitspielen.

»Ist einer meiner absoluten Lieblingsautoren«, erklärte ich und nahm ihm gegenüber Platz, goss auch mir etwas Kaffee ein.

»Schön für dich«, sagte er gespielt gleichgültig. Nils zog die Scharade wirklich durch.

»So, ich muss los, danke für den Kaffee und das Rührei.«

»Klar …« Ich brachte ihn zur Tür, was ihn sichtlich irritierte. Ich war nicht so gut darin wie er, etwas geheim zu halten, verhielt mich viel zu auffällig, aber ich konnte eben nicht aus meiner Haut und freute mich immer noch wie verrückt über die Karten.

Ich drückte ihm einen innigen Kuss auf, den er erstaunt, aber nicht minder innig erwiderte, und später, als ich längst in der Küche der Krabbenstube stand und Fischbrötchen belegte, die erste Stoßzeit war gerade um, erzählte ich Gina, die bald in ihre Pause gehen würde, von meinem Fund.

»Ist ja cool, dass er das organisiert hat! Er macht sich«, sagte sie begeistert, drehte ihren Backfisch in der Pfanne und nickte rüber zu Marco, der sich ums Spülen des Geschirrs kümmerte. Er war eben, wie er ja selbst sagte, das Mädchen für alles.

»Da kannst du dir ein Vorbild nehmen, es kommt immer gut an, seine Freundin zu überraschen.«

Marco grinste von einem Ohr bis zum anderen, warf den Lappen neben die Spüle und kam dann näher, hauchte einen feurigen Kuss auf Ginas Nacken, die sichtlich ein kleiner

Schauer durchfuhr. »Ich werde einfach auch zwei Karten für die Thies-Lesung bestellen, wie ist das?«

Sie ließ ihre Pfanne los und drehte sich zu ihm um, zupfte an seinem Kragen.

»Immerhin ein Anfang, auch wenn es vermutlich keine mehr gibt und ich kein Krimi-Fan bin«, meinte Gina zwinkernd. »Aber die Mühe erkenne ich an.«

»Dann habt ihr also keine Lust, ich hätte nämlich noch zwei Karten«, warf ich ein.

»Lass mal, Süße, es muss ja auch irgendwer den Laden schmeißen.«

Auch wieder wahr.

Am frühen Abend entdeckte ich Noah durch die Durchreiche im Gastraum.

Aber er war nicht allein. Ein kleines Mädchen mit braunen Zöpfen begleitete ihn. Er half ihr beim Hinsetzen, und der Anblick zauberte mir ein Lächeln ins Gesicht. Sogleich ging ich raus, um unseren besonderen Gästen persönlich die Speisekarte zu bringen, bevor Trudy mir zuvorkam.

»Guten Abend«, sagte ich. »Du musst wohl Jenny sein?«

Das Mädchen nickte und lächelte.

»Dann such dir mal was Schönes aus«, meinte ich und gab beiden eine Karte.

»Ich freue mich, dass du sie mal mitgebracht hast«, meinte ich zu Noah.

»Papa hat mich heute von der Schule abgeholt und hergebracht«, erklärte Jenny.

»Sie bleibt das ganze Wochenende«, sagte Noah, und seine Augen strahlten. Freute mich für die beiden.

Ich holte die Karten für Stralsund aus der Hosentasche, um sie ihm zurückzugeben.

»Willst du sie nicht mehr?«, wunderte er sich.

»Nils hat welche besorgt, als Überraschung.« Ich spürte, wie ich vor Glück schon wieder grinsen musste.

»Verstehe, na, dann wünsche ich euch viel Spaß.« Er klang etwas enttäuscht.

»Oh … ich … das war wirklich nett, dass du sie mir besorgt hast«, betonte ich noch mal.

»Ich nehme die Pommes mit Fischstäbchen!«, sagte Jenny.

»Gerne.«

»Mach dir keine Gedanken, ich werde die Karten schon irgendwie los, es geht ja immerhin um Thies.« Er zwinkerte.

Das glaubte ich sofort. Noah bestellte auch etwas, und ich ging zurück in die Küche, um ihnen die Gerichte zuzubereiten.

»Süßes Mädchen und stolzer Papa«, meinte Gina, die uns wohl durch die Durchreiche beobachtet hatte. Und damit hatte sie absolut recht.

Als ich spät nach Hause kam, denn freitags blieb ich länger in der Stube, war Nils noch wach.

»Wie war dein Tag?«, fragte ich, als wir uns vor dem TV auf dem Sofa aneinanderkuschelten.

Er lächelte. Dann fing er an, von den Fusionsplänen zu erzählen. Der Anwalt der Swede Bank hatte nun endlich einen neuen Vertrag vorgelegt, den wiederum der Anwalt von Nils Bank nicht akzeptabel fand. Deswegen war für nächste Woche eine Konferenz anberaumt worden, zu der er zeitig erscheinen musste.

»Oh, das klingt alles wirklich anstrengend«, sagte ich mitfühlend und streichelte seinen Nacken. »Wie schön wäre da etwas Abwechslung in unserem Leben.«

Zum Beispiel wenn wir ein Wochenende nach Stralsund fuhren und uns auf der Lesung vergnügten.

»Das wird wohl in absehbarer Zeit nichts«, sagte Nils erschöpft.

Aber die Lesung war doch bald. Sicher wollte er die Überraschung nur so lange wie möglich geheim halten. Aber langsam kam es mir doch komisch vor.

29. Kapitel

Ein paar Tage später brach Nils früh zu seiner Konferenz auf. Ich öffnete unser doppelflügeliges Schlafzimmerfenster und blieb eine Weile liegen, genoss seinen Duft, der unserer Bettwäsche anhaftete, und schloss noch mal die Augen. Ich lauschte dem fernen Wellenspiel, dem angenehm gleichmäßigen Rauschen und döste wieder ein, bis das Bimmeln des Handys mich aus dem Schlaf riss. Ich schreckte hoch, ging rasch ran, denn der Klingelton verriet, es war Nils.

»Ich brauche deine Hilfe«, verkündete er unumwunden, und ich war sofort hellwach, saß kerzengerade im Bett.

»Was ist passiert?«

»Ich habe mich mit Kaffee bekleckert. Meine Hose ist hin. Ich brauche ganz dringend eine neue, denn ich soll auf der Konferenz einen Vortrag halten. Mit fetten Kaffeeflecken geht das nicht.«

»Kein Problem. Sag mir, welche Farbe du brauchst, ich bringe sie dir rasch vorbei.«

»Du bist meine Rettung, Pauline, vielen Dank.« Seine Stimme klang so sanft, dass sie ein Prickeln in meinem Nacken verursachte.

»Kein Problem«, sagte ich ehrlich.

»Etwas in Hellgrau wäre am besten. Ich sollte da noch eine haben, die ganz rechts an der Stange hängt.«

»Ich sehe mal nach, einen Moment.« Ich kletterte aus dem Bett, klemmte das Handy zwischen Ohr und Schulter, öffnete seinen Schrank und fand sie gleich. »Hab sie.« Die Hose landete auf dem Bett.

»Perfekt. Wie schnell kannst du hier sein?«

Ich lief ums Bett herum und legte die Hose ordentlich zusammen.

»Gib mir fünfzehn Minuten.«

»Du kannst sogar zwanzig haben.«

»Perfekt«, sagte nun ich, so konnte ich mich noch schnell etwas frisch machen. Die Hose landete sorgfältig verstaut in meinem Rucksack und ich selbst unter der Dusche …

Pünktlich betrat ich zwanzig Minuten später Nils' Büro, das sich in einer modernisierten Bäder-Villa im Zentrum von Graal-Müritz befand. Ich hatte mich ganz schön abgestrampelt, um rechtzeitig hier zu sein, meine Haare waren zu einem feuchten Knoten gebunden, fürs Föhnen war keine Zeit gewesen. Ich begrüßte ein paar von Nils' Kollegen, ehe ich sein Büro betrat.

Nils saß hinter seinem überdimensionalen Schreibtisch, an dem locker drei Männer seiner Statur Platz gehabt hätten. Er wirkte aufgelöst, aber dankbar, als ich ihm die Hose, die ich aus meinem Rucksack zog, reichte. Knitterfrei selbstverständlich.

Er kam hinter dem Tisch hervor, schlüpfte aus der Hose mit Kaffeefleck rasch in die saubere.

»Kannst du die Schmutzige wieder mitnehmen?«, fragte er und hielt sie mir schon hin.

»Klar, stopf sie in den Rucksack.« Ich hielt meine Tasche auf.

Er faltete die Hose ordentlich zusammen, legte sie hinein und hauchte mir dann einen Kuss auf die Stirn. »Du bist wirklich meine Rettung, Pauline.«

Ich hörte das irgendwie gerne. Genussvoll schloss ich die Augen für einen zweiten Kuss. Unsere Lippen lösten sich viel zu schnell.

»Ich würde dir ja noch ein Glas Wasser oder einen Kaffee

anbieten, aber die Konferenz geht gleich los, und ich muss mich noch ein wenig vorbereiten.«

Ich winkte ab. »Ich muss ja auch zur Krabbenstube.«

Aber obwohl die Zeit drängte, suchten sich unsere Lippen und fanden sich noch einmal zu einem zärtlichen Kuss, dann verließ ich sein Büro mit guter Laune.

Ich war so beschwingt, dass ich gar nicht so recht auf die Umgebung achtete. So war es keine Überraschung, dass ich prompt mit jemandem zusammenstieß, der den Gang heruntereilte. Sowohl die junge Frau, in die ich unachtsam gelaufen war, als auch ich stürzten zu Boden, und wie in einer Slow-Motion-Szene eines Films segelten ihre Unterlagen durch die Luft.

»Entschuldigen Sie, ich bin ein Schussel«, sagte ich und half ihr, die Dokumente wieder einzusammeln.

»Nicht schlimm«, versicherte die Blondine überaus freundlich und half mir auf. Ich kannte sie nicht, musste wohl eine neue Kollegin hier sein. Plötzlich blieb mein Blick an dem Anhänger haften, der um ihren Hals baumelte. Instinktiv griff ich zu meinem eigenen, der unter meiner Jacke und Bluse verborgen, aber dennoch spürbar war.

Genau derselbe Anhänger, ein Nordlicht in einer kleinen Phiole.

»Ist etwas?«, wunderte sich die Frau.

»Ihr Anhänger …«, sagte ich, sie fing unwillkürlich an zu lächeln.

»Der ist schön, nicht wahr? Etwas Einmaliges. Hat mein Freund mir geschenkt.«

Ein Freund … ich musste mich selbst bremsen vor unsinnigen Gedanken. Dieser Freund konnte jeder sein, ein Kollege von Nils zum Beispiel. Es war doch absurd, gleich etwas zu vermuten, nur weil eine andere Frau denselben Anhänger besaß.

Und doch war es komisch, dass genau das mein erster Gedanke gewesen war. Vertraute ich Nils nicht?

Ich reichte ihr noch ein Dokument.

»Danke.«

Ich musterte ihren Anhänger immer noch verdattert.

»Kann ich noch was für Sie tun?«

»Nein … ich war nur hier, um meinem Freund etwas zu bringen. Nils Campe, den kennen Sie sicher?«

Die Blondine spielte nun ihrerseits nervös an ihrem Anhänger. »Nils? Aber ja, er ist ja unser neuer Boss. Klar kenne ich ihn. Aber seien Sie mir nicht böse, wir haben gleich eine Konferenz, und ich muss noch Unterlagen verteilen.« Sie deutete auf die Bögen, die wir zusammen eingesammelt hatten.

Bildete ich es mir nur ein, oder wollte die junge Frau schnell weg von mir?

»Wiedersehen«, sagte sie freundlich und tänzelte davon. Erst jetzt fiel mir auf, dass sie in einem sehr figurbetonten Kostüm steckte. Ich ging Richtung Ausgang. Immer noch unsicher, was ich von alldem halten sollte.

»Ah, Nils, da bist du ja!«, flötete es hinter mir.

Ich drehte mich noch mal um und konnte sehen, wie Nils mit sauberer Hose das Büro verließ und seine Hand sacht auf den Rücken der Blondine legte, die auf ihn gewartet zu haben schien. Sie lachten sich an, folgten den Gang weiter und verschwanden aus meinem Blickfeld. Wohl gingen sie zum Konferenzraum. Aber die Art, wie sie sich angelacht hatten, kam mir komisch vor. Oder bildete ich mir das nur ein?

Derselbe Anhänger. Das ließ mich nicht los. Die komischen Reaktionen der jungen Frau, als sie erfahren hatte, wer ich war. Wie in Trance verließ ich die Bank, und während der Fahrt zur Krabbenstube kreisten meine Gedanken: War das einfach ein Zufall gewesen? Hatte einer von Nils' Kollegen der jungen Frau schlicht dasselbe Geschenk gemacht? Oder hatte tatsächlich Nils ihr den Anhänger geschenkt? Und dann ihre

Vertrautheit. Verdammt, das waren Kollegen, natürlich waren sie vertraut. Was war nur mit mir los? Ich war doch sonst nicht so hellhörig und erst recht nicht schnell eifersüchtig.

Als ich später in der Küche der Krabbenstube stand und eine Lachslasagne zubereitete, war ich immer noch etwas neben der Spur, was ich jedoch erst merkte, als Gina mich wiederholt ansprach und schließlich sanft an der Schulter berührte.

»Hörst du überhaupt zu? Erde an Pauline!«

»Was? Wie?«

»Ich meinte, dass ich Pläne mit Trudy habe.«

»Was ist denn mit Trudy?«, fragte ich besorgt.

Gina rollte mit den Augen.

»Sie meint, dass sie sich Sorgen macht, weil Trudy einsam ist«, klärte mich Marco auf, der am Spülbecken stand und frisch geschrubbte Teller stapelte. Der Geschirrspüler streikte wohl wieder mal. Tante Trudy selbst betreute unseren Stand und begrüßte neue Gäste, bekam von diesem konspirativen Gespräch also nichts mit.

»Ist sie das?«

»Na hör mal, sie wohnt seit der Sache mit Tom allein, geht nie aus und versteckt sich hinter Kunst, seltsamen Kristallen und Arbeit. Was denkst du denn? Und Kinder wird sie wohl auch keine mehr bekommen.«

»Ich … weiß nicht …« Sie schien mir recht zufrieden zu sein.

»Gina will sie zu einem Speed-Dating überreden«, sagte Marco und verstaute das getrocknete Geschirr.

»Trudy und Speed-Dating?« Klang abstrus. Aber Trudy war vielleicht verrückt genug, sich darauf einzulassen.

Ich legte eine weitere Schicht Lasagneblätter in die Form. Dicht an dicht. Dann schnappte ich mir etwas von der Spinatcreme, die ich zuvor angerührt hatte, und verteilte diese gleichmäßig mit einem Löffel darüber.

»Wir müssen da jedenfalls was tun«, war sich Gina sicher. »Du bist aber auch nicht ganz auf der Höhe.« Gina musterte mich, ich wich ihrem Blick aus. Ich sah immer wieder den Anhänger vor mir. Und Nils' Hand auf dem Rücken seiner Kollegin. Es war keine »Geh mal schneller«-Geste gewesen, sie hatte beinahe zärtlich gewirkt.

»Seid ihr so weit? Ich bringe den Eintopf zum Stand«, sagte Marco.

»Klar, der Lachstopf ist gerade fertig geworden«, sagte Gina. Ich war froh über die Ablenkung.

»Wie schaut's mit dem bunten Fisch- und dem Veggietopf aus?«, fragte Marco, ich hörte seine Stimme aber nur aus weiter Ferne.

»Pauline?« Gina stupste mich an.

»Was?«

Beherzt griff sie nach einem Löffel, probierte erst den Veggie-, dann den Fischtopf, die vor mir auf dem Herd standen und auf kleiner Flamme warm gehalten wurden.

»Beide fertig. Komm, ich helf dir«, meinte sie dann zu Marco, und sie schafften die Töpfe nacheinander raus, um die Suppenstation am Stand aufzufüllen. Als sie rausgingen, klang das stete Gemurmel der Gäste durch die Tür in die Küche. Wie ich die Geräuschkulisse eines vollen Ladens liebte …

Als Gina zurückkam, stemmte sie die Hände in die Seiten. »Raus mit der Sprache.«

»Was meinst du?«

»Verkauf mich nicht für dumm, ich kenne dich, seit du drei warst, vermutlich länger, aber daran erinnere ich mich nicht. Dir drückt der Schuh, ich möchte wissen, was passiert ist!«

Ich seufzte, spielte mit meinem Anhänger und wusste, Gina würde sich nicht abwimmeln lassen.

»Wir schnappen uns eine Limo und reden in unserer Nische, Abmarsch!«

Gina konnte manchmal einen richtigen Kasernenton am Leib haben.

»Ich mache noch die Lasagne fertig.«

Danach erzählte ich ihr also von Anfang bis Ende alles …

»Das klingt wirklich etwas sonderbar, aber es gibt etliche Erklärungen, warum diese Frau denselben Anhänger hat wie du oder warum die zwei vertraut miteinander schienen.«

»Ich weiß.« Ich hatte ja selbst schon etliche davon gefunden. Nur beruhigten die mich nicht. Zumal sie ja auch sehr nervös geworden war, als sie erfahren hatte, dass ich Nils' Freundin war.

Ich hatte einfach ein komisches Gefühl, das ziemlich beharrlich war.

»Rede heute Abend mit Nils drüber, dann klärt sich das schnell auf«, war Gina sich sicher. Nur was, wenn dabei etwas zutage kam, das mir nicht gefiel? Wenn er – eine Affäre hatte?

»Sieh mal, er ist für dich sogar über seinen Schatten gesprungen und hat hier unser Spezialbrötchen gegessen. Eigentlich sollte ich ja ein wenig beleidigt sein, dass ihn das Überwindung gekostet hat – aber Schwamm drüber. Ich will sagen, du bist ihm offenbar wichtig.«

Rational wusste ich, Gina hatte recht, aber das ungute Gefühl blieb.

30. Kapitel

Ich kam ein wenig später als Nils nach Hause.

»Das war vielleicht ein Tag«, klagte er, als ich ins Wohnzimmer kam, wo er seine Lieblingsshow im Fernsehen sah. Ich stellte den Ton leise.

»Noch mal danke, dass du mir die saubere Hose vorbeigebracht hast. So konnte ich bei meinem Vortrag auf der Konferenz glänzen. Alles okay? Wieso machst du denn den Ton aus?« Nils blickte mich erwartungsvoll an.

Ich hatte mich seelisch auf das Gespräch, das ich nun führen wollte, vorbereitet, merkte aber, dass sich mein Kopf vor Aufregung leer anfühlte.

»Fahren wir in zwei Wochen nach Stralsund?«, fragte ich, weil das alles war, was mir gerade einfiel, und mir schwindelte. Alles in mir hoffte, er würde jetzt Ja sagen, seine Überraschung offenbaren, sich vielleicht ärgern, dass ich vorzeitig dahintergekommen war.

»Was? Wie kommst du denn darauf?«, fragte er stattdessen.

Ein dicker Kloß bildete sich in meinem Hals.

»Wegen der Karten für die Jan-Thies-Lesung. Die ist in zwei Wochen in Stralsund.« Sie waren also nicht für uns gedacht gewesen. Vielleicht hatte er sie aber auch nur für jemand anderen besorgt? Oder …

»Gehst du mit deiner Kollegin dorthin, die denselben Anhänger trägt wie ich?«, rutschte es mir raus.

Aber nun, da ich es direkt ausgesprochen hatte, konnte ich nicht zurück.

Ich erwartete, dass Nils mir nun vorwarf, dass ich ihm

nachschnüffele, das ein Vertrauensbruch sei und ich erst mal erklären müsste, dass ich ja gar nicht geschnüffelt, sondern alles nur zufällig entdeckt hatte.

Aber das tat er nicht, er wich meinem Blick aus, nickte langsam. »Ich gehe mit Janine dorthin.«

Das musste ich erst mal sacken lassen. Obwohl ein Teil von mir mit dieser Antwort gerechnet hatte, kam sie mir doch völlig surreal vor.

»Sie ist Fan des Autors. Und sie hat den Anhänger von mir.«

Mir wurde ganz mulmig, die Art, wie er nun die Karten auf den Tisch legte, zog mir den Boden unter den Füßen weg. Sagte er mir gerade, dass er mit dieser Janine eine Affäre hatte? Mein Verstand wehrte sich dagegen. Es wurde noch schlimmer.

»Wir … lieben uns.«

Ich schnappte nach Luft und hatte doch das Gefühl, viel zu wenig Sauerstoff würde meine Lungen erreichen. Mein Herz wurde in Stücke gerissen.

Nils sah mich an, seine leicht geröteten Augen verrieten, es war kein Scherz. Mir wurde übel.

»Es tut mir leid, ich wollte nicht, dass es geschieht, aber das ist es. Und ich wollte auch nicht, dass du es so erfährst.«

»Wie lange?«, fragte ich wie ferngesteuert. Ich spürte, wie mir Tränen in die Augen stiegen. Ich konnte sie nicht zurückdrängen. Plötzlich tat sich vor mir ein Abgrund auf. Ich wollte am liebsten fliehen, einfach nur weg von hier. Stattdessen stand ich stocksteif da, wie gelähmt.

»Seit ein paar Monaten.«

Der nächste Schlag in die Magengrube.

Also lag es nicht an der Kreuzfahrt, es ging schon länger so. Die Überstunden, die heimlichen Telefonate … Und warum dann sein Ärger darüber, dass ich nicht bei Von Bergen hatte anfangen wollen? Hätte ihm doch egal sein können, ob ich Spitzenköchin wurde oder – wie er es nannte – in einer Imbissbude arbeitete. Vielleicht war er sich aber bis zuletzt nicht sicher gewesen, was er wollte, deswegen auch dieses zweigleisige Fahren.

Nun schien er sich jedoch entschieden zu haben, und zwar nicht für mich. Das tat unendlich weh.

Plötzlich packte mich Wut. Auf mich, weil ich eine dumme Gans war, die tatsächlich noch für einen Sekundenbruchteil gehofft hatte, er könne sich für mich entscheiden, anstatt ihn direkt in den Wind zu schießen. Aber das konnte ich nachholen und mir so noch etwas wie einen Rest Würde bewahren. »Du bist ein echtes Arschloch!« Wie hatte er mich die ganze Zeit nur so anlügen können! Wir hatten uns geküsst, miteinander geschlafen … Ich hatte mir die ganze Zeit Mühe gegeben, dass sich das mit uns wieder einrenkt, und er ist durch Janines Bett gehüpft.

»Du musst doch zugeben, dass es zwischen uns nicht mehr wie früher ist. Unser Plan ist gescheitert.«

Ich schnappte vor Zorn bebend nach Luft. Dieser verdammte Plan! Als wenn alles anders geworden wäre, wenn ich mich mehr an ihn gehalten hätte. Das glaubte er doch selber nicht. Außerdem, wie viel von mir steckte eigentlich in diesem genialen Masterplan? Nicht viel, wurde es mir nach und nach bewusst. Eigentlich nur, dass ich mich die nächsten Jahre aufs Berufliche konzentrieren und irgendwann ein eigenes Lokal haben wollte. Aber das Brimborium drum herum, Sterneküche, Nobelrestaurant, Spitzenköchin – das alles war mehr Nils als ich gewesen. Weil er ein Status-Mensch war.

»Ich wollte dir nicht wehtun.«

Wie früh ihm das einfiel. Wenn ich nichts gesagt hätte, wer weiß, wie lange das noch munter so weitergegangen wäre. Ich war unendlich enttäuscht und verletzt. »Scher dich doch zum Teufel!«

Er blieb total ruhig.

»Ich habe immer wieder versucht, meine Gefühle für dich wiederzubeleben, unsere Beziehung zu retten, aber nun, da alles offengelegt ist, weiß ich, es wäre besser, wenn wir uns trennen. Ich bin die nächsten zwei Tage mit Greg in Schweden. Die Zeit kannst du nutzen, um auszuziehen.«

Obwohl ich wegwollte und das total naheliegend war, schien es mir zugleich, als würde ich nun in ein noch tieferes Loch fallen, eines ohne Boden. Alles ging so schnell, ich konnte mich nirgends festhalten.

»Ich zahle dir den Anteil, den du fürs Haus mitgeleistet hast, natürlich zurück.«

Ich nickte benommen, funktionierte – rein äußerlich – irgendwie und kämpfte innerlich gegen das Gefühl an, mich zu übergeben.

Nils erhob sich. »Ich geh duschen und dann schlafen. Wenn es dir hilft, leg ich mich auf die Couch.«

Plötzlich befiel mich das Verlangen, dieses Haus zu verlassen. Und zwar sofort. Ich ertrug Nils' Nähe einfach nicht. Und nichts, was zu ihm gehörte, mich an ihn denken ließ.

»Keine Umstände«, sagte ich nüchtern und ging.

»Wo willst du hin?«, fragte er, aber ich hörte seine Stimme nur aus der Ferne, griff automatisch nach Schal und Mantel, schlüpfte in meine Stiefel und saß kurz darauf in meinem Wagen.

Wieder kreisten meine Gedanken, jetzt sogar noch mehr. Sie versuchten zu verarbeiten, was geschehen war, dass es aus war. Von einem Moment zum nächsten war alles zerbrochen, was wir uns aufgebaut hatten. War ich zu dumm gewesen, es nicht kommen zu sehen?

Ich drehte das Radio an, zappte durch die Sender. *Geiles Leben* kam aus den Boxen.

Ich schaltete die Musik wieder ab, fuhr weiter, weinte und verspürte Wut im Wechsel. Mit aller Kraft konzentrierte ich mich auf die Strecke, denn ich wollte niemanden gefährden.

»Was ist denn los?«, fragte Gina, als ich endlich in Warnemünde angekommen war und verweint vor ihrer Türe stand.

»Scheiße …«, entwich es ihr. Ich musste einen schrecklichen Anblick abgeben.

»Es ist aus … er hat Schluss gemacht.«

»O nein.« Sie umarmte mich, und es tat so gut. Ich hatte einfach nicht gewusst, wohin. Weinend lehnte ich mich an sie.

31. Kapitel

Wir saßen in dem gemütlichen Wohnzimmer über der Krabbenstube, Gina hatte mir einen Tee gemacht, und ich hatte mich beruhigt. Etwas zumindest. Ich konnte einigermaßen klar sprechen, ohne sofort wieder in Tränen auszubrechen.

Das war ein Fortschritt.

»Er will, dass ich ausziehe.«

»Was für ein Arsch! Du kannst hier wohnen, so lange du willst, Süße.« Gina war die Beste, ich war so froh, dass sich zumindest dieses Problem schnell löste.

»Hier ist genügend Platz«, sagte sie. »Du bekommst das Gästezimmer, das hast du ganz für dich.«

»Danke.«

»Ich beziehe gleich das Bett neu. Du ruh dich hier aus und trinke deinen Tee.«

Ich nickte dankbar.

Gina verschwand, und ich nahm einen warmen Schluck, als jemand ins Wohnzimmer schlurfte. Es war Marco im Pyjama.

Wir schauten uns erstaunt an. Und es brauchte eine Weile, ehe bei mir ankam, dass er gerade aus Ginas Bett geschlüpft sein musste.

Himmel, das mit den beiden war wohl wirklich ernst.

»Ich … oh … ich wollte nicht stören«, sagte ich rasch und vor allem peinlich berührt.

»Nein, nein, du störst nicht«, sagte Marco sanft, er merkte wohl, wie angeschlagen ich war.

Ich überlegte, mir einfach ein Zimmer im Sanddorn Hotel zu nehmen. Morgen würde ich dann ja sehen, wo ich die nächsten Tage unterkam. Eigene Wohnung und so. Gott, mir dröhnte der Kopf, wenn ich nur daran dachte. Ich erhob mich.

»Entspann dich, alles gut«, versicherte mir Marco. Ich nickte. Musste ich ihm wohl glauben. »Jetzt setz dich wieder«, meinte er sanft.

Ich ließ mich wieder auf die Couch sinken, und Marco verschwand in der Küche, wo ich den Wasserkocher rauschen hörte. Vermutlich machte er sich auch noch einen Tee. Ich starrte auf meinen eigenen, nahm einen kräftigen Schluck. Er belebte mich, wärmte mich von innen.

Gina kam zurück, schnappte sich meine Tasse, stellte sie auf den Tisch zurück und griff dann meine Hand und zog mich von der Couch. »Komm mit.« Wir liefen an der Küche vorbei, wo ich Marco etwas aus dem Kühlschrank nehmen sah.

»Ich störe wirklich nicht?«, fragte ich unsicher. Er schien sich hier wie zu Hause zu fühlen.

Gina winkte lächelnd ab. »Natürlich nicht, Süße, mach dir keinen Kopp. So, da wären wir, Ihr Zimmer, Mademoiselle – voilà!«

Sie öffnete die Tür und schob mich in ein Zimmer, das mir nur allzu vertraut war. »Das ist doch dein altes Zimmer!«

»Ganz genau, aber ohne meine alten Jugendmöbel, als ich ausgezogen bin, haben meine Eltern ein Gästezimmer draus gemacht. Tja, und jetzt wohne ich wieder hier oben und Mama und Papa in Travemünde, schon verrückt, wenn man so drüber nachdenkt.«

Ich sah alles deutlich vor mir.

»Hier war dein Hochbett und darunter die Couch zum Ausklappen. Da drüben vor dem Fenster dein Schreibtisch und – der magische Schrank!«

Ich erinnerte mich gut an den großen Kleiderschrank, in dem sich die buntesten Kleider und Accessoires befunden hatten. Gina und ich hatten uns gerne verkleidet, uns glitzernde Tücher aus ebendiesem Schrank um die Schultern gehängt, als wären es Umhänge von Superhelden. Es schien mir eine Ewigkeit her.

Gina lächelte. »Das war schon toll …«

Fand ich auch, ach, ich wünschte mich in diese Zeit zurück, in der das Leben noch so sorglos gewesen war. Nachdenklich ließ ich mich aufs Bett sinken, mit bunten Erinnerungen im Kopf, und seufzte.

Gina legte sich daneben. Die Arme hinter dem Kopf verschränkt blickte sie zur Decke.

»Nils wird erkennen, dass er blöd war, dich abzuservieren.«

»Das glaube ich nicht«, sagte ich leise, vielmehr hatte ich das Gefühl, dass Nils ein völlig anderer Mensch war, als ich gedacht hatte. Sein kühler Blick, völlig unverwandt – es schüttelte mich noch jetzt. Ich wollte ihn nicht zurück, glaubte ich, dennoch fühlte ich mich schrecklich leer.

»Dann ist er ein Idiot, der dich nicht verdient hat.«

»Ich werde mich ganz auf die Krabbenstube konzentrieren«, entschied ich. Ich wollte das alles so schnell wie möglich hinter mir lassen.

»Das finde ich toll«, pflichtete Gina mir bei. »Eine Aufgabe lenkt einen gut ab.« Sie griff nach meiner Hand. »Wir sind alle für dich da, das weißt du, oder?«

Ich lächelte, fühlte mich weniger allein. Ab jetzt würde alles anders werden. Und ich wusste nicht, wie.

Gina blieb eine ganze Weile bei mir, obwohl wir nichts sagten. Ich hätte auch nicht gewusst, worüber wir hätten reden können. Mein Kopf fühlte sich genauso leer an wie mein Herz. Aber mir tat die Stille gut.

Irgendwann erhob sie sich langsam. Ein Blick auf die Uhr erschreckte mich, es war schon drei Uhr in der Früh.

»Sei nicht böse, aber mir fallen dauernd die Augen zu, und

ich muss früh raus, denn du nimmst dir morgen frei. Verordnung aus der Chefetage.«

»Wirklich? Ich will dich doch nicht im Stich lassen.«

»Tust du nicht.« Sie drückte meine Hand. »Wenn was ist, ich bin nebenan«, sagte sie leise.

Ich nickte und schloss die Augen, während Gina das Zimmer verließ. Kaum war sie gegangen, musste ich erneut weinen, und das tat ich auch die ganze Nacht lang. Erst gegen Morgengrauen schlief ich ein und wurde erst wieder wach, als ich Geräusche unter mir vernahm. Ein Blick auf die Uhr verriet, dass ich verschlafen hatte, es war schon zwölf! Himmel! Bei mir war ja wirklich alles durcheinandergeraten, sogar meine innere Uhr.

Ich stürzte aus dem Zimmer ins Bad, duschte, und danach hechtete ich in die Krabbenstube. Die Gäste maßen meinem wirschen Hereinstolpern keine besondere Bedeutung bei, aber Trudys mitfühlender Blick entging mir nicht, als sie hinter der Theke auf mich zukam.

»Liebes, kann ich was für dich tun?«, fragte meine Tante auch schon.

Ich schüttelte den Kopf, ich musste da wohl durch, doch es war gut zu wissen, dass auch Trudy hinter mir stand.

»Ich komme schon zurecht«, meinte ich. Ich wollte mein Leben rasch in Ordnung bringen. Noch diese Woche würde ich anfangen, mir eine Wohnung zu suchen! Das nahm ich mir fest vor. Aber davor gab es noch einiges zu regeln.

»Na schön, aber wenn was ist …«

Ich lächelte. »Ich weiß.«

Ich begab mich in die Küche und erinnerte mich daran, dass Nils von mir erwartete, dass ich in kurzer Zeit auszog. Wie sollte ich das bewerkstelligen?

»Zurück ins Bett mit dir, du hast heute frei! Trudy, Marco und ich schaffen das schon …«, versicherte mir Gina, die über telepathische Kräfte verfügen musste.

»Wirklich? Ich würde dann nämlich nach Graal-Müritz fahren und …« Packen. Aber es fiel mir schwer, das zu sagen …

Ich schluckte die Tränen runter, was mehr schlecht als recht gelang.

Gina reichte mir ein Taschentuch.

»Soll ich dir Trudy mitschicken?«, fragte Gina. »Ich würde ja auch selber, aber ohne Köchin läuft hier leider nichts.«

»Und die Stube? Jetzt um die Mittagszeit ist doch immer was los. Da kannst du doch nicht auch noch auf Trudy verzichten.«

»Das kriegen wir schon hin, wir machen das so. Du besorgst Umzugskartons aus dem Baumarkt, und bis du zurück bist, ist der Andrang abgeflaut, und Marco bekommt das für ein paar Stunden allein hin. Ich bin ja auch noch da, kann Bestellungen aufnehmen und das Essen an die Tische bringen. Ist ja auch nicht das erste Mal mit Minimalbesetzung, meine Mutter hat den Laden früher an manchen Tagen komplett allein geschmissen. Wichtig ist jetzt erst mal nur, dass du wieder auf die Beine kommst.«

»Danke …«, sagte ich ehrlich berührt.

»Und sofern Trudy nichts einzuwenden hat?«

Hatte sie nicht. »Natürlich helfe ich dir, das ist doch Ehrensache!«, sagte sie ohne Umschweife, kaum dass sie von unseren Plänen erfahren hatte.

»Wir werden auch dein Auto für den Transport der Umzugskartons brauchen«, warnte ich sie vor.

»Es steht dir ganz zur Verfügung. Man sollte Smarts nicht unterschätzen, ich hab von Leuten gehört, die eine Waschmaschine drin transportierten. Also wird das schon gehen.«

Ich hatte wirklich eine tolle Familie.

»Und nun los«, motivierte mich Gina und klatschte in die Hände. »Je schneller das erledigt ist, desto besser wird es dir gehen.«

Ich nickte und machte mich auf den Weg zum Baumarkt als erster Station auf meiner Liste.

32. Kapitel

Ginas Plan ging auf, ich kam gerade vom Baumarkt zurück, als der Mittagsandrang in der Stube nachließ. Wir konnten also sofort los.

Auf der Rückbank hatte ich die gefalteten Kartons verstaut. Neben mich setzte sich eine unerwartete Helferin. Hannah, die Aushilfe aus dem Souvenirladen, hatte sich bereiterklärt, uns ebenfalls unter die Arme zu greifen. Trudy fuhr mit dem Smart hinter uns her.

»Nochmals danke für das spontane Hilfsangebot«, sagte ich. Hannah lächelte nur schüchtern und nickte.

Es ging mit der Autofähre rüber nach Hohe Düne, dann entlang der Hauptstraße durch die Rostocker Heide, bis sich irgendwann das wunderschöne Örtchen Graal-Müritz vor uns auftat. Es lag direkt an der Küste, recht verträumt. Man hätte es auf eine Postkarte drucken können, so idyllisch wirkte es mit dem Meer vor der Tür. Ein herrlicher Tag, eigentlich. Azurblauer Himmel, himmelblaues Wasser. Und die vielen reizenden Häuser, die aus der Ferne an reich verzierte Puppenhäuser erinnerten. Ich schluckte, als mir bewusst wurde, es war nun nicht mehr mein Zuhause. Das Joggen an der Küste, die Seebrücke, das alte Emilios, das nun eine Cocktailbar war – ich würde es schmerzlich vermissen. Schlimmer, eigentlich wollte ich es gar nicht loslassen.

Nach insgesamt einer Dreiviertelstunde parkte ich den Wagen vor dem Haus, das bis gestern noch mein Zuhause gewesen war. Trudy hielt hinter mir. Nils' Schlitten stand nicht vor der Tür, was mich erleichtert aufatmen ließ. Zwar hatte er gesagt, dass er zwei Tage geschäftlich in Schweden sein würde, aber seine Pläne änderten sich berufsbedingt oft in Sekundenschnelle. Ich hätte es wohl nicht ertragen, ihm jetzt zu begegnen.

Hannah und ich stiegen aus und hievten die Kartons aus meinem Kleinwagen.

»Sehr schick«, meinte Trudy, als wir das Haus durch den kleinen Vorgarten betraten. Unsere Diele war rustikal, hell und recht geräumig.

Alles trug Nils' Handschrift, vom Garderobenständer bis zum Geländer der Treppe, die nach oben führte. Erst jetzt fiel mir auf, wie viele Entscheidungen er bei der Einrichtung und auch sonst getroffen und wie oft ich mich seinen Wünschen angepasst hatte, ohne es wirklich zu merken.

»Wow«, entwich es Hannah leise, während sie sich umsah. »Ich dachte, nur Promis leben so.«

Ich schmunzelte. »Vieles sieht teurer aus, als es ist«, erklärte ich, Nils war schon immer der Schein wichtiger gewesen als das Sein.

»Wir müssen nach oben, mein Kram ist vor allem im Schlafzimmer.«

Dort leerten wir den Schrank, anschließend sammelte ich noch Bücher, Hygieneartikel und anderen Kleinkram von mir ein, so bekamen wir vier Kisten voll. Meine Möbel und größere Sachen konnte ich jedoch nicht sofort mitnehmen, da musste ich vorher eine eigene Wohnung oder andere Unterbringungsmöglichkeit gefunden haben. Ich schickte Nils eine Nachricht, dass ich mich bald noch mal wegen der Gütertrennung melden würde. Wir mussten uns einigen, wer was behalten durfte an unserem Hausrat, aber das konnte ich in den zwei Tagen nicht bewältigen …

Nach vier Stunden hatten wir alles geschafft, was echt schnell gegangen war. Mein Leben in Graal-Müritz passte in vier Kartons.

»Gehen wir«, sagte ich, und wir trugen die Kartons runter.

»Ich lad euch später auf ein Bier ein«, versprach ich erschöpft. Drei Kisten kamen in meinem Wagen unter, davon zwei im Kofferraum und eine auf der Rückbank, die letzte landete im Smart. Und dann ging es los.

Ich schloss ein letztes Mal die Haustür ab und warf den Schlüssel in den Briefkasten, denn brauchen würde ich ihn nicht mehr …

33. Kapitel

Wir hievten die Umzugskartons aus den beiden Wagen, um sie am Straßenrand zu stapeln.

»Was ist denn hier los?«, fragte eine vertraute Stimme hinter mir. Ich sah über meine Schulter und entdeckte Noah, der offenbar gerade das Fischbistro verlassen hatte.

»Pauline zieht bei Gina ein«, erklärte Trudy, mehr musste sie nicht dazu sagen. Ich sah an Noahs Blick, dass er eins und eins zusammenzählte und sich denken konnte, dass es zwischen Nils und mir aus war. Ich seufzte leise.

»Ich helfe euch mit den Kisten«, sagte er kurz entschlossen.

»Das wäre wirklich ein Segen«, meinte Trudy erschöpft. »Ich muss eigentlich wieder ins Bistro, jetzt beginnt ja bald das Abendgeschäft.«

»Kein Problem, und du musst doch vermutlich in den Souvenirladen zurück«, meinte er zu Hannah, und diese nickte.

»Fein, dann übernehme ich das.« Irgendwie war er immer im rechten Moment zur Stelle.

Hannah und Trudy verabschiedeten sich, und ich bedankte mich noch mal bei ihnen.

»Ich wusste gar nicht, dass du Hannah kennst«, sagte ich dann zu Noah.

»Ich bin inzwischen so oft im Sanddornweg, dass ich alle kenne.« Schon schnappte er sich zwei Kisten, er musste an ihnen vorbeilinsen.

»Komm, ich nehme dir eine ab, du siehst ja kaum was.«

»Ist nicht der erste Umzug, bei dem ich helfe, ich krieg das schon hin. Du musst nur die Türen öffnen.«

»Na schön. Aber die leichte Kiste hier nehme ich trotzdem.«

Ich ging voran, und wir gelangten in das kleine Treppenhaus, wo er beide Kisten neben der Garderobe abstellte und dann die vierte reinholte. Sodann trugen wir eine nach der anderen hoch in mein Zimmer. Ich hörte ihn neben mir schnaufen.

»Geht's?«, fragte ich. Tatsächlich hatte er meine Bücherkiste erwischt.

Noah winkte ab. Als er an mir vorbeiging, bemerkte ich wieder seinen angenehmen Geruch nach Moschus und Zartbitter. Neugierig sah er sich um. Die Rattanmöbel am Fenster musterte er etwas länger, ich fand sie auch recht hübsch, so richtig gemütlich zum Lesen oder Nachts-die-Sterne-Beobachten. Heimelig, aber noch nicht wirklich mein Zuhause … Zumal ich ja eh etwas Eigenes wollte.

Das Fenster ging nicht in den Sanddornweg raus, sonst hätte man vor allem das fünf Stockwerke umfassende Hotel zu Gesicht bekommen. Es zeigte stattdessen in Richtung Strand, über das Häusermeer von Fjordstraße und Meerbuschpfad hinweg. Manchmal, so wie jetzt, konnte man die Lichter der Stadt bis runter zum Wasser funkeln sehen. Und in solchen Augenblicken schien auch das Meer zu leuchten.

»Wirklich ein netter Ausblick«, kommentierte er. »Und ein schönes Zimmer.« Dann drehte er sich zu mir um, schenkte mir einen samtenen und zugleich aufmunternden Blick.

»Ist nur vorübergehend, bis ich was Eigenes gefunden habe.« Ich seufzte. Fühlte sich immer noch total furchtbar an. Ich konnte nicht anders, musste immer wieder an Nils und unser letztes Gespräch denken, verspürte Wut und Traurigkeit im Wechsel. Es war ja erst gestern gewesen – fühlte sich nun an wie aus einem anderen Leben.

Ich spürte, wie mir urplötzlich Tränen in die Augen schossen, und dazu kam dieser merkwürdige Drang, ganz schnell wegzuwollen. Ein Kribbeln durchfuhr mich von den Fußspitzen bis in die Haarspitzen. Ich wusste, es gab kein Zurück, nicht zu Nils, nicht in mein altes Leben, also wollte ich irgendwie nach vorne …

Raus in die Nacht, ans Meer. Vielleicht würde ich da zur Ruhe kommen. Ich konnte jetzt nicht auspacken und ins Bett gehen. Der Drang wurde größer. Ich eilte aus dem Raum.

»Wo willst du denn hin?«, wunderte sich Noah, als ich vorpreschte. Er folgte mir, runter, aus dem Haus.

»Ich will mir die Füße vertreten.« Mich erden, runterkommen. Ich brauchte das gerade, ich wusste auch nicht, ob es wirklich helfen würde. Aber irgendetwas musste ich ja tun.

»Okay …«

Wir liefen weiter, nur keine Pause.

»Du musst nicht mit mir kommen.«

Ich stürmte die Straße runter.

Durch den Möwenbogen über die Fjordstraße, den Meerbuschpfad runter, bis wir die Seepromenade erreichten, dort bog ich rechts am alten Leuchtturm ab. Das Meer erschien mir lauter als sonst, ohrenbetäubend laut, oder es war mein eigener Herzschlag, den ich unermüdlich und viel zu schnell hämmern hörte.

Noah war immer noch da, erklärte, dass er bei mir bleiben wolle. »Ich lass dich doch jetzt nicht allein.«

Ich ahnte, dass mein Verhalten ihn besorgte. Aber ich musste mich bewegen, ich wollte nicht in meinem neuen Zimmer sitzen, mich mit alldem befassen, was im Moment viel zu wehtat. Am Meer fand ich immer Ruhe.

Ich hatte nichts dagegen, dass er bei mir blieb. Im Gegenteil. Irgendwie beruhigte mich seine Nähe.

Da ich etwas außer Atem war, verlangsamte ich meinen Schritt, wir schlenderten über die Westmole, die fünfhundert

Meter aufs Wasser hinausführte und an deren Ende der bekannte kleine Leuchtturm ganz in Grün stand. Rechts davon war die Ostmole mit einem roten Leuchtturm. Als Kind hatte ich diese ungleichen Zwillingstürme immer faszinierend gefunden. Ihre Aufgabe war es, heimkehrende Schiffe in den Neuen Strom zu lotsen.

Wir bogen jedoch weiter links ab und landeten auf der Aussichtsplattform. Die Wellen bewegten sich ruhig und gleichmäßig. Ein paar Möwen schwebten durch die Luft, fast schwerelos. Unsere Anwesenheit hatte sie wohl neugierig gemacht.

Ich hielt erst am Rand der Plattform inne, hinter der sich kleine Felsen türmten. Seufzend schaute ich aufs Meer hinaus, genoss die Ferne, die wunderbare Aussicht. Ja, ziemlich kalt außerdem, aber ich merkte das kaum, schlang dennoch instinktiv die Arme um mich, hüllte mich tiefer in meinen Mantel.

Für einen Moment vergaß ich alles, es gab nur die See und mich, die dunklen Wolken, die der Wind über den Himmel jagte. Vereinzelte ferne Sterne, die am Firmament genauso schnell aufleuchteten, wie sie auch wieder verschwanden. Mein Körper fuhr runter, der Adrenalinpegel senkte sich.

Aus dem Augenwinkel bemerkte ich eine Bewegung. Neugierig beugte sich Noah über den Rand der Aussichtsplattform und schaute über die Felsen ins kühle Nass. Kurz trafen sich unsere Blicke, seiner so sanft, dass er mich von innen zu wärmen schien. Das kam überraschend, denn erst dadurch spürte ich, wie kalt mir tatsächlich war. Ich zog den Mantel nochmals fester um mich, atmete aus und beobachtete, wie sich mein Atem vor mir in der Luft auflöste.

»Es ist schön hier«, sagte er. Im Licht des Wintermondes schimmerte das Wasser silbern.

Das war es, wunderschön. Es schien durch die Wellenbewegungen regelrecht zu glitzern.

Meine Hand legte sich auf meine Brust, eigentlich wollte ich mich dadurch beruhigen, meinen Atem verlangsamen, aber durch die Jacke spürte ich Nils' Anhänger, den ich immer noch trug. Wieder kam Zorn in mir auf. Und zugleich wollte ich einfach nur weinen. Aber ich blieb stumm. Ich zog den Reißverschluss runter, und meine Hand schlüpfte unter meinen Norwegerpulli, holte den Anhänger rasch hervor. Ich war so stürmisch, dass ich die Kette entzweiriss. Nun baumelte sie samt Phiole an meiner Hand vor meiner Nase. Ich betrachtete sie einen Moment, dieses besondere Geschenk, das gar nicht so besonders war.

»Alles in Ordnung?«

Ich nickte, na ja, was konnte jetzt schon in Ordnung sein? Ich zeigte Noah den Anhänger. »Das ist von ihm. Er hat seiner Neuen genau den gleichen geschenkt.« Unglaublich originell. Noah verzog merklich das Gesicht.

Ich hielt das Schmuckstück über die Plattform, dann wollte ich den Anhänger fortwerfen ins weite Meer, so weit weg wie möglich. Weg mit dem Ding, mit der Erinnerung. Aber ich tat es nicht. Stattdessen pfefferte ich das Teil in den Papierkorb. Da gehörte es hin!

Bye, Nils …

»Trennungen sind immer scheiße«, sagte Noah ernst, und ich merkte, dass auch sein Blick in die Ferne schweifte. Ganz weit weg, dorthin, wo der Horizont am dunkelsten war. Dann sah er mich jedoch an, und eine gewisse Traurigkeit lag in seinem Blick. Als wollte er mir sagen, dass er genau wusste, wie es mir ging. Mir war klar, uns verband weit mehr.

»Maya, meine Ex-Verlobte, war der Ansicht, dass mein Agenturpartner besser zu ihr passte als ich, aber sie hat es versäumt, mir das zu sagen. Und er auch. Hab's zufällig mitbekommen, als ich von einem Event früher nach Hause kam, der Klassiker. Bin erst aus der gemeinsamen Wohnung ausgezogen, hab schließlich irgendwann alle Zelte in Wismar abgebrochen, weil ich den beiden nicht dauernd begegnen wollte und das Klima in der Agentur kaum zu ertragen war, und hier neu angefangen, alles neu aufgebaut. Jetzt bin ich mein eigener Herr. Hatte immer eine Vorliebe für Hansestädte und für Hausboote …«

Er sprach eigenartig abgehackt. Seine Stimme klang fast gleichgültig, aber ich spürte, dass es ihm sehr viel näher ging.

»Und der Preis dafür ist, dass du deine Tochter zurücklassen musstest.«

Er nickte bedrückt. »Ich sehe Jenny, sooft es geht, aber ich vermisse sie schrecklich. War am Anfang wirklich schwer, sie nur noch ab und an sehen zu können.«

Ich fühlte mit ihm.

Wir setzten uns auf die Treppen der Plattform, schauten zum leeren Strand. »Tut mir leid«, meinte ich leise und griff tröstend nach seiner Hand.

»Ist ja nicht deine Schuld.« Er lächelte, anders als sonst schien es gezwungen.

»Trotzdem …«

»Ich habe mich an meine neuen Lebensumstände gewöhnt, und du wirst dich auch damit arrangieren. Wenn du also jemanden zum Reden brauchst …«, bot er sanft an.

Er war so nett, kämpfte mit seinem eigenen Schmerz und wollte mir dennoch eine starke Schulter bieten.

»Danke, dass du für mich da bist.« Er war wirklich ein toller Freund. Ich war froh, ihn getroffen zu haben, und hatte das Gefühl, ihn schon viel länger zu kennen, als es tatsächlich der Fall war.

»Das Angebot gilt auch umgekehrt«, offerierte ich und lehnte meinen Kopf an seine Schulter.

Und als wir zwei Verlassenen so beisammensaßen, fühlte ich mich tatsächlich weniger allein …

34. Kapitel

Die nächsten zwei Wochen arbeitete ich von morgens bis abends, übernahm freiwillig die Spätschichten und kreierte neue Eintöpfe und andere Menüs, die ihren Weg auf unsere Speisekarte fanden. Ich wusste, die anderen machten sich Sorgen. Ich gönnte mir keine Pause, ich brauchte was zu tun.

»Willst du nicht mal kürzertreten?«, fragte Trudy immer wieder. Nein, auf keinen Fall.

»Man kann es auch übertreiben«, sagte Marco, weil ich früher als alle anderen in der Küche stand und als Letzte das Licht ausmachte.

Noah wollte mich am liebsten auf sein Hausboot entführen und mit mir die Binnenwässer der Umgebung unsicher machen, nur damit ich endlich zur Ruhe kam. Aber ich wollte gar nicht zur Ruhe kommen. Und zum Glück war um mich herum viel los.

Mit der Wohnungssuche ging es bescheiden voran, entweder stimmte der Preis nicht oder die Lage, weswegen ich Ginas Vorschlag einer WG erst mal zugestimmt hatte.

Gegenüber war der Laden in der Fjordstraße fertig renoviert worden, und wir konnten beobachten, wie die Innenausstattung nach und nach angeliefert wurde. Tische, Stühle, Gastroküchengeräte.

»Hoffentlich macht uns das das Geschäft nicht kaputt«, sorgte sich Gina.

Ich ging im Laufe der Tage immer mal rüber, um reinzuspähen, erwischte aber nie die Inhaber, um nachzufragen, was für ein Lokal genau dort eröffnet werden sollte.

Ich hatte auch wieder mit dem Joggen angefangen. Immer,

wenn ich die Zeit fand, begab ich mich nach oben in den Wohnbereich, schlüpfte in meinen Jogginganzug und rannte los, runter zur Seepromenade und dann nach links zum Strand.

Ich genoss den einsamen Strand, das federig-weiche Gefühl meiner Turnschuhe auf dem sandigen Untergrund und das Rauschen des Meeres in meinen Ohren. Ich konnte stundenlang so laufen, ohne außer Atem zu kommen.

Aber manchmal hielt ich auch inne, beobachtete die weite See, die irgendwo in der Ferne den Horizont zu berühren schien, und fühlte mich glücklich, weil ich alles vergessen, alles hinter mir lassen konnte.

Hier konnte ich wirklich abschalten und entspannen.

Eine ganze Weile stand ich einfach nur so da, sah, wie Wolken über den Himmel zogen, der inzwischen in ein tiefes Dunkelblau getränkt war, roch das Salz in der Luft und leckte mir über die Lippen. Ich bildete mir ein, das Meer jetzt sogar zu schmecken. Hinter mir lagen die Dünen, irgendwo in der Nähe musste auch Henriks Strandhaus liegen, in dem Lou und er lebten. Gina hatte mir von dem schönen Ausblick, den man von dort hatte, vorgeschwärmt.

Ich wandte den Kopf und suchte nach dem Haus, sah es aber nicht. Vielleicht war es auch zu weit weg.

Allmählich wurde es kühl, und ich beschloss, gemütlich zurückzujoggen. Nicht zu schnell, denn ich genoss den Augenblick viel zu sehr. Entsprechend kam ich auch erst viel später als geplant nach Hause, duschte und warf mich dann ins Bett, nur um am nächsten Tag wieder meine übliche Routine zu starten.

Niemand schien so richtig zu verstehen, dass ich das genau so brauchte, um mich abzureagieren.

Allerdings musste ich einsehen, dass ich mit jedem Tag müder wurde, schlief ich doch kaum noch, war immer am Herumwirbeln. Oder draußen am Meer, um zu joggen.

»So kann es nicht weitergehen«, entschied schließlich Gina und überredete mich, am Montag, unserem Schließtag, in eine Cocktailbar am Alten Strom zu gehen.

»Die Drinks gehen auf mich, keine Widerrede.«

Nun gut, gegen eine leckere Piña Colada war nichts einzuwenden. Also machten wir uns auf den Weg. Bunte Lichterketten zierten die Touristenmeile. Trotz der späten Stunde und obwohl Nebensaison war, war hier immer etwas los. Auch in unserer bevorzugten Bar. Zum Glück war noch ein kleiner Zweiertisch frei. Wir setzten uns und studierten die Getränkekarte.

»Ich weiß, du knabberst noch an der Sache mit Nils, und das ist mehr als verständlich, aber heute wird nicht über Kerle geredet.«

Einverstanden. Hatte ich auch nicht vorgehabt.

»Hannah meint übrigens, dass das die beste Cocktailbar der Gegend ist«, erklärte mir Gina, ohne den Blick von ihrer Klappkarte zu lassen.

»Mhm«, machte ich nur. Irgendwie spürte ich gerade jeden Knochen nach diesen arbeits- und bewegungsintensiven Wochen, da ich nun hier etwas runterkam.

»Ich weiß schon, was ich nehme. Du auch?«

Ich nickte, ließ meinen Blick schweifen, und er blieb an der Bar hängen, wo ein großer korpulenter Mann mit Stirnglatze saß. War das nicht Lantz? Ich musste zwei Mal hinsehen. Tatsächlich, unverkennbar der gefürchtetste Kritiker der Region. Was machte der denn hier? Vielleicht ein Testessen respektive -trinken? Er sah traurig aus. Ohne jede Begleitung. Gar nicht so einschüchternd oder gar furchteinflößend.

Ich wollte Gina auf die einsame Gestalt, die dort mit hängenden Schultern saß, aufmerksam machen, als ein Kellner unsere Bestellungen aufnehmen wollte.

»Eine Margarita bitte«, sagte Gina.

Ich nahm eine Piña Colada. Und zu unserer Überraschung

war der Barkeeper genauso schnell wie der Kellner, im Nu hatten wir unsere Drinks.

»Auf bessere Zeiten und einen baldigen Frühling«, sagte Gina und hob ihr Glas.

Ich stieß mit ihr an, steckte mir dann den Strohhalm in den Mund und probierte. Nicht übel, konnte sein, dass Hannah recht hatte, was die Bar anging.

»Sich auf die Arbeit zu konzentrieren ist ja nicht verkehrt, aber man darf darin auch nicht ersticken«, belehrte mich Gina und rührte die Eiswürfel in ihrem Drink um.

Mein Blick wanderte wieder zu Lantz, der sich schwerfällig erhob und ein paar Münzen auf die Theke legte, ehe er ging. Irgendwie tat er mir in dem Moment leid. Was paradox war, denn der Kerl hatte der Krabbenstube schweren Schaden zugefügt. Aber er schien doch eine recht traurige Existenz zu sein. Vielleicht hatte Trudy recht, und er war nur deshalb so ein Ekel, weil er kompensierte.

War es nicht erstaunlich, wie viele einsame Menschen es gab? Bei einem näheren Blick entdeckte ich gleich mehrere Männer und Frauen, die allein hier waren. Viele wirkten missmutig. War ich eine von ihnen?

Gina legte ihre Hand auf meinen Arm, lenkte meine Aufmerksamkeit auf sich. »Wir sind alle für dich da, das weißt du hoffentlich?«

Ich lächelte, und ich erkannte, ich war mitnichten allein. »Klar, das weiß ich.« Ich drückte ihre Hand.

»Und deswegen haben wir uns was überlegt.«

O weh.

»Wir werden dich auf andere Gedanken bringen.«

War eigentlich nicht nötig, aber Ginas Blick machte klar, sie duldete keine Widerrede. Und vielleicht sollte ich mich auch einfach drauf einlassen, was immer meine Freunde sich für mich überlegt hatten …

35. Kapitel

Als Noah mich am nächsten Abend um 19 Uhr abholte, obwohl ich in meiner Arbeitswut eigentlich bis Ladenschluss in der Stube bleiben wollte, dämmerte mir, dass das ein Teil des Plans war, den Gina, und sicher auch Trudy, ausgeheckt hatten.

Sie wollten mich auf Teufel komm raus unter die Leute bringen. War wirklich lieb, dass sie sich um mich sorgten. Und klar, Gina bestand drauf, dass ich mit Noah mitging.

»Du hängst da also mit drin«, meinte ich amüsiert, während Noah und ich am Alten Strom langspazierten. Ob es wieder in die Cocktailbar ging? Nein, dazu waren Gina und Trudy zu kreativ. Ich war trotzdem überrascht, dass sie Noah dazu gebracht hatten, bei ihrem Plan mitzumachen.

»Ich weiß nicht, wovon du redest«, sagte er und zwinkerte.

Nein, natürlich nicht.

»Wir wollen nur einen netten DVD-Abend auf meinem Hausboot verbringen«, fuhr er fort.

»Ah, dass ich das auch schon erfahre.« Klang ja ganz spaßig.

»Hat denn Gina nichts gesagt?«

Ich schüttelte den Kopf.

»Der Plan sieht so aus: Wir gehen zu mir, nach Ladenschluss kommen noch Gina und Trudy dazu, und wir schauen gemeinsam ein paar nette Streifen. Deine Cousine hat eine Vorauswahl getroffen, wir entscheiden nach dem Mehrheitsprinzip.«

Nett, na schön, ich ließ mich drauf ein.

Wir näherten uns dem Hausboot, es war behängt mit stimmungsvollen Lichterketten.

»Wow, du hast dir ja echt Mühe gegeben.« Beim letzten Mal war das Hausboot nicht dekoriert gewesen.

»Hör mal, wenn Gäste kommen, soll mein kleiner Pott doch was hermachen.«

Er half mir an Bord, indem er mir wie beim letzten Besuch die Hand hinhielt. Diesmal stellte ich mich geschickter an. Mein großer Schritt warf mich ihm diesmal nicht in die Arme.

»Du hast heimlich geübt, oder?«

Ich schüttelte lachend den Kopf. Auch im Innern der Behausung hatte er ein paar Lichterketten angebracht.

»Leg ruhig schon mal ab«, meinte er und deutete zu einem Garderobenständer in der Ecke, dort landeten auch sein Mantel und Schal.

»Willst du was trinken?«, fragte er.

»Eine Cola?«

»Kommt sofort.« Schon war er in die Küche geeilt. Ich hängte auch meine Klamotten auf und setzte mich auf die Couch. Die Plakate, die noch letztes Mal an der Wand gegenüber gehangen hatten, waren durch neue ersetzt worden.

»Social-Media-Event Berlin – triff deine Youtube-Stars«, las ich. Ob er das auch organisierte?

»Hier die Cola«, sagte er und reichte mir ein Glas, dann stellte er eine Schale mit Nachos auf den Tisch.

»Woher weißt du, dass ich die liebe?«

Wir griffen beide gleichzeitig nach den Nachos, und unsere Hände berührten sich kurz. Ein seltsames Kribbeln breitete sich in meinen Fingerspitzen aus. Und dann war da noch dieser immer vertrautere Geruch, den er verströmte.

»Wusste ich gar nicht«, sagte er und lachte. »Ich liebe die Dinger auch.«

Ich betrachtete irritiert meine Finger.

»Jetzt habe ich die die Salsa vergessen.« Er eilte mit wedelnden Armen in die Küche zurück. Amüsiert sah ich ihm nach, so nervös war Noah doch sonst nicht.

Als er zurückkam, hatte er eine weitere Schale dabei.

»Darf ich die Küche mal sehen? Ich bin neugierig«, gestand ich. Hier war alles so gemütlich klein, ich war gespannt, wie überhaupt noch eine Küche auf dem Boot Platz fand.

»Klar, aber sie ist winzig. Erwarte also nicht zu viel.«

Aber das machte wohl den Charme eines Hausboots aus.

Er führte mich in die winzige Küche, wenn mehr als zwei Personen drinstanden, war sie schon überfüllt. Die ringsherum angebrachten Hängeschränke verengten das Räumchen noch mehr. Aber es hatte was. Wie in einem Wohnwagen, eben nur zu Wasser. Neben der Mikrowelle entdeckte ich eine niedliche Spardose in Form eines witzigen Nilpferds und musste an die kleine Jenny denken. Noah bemerkte meinen Blick. »Sie möchte auf ein Pony sparen, aber ich glaube, es wird letztlich ein Fahrrad«, sagte Noah zwinkernd.

Ich lachte und musterte die Kochstelle.

»Der Herd funktioniert mit Gas«, erklärte er. »Ich bin außerdem an Landstrom angeschlossen, so bleiben alle Elektrogeräte in Betrieb.«

Ich hatte mich tatsächlich schon gefragt, woher der Strom auf dem kleinen Pott kam.

»Komm, ich gebe dir eine Führung«, meinte er und legte die Hände auf meine Schultern, um mich sanft rauszubugsieren. Ich bekam einen leichten Schlag. Er offenbar auch.

»Oh, sorry«, sagte ich. Die feinen Fädchen meines Norwegerpullis stellten sich auf, genauso wie die Spitzen meiner Haare, die ich ausnahmsweise offen trug. »Ich bin wohl elektrostatisch aufgeladen«, meinte ich.

»Klingt ja richtig gefährlich.« Er zwinkerte und zeigte mir noch eine kleine Abstellkammer, in der er Zeug für Events lagerte, und das Bad, das direkt neben der Küche lag und nicht eben größer war.

»Und wo schlafen Jenny und du?«

»Ich im Büro.« Das zugleich als Wohnzimmer diente.

»Auf der Schlafcouch?«

»Nicht ganz.« Wir gingen aus dem Bad und landeten direkt wieder in der Wohnstube. Noah deutete auf einen breiten, doch niedrigen Schrank. »Das ist mein Klappbett.«

»Oh, verstehe.«

»Alles etwas klein.«

»Aber auch gemütlich«, sagte ich ehrlich.

»Jenny hat ihr eigenes Reich«, sagte er und zeigte mir ein kleines Kinderzimmer hinter einem Raumteiler. Auf dem Bett mit bunter Bettwäsche saß eine lustige Stofftierbrigade.

»Sie findet es hier bestimmt super.«

Er lachte. »O ja! Tut sie.«

Ich entdeckte eine Schwimmweste in Kindergröße an der Wand. »Für Sicherheit ist auch gesorgt, vorbildlich.«

»Jenny ist ein vernünftiges Mädchen, früher waren ihre Mutter und ich in den Ferien öfter mit einem gemieteten Hausboot unterwegs.« Er wirkte kurz sehnsüchtig. »Hier im Hafen kann außerdem nichts passieren.« Ich fand es gut, wie verantwortungsbewusst Noah war.

Wir verließen das Kinderzimmer, setzten uns wieder im Hauptraum hin, und ich genehmigte mir ein paar Nachos. Noah kam genau im selben Moment auf dieselbe Idee und zack – unsere Finger berührten sich erneut und sprühten diesmal Funken.

»Das ist wirklich nicht ungefährlich«, meinte er amüsiert und ließ mir den Vortritt bei den Nachos.

»Tut mir ehrlich leid, dass es so zwischen uns knistert.«

Er grinste plötzlich von einem Ohr zum anderen.

»O nein, nein, so hatte ich das nicht gemeint.« Ich wedelte wirsch mit den Händen, aber bevor ich mich tiefer reinritt, hielt ich jetzt lieber den Mund oder besser beschäftigte ihn mit den Nachos.

»Wir könnten schon mal eine DVD gucken«, sagte er warm. Mir fiel zum ersten Mal auf, dass er eine richtig schöne Stimme hatte. Besonders, wenn er etwas leiser sprach, vibrierte sie sogar. Und die Idee, schon mal den Filmabend zu starten, fand ich gut.

»Worauf hast du Lust?«

»Was hast du denn da?«

Er ging rüber zum Regal, durchstöberte es, dabei fiel mir ein riesiger Stapel Brettspiele und Puzzle in der obersten Etage auf. Schließlich hielt er erfreut eine DVD hoch. »Die hab ich gesucht. *Notting Hill.*«

»Ich liebe *Notting Hill!* Aber den Film hast du doch nur, um bei Damenbesuch damit angeben zu können, gib es zu!«

Er lachte. »Ehrlich gesagt hat mir Gina den neulich mitgegeben, sie sagte, du würdest ihn mögen. Der gehört zu ihrer Vorauswahl. Ich kenne den Film gar nicht.«

Himmel! Wie war das denn möglich. »Er wird dir gefallen«, versprach ich ihm.

Er grinste, legte die DVD ein und setzte sich neben mich auf die Couch, griff beherzt in die Schüssel, und dann schauten wir meinen Lieblingsromantikfilm. Ich fand die Chemie zwischen Julia und Hugh einfach umwerfend. Und bei meiner Lieblingsstelle des Films, in dem Hugh sich als Reporter von *Horse & Hound* ausgibt, um mit Julia unter dem Vorwand eines Interviewtermins sprechen zu können, sah ich, dass Noahs Mundwinkel ein kleines Lächeln umspielte.

Die Zeit verging wie im Flug, doch Gina und Trudy wollten nicht eintrudeln. Auch als der Abspann lief, war immer noch keine von ihnen da. Dabei müsste nun Ladenschluss sein.

»Und? Habe ich zu viel versprochen? Ich finde, Julia Roberts und Hugh Grant toppt niemand.«

»War ein guter Film.« Er sah mich wieder so warm an, dass sich ein wohliges Gefühl in meiner Brust ausbreitete. Ich tastete irritiert nach einem Nacho, einfach, um etwas zu tun zu haben. Und ich hatte das Gefühl, ganz und gar in seinen Augen versinken zu können. Aber eigentlich war mir das viel zu früh, ich war ja gerade erst frisch getrennt und mir nicht sicher, ob ich überhaupt schon für etwas Neues bereit war. Oder er. Außerdem hatte er ein Kind, nicht, dass das ein Hindernis gewesen wäre, aber es kam mir im Augenblick alles zu kompliziert vor.

In der Sekunde klingelte das Handy in meiner Hosentasche. Ich zog es hervor und ging ran.

»Süße, es tut mir ja so leid«, sagte Gina. »Trudy und ich schaffen es nicht!«

»Was, wieso nicht?«

»Hier haben welche in der Stube gefeiert und einen Saustall hinterlassen, das kannst du dir nicht vorstellen! Da sitzen Trudy und ich bis weit nach Mitternacht dran.«

»Okay, ich bin gleich bei euch«, sagte ich entschlossen.

»Äh … nein, nein, wir kriegen das schon allein hin! Hab du mal einen schönen DVD-Abend.«

»Gina … wenn ihr Hilfe braucht, komme ich doch sofort …« Das war keine Frage.

»Nicht nötig, haben alles in Griff. Ciao, Bambina!« Schon hatte sie aufgelegt. Irritiert starrte ich mein Handy an, als könnte es mir Ginas komisches Verhalten erklären.

»Ist etwas passiert?«, wollte Noah wissen.

Ich seufzte. »Sie schaffen es nicht her …«

»Wie schade.«

Komisch war es schon, dass sie meine Hilfe gar nicht wollten. Da ging doch etwas vor sich. Wollte Gina mich so offensichtlich verkuppeln?

»Dann schauen wir allein weiter, ich habe noch viele DVDs, was meinst du?«

Ich starrte immer noch verdutzt das Handy an.

»Pauline? Noch ein Film? Wie wäre es mit Mickey Blue Eyes?«

Noch mehr Hugh Grant an einem Abend? Da konnte ich schlecht Nein sagen. Noah grinste, und so schauten wir noch eine zweite DVD.

Ich wurde dabei zusehends müder und merkte gar nicht, wie ich immer wieder wegdöste und mein Kopf an seine Schulter sank ... Ich merkte nur, ich fühlte mich seit langem endlich wieder wohl in meiner Haut, hier, bei ihm. Da war dieses angenehm warme Gefühl in der Brust, das meinen Körper von innen heraus wärmte, bis in die Zehenspitzen. Aus der Ferne hörte ich noch den Abspann des Films, dann war ich weg ... Das Nächste, woran ich mich erinnerte, war, dass jemand mich liebevoll mit einer kuschelig weichen Decke zudeckte, die nach Zartbitterschokolade roch. Ich sog den Duft begierig ein, weil ich ihn so schön fand, seufzte, und schon war ich wieder weg.

Als ich am nächsten Morgen aufwachte, lag ich auf der Couch, eine Decke über mich gebreitet, die mich warm hielt, ich war wohl eingeschlafen. Und immer noch auf dem Hausboot. Normalerweise passierte mir so etwas nicht. Ich konnte nur schwer an fremden Orten einschlafen. Es brauchte immer ein Gefühl von Vertrautheit, ehe ich mich fallen lassen konnte. Aber hier war ich einfach weggedöst. Das musste wohl bedeuten, dass ich Noah nicht nur als guten Freund ansah, sondern ihm auch vertraute.

»Guten Morgen«, sagte Noah und stellte mir eine Tasse Tee hin. Er war schon angezogen, seine dunklen Haare fielen ihm sanft in die Stirn. Er hatte ein wirklich schönes Gesicht, kam es mir in den Sinn. Schmal, aber markant mit sanft geschwungenen Lippen. In Licht wie diesem wirkten seine Augen sogar etwas golden. Und ich merkte, ich schaute einen Tick zu lang in sie.

Irritiert räusperte ich mich, fuhr mir übers Gesicht.

»Morgen … sorry … dass ich hier eingeschlafen bin …« Mit einer Hand massierte ich mir die Stirn.

»Nichts zu entschuldigen. Hab überlegt, ob ich dich ins Bett trage und mich selbst auf die Couch haue, aber ich wollte nicht riskieren, dich zu wecken. Na ja, und die Couch ist zum Glück sehr weich.« Noah deutete zum Tisch vor mir, der gedeckt war.

»Du warst schon beim Bäcker?« Wie lieb war das denn?

»Sind ja nur Kleinigkeiten, und ich hatte nichts da.«

Ich lächelte gerührt und langte zu. »Oh, ein Plunderstück«, freute ich mich und lachte.

»Immer, wenn ich jetzt Plunderstücke sehe, muss ich an unsere erste Begegnung denken«, sagte er warm.

Das war irgendwie lieb.

Und unglaublich nett von ihm, dass er sich so beherzt um mich kümmerte. Ich biss herzhaft hinein und beobachtete aus dem Augenwinkel, wie er sich eine dunkle Strähne aus dem Gesicht pustete, die aber immer weder zurückfiel.

Die Schnecke war schnell verputzt, ein Marmeladenhörnchen folgte.

»Du hast wohl mächtig Kohldampf.«

Ich nickte, hatte lange nicht mehr richtig gegessen, die Trennung hatte mir auf den Magen geschlagen. Aber das schien nun vorbei.

»Da ist noch was«, meinte Noah amüsiert. Ich wandte mich ihm zu und biss noch mal von dem Brötchen ab.

»Was denn?«

»Sieh mal raus.« Seine Augen strahlten förmlich, während er das sagte.

Das tat ich und traute meinen Augen kaum: Es hatte geschneit! Genug, dass sich eine feine Schicht Pulverschnee auf den Dächern der Häuser gegenüber dem Hafen gebildet hatte. Und es schneite selbst jetzt noch. Was für ein wundervoller Anblick, diese weißen Flöckchen. Wenn das kein guter Start in den Tag war.

»Wow«, murmelte ich. »Es schneit ja nur noch selten …«

»… umso schöner, wenn es das dann doch tut.«

»Genau.«

»Es war übrigens ein schöner Abend«, meinte Noah und knetete seine Hände. Er wirkte wieder etwas nervöser, als ich es von ihm gewöhnt war. Aber irgendwie fand ich das süß.

»Fand ich auch.«

Sein Lächeln wurde noch strahlender.

»Vielleicht wiederholen wir das mal? Mit den anderen oder ohne sie? Ich hab die nächste Zeit ein paar Events außerhalb vor mir, aber danach ergibt sich vielleicht eine Gelegenheit. Also nur, wenn du …«

»Ich fänd's toll«, gab ich zu und nippte an meinem Tee, sah über den Rand der Tasse hinweg zu ihm und wurde von seinem Lächeln angesteckt.

»Das läuft bei dir gerade echt rund, oder?«, sagte ich dann. »Mit den Events, meine ich.«

»Kann man so sagen. Viele Aufträge in kurzer Zeit.«

Das freute mich ehrlich für ihn, er hatte es verdient. Womit bewiesen wäre, dass seine Juristenfamilie unrecht hatte, er war kein schwarzes Schaf.

Nach dem köstlichen Frühstück und mit gefülltem Magen schnappte ich mir meinen Mantel.

»Rutsch nicht auf den Straßen aus«, warnte mich Noah, und unsere Blicke trafen sich. Es prickelte in meinen Wangen. Irgendetwas war anders, ich wusste aber nicht, was. Nur, dass sich das Prickeln langsam auch im Rest meines Körpers ausbreitete.

»Ich versuch's«, erwiderte ich.

Er half mir noch runter vom Hausboot, ich winkte ihm

und schlenderte über den Alten Strom, sog die gute Seeluft ein und genoss den Wintermorgen in vollen Zügen, während geschäftige Leute an mir vorbeieilten. Der Weg war wirklich etwas rutschig, und als niemand hinsah, schlitterte ich ein Stück, jauchzte vergnügt und machte mich auf den Weg zurück zu meinem neuen Zuhause über der Krabbenstube.

36. Kapitel

»Wie war's, erzähl mir alles!«, wollte Gina wissen, kaum dass wir uns zur ersten Stoßzeit in der Küche des Bistros trafen. Ich hatte derweil den Laden geöffnet und die ersten Gäste versorgt. Ginas Haare verschwanden unterm Netz, die Schürze hatte sie schon an.

»Schön.« Wirklich schön, ich spürte jetzt noch ein warmes Gefühl in meiner Brust. Und dieser Schnee heute Morgen, einfach himmlisch!

»Und?« Sie sah mich erwartungsvoll an.

»Was habt ihr so gemacht? Bist ja heute Nacht nicht nach Hause gekommen.« Sie gab mir einen kleinen Stups mit dem Ellenbogen.

Jetzt musste ich wirklich lachen. Woran Gina wieder dachte. Noah und ich waren einfach nur gute Freunde. Dennoch prickelte es wieder in meinen Wangen, als ich an ihn dachte.

Gina grinste mich an wie ein Honigkuchenpferd und glaubte mir kein Wort.

»Ich bin nur auf seiner Couch eingeschlafen … Und klar hab ich gewusst, dass alles ein Trick von dir war, nicht wahr? Trudy und du, ihr hattet gestern Abend gar nichts aufzuräumen.« Die wollten mich verkuppeln. Typisch Gina. Das hatte sie bereits während der dualen Ausbildung versucht. Aber da waren wir Teenies gewesen.

Gina wich meinem Blick aus, was ein Schuldeingeständnis war, ganz sicher.

»Hör mal, ich genieße das Single-Dasein«, erklärte ich ihr. »Du musst mich nicht an den Mann bringen, okay?«

Ob Noah von dem Plan gewusst hatte? Vermutlich nicht.

Jedenfalls war er mir ahnungslos erschienen. Aber ob er das gut gefunden hätte? Seine Trennung war schließlich auch noch keine Ewigkeit her.

»So was würde mir doch gar nicht einfallen.«

I wo – und was war mit der Speed-Dating Idee für Trudy? Ich verkniff mir ein Lachen. Meine Cousine war und blieb unverbesserlich.

In dem Moment kam Marco rein.

»Lasst alles stehen und liegen! Das solltet ihr euch mal ansehen«, sagte er und führte uns zum Fenster im Gastraum, das auf die Fjordstraße rausging. Es klang ernst.

»Wir haben uns doch gefragt, was für ein Restaurant in den leeren Laden kommt. Jetzt wissen wir es.«

Ein strahlend neues Schild wurde gerade über dem Eingang angebracht. *Fischerkönig*, stand dort in dicken Lettern.

»Ich kann es nicht fassen«, sagte Gina. »Da macht doch direkt gegenüber noch ein Fischrestaurant auf!«

»Ist das überhaupt gestattet? Gibt's da kein Gesetz? Unlauterer Wettbewerb oder so was?«, überlegte Trudy, die uns zum Fenster gefolgt war.

»Die dürfen das machen, und sie machen es«, erklärte Marco.

Auf dem Schaufenster klebte ein riesiger Querstreifen, auf dem *Neueröffnung. Alles zum halben Preis* stand.

»Die werden schnell Pleite machen«, war Trudy sich sicher. »Das ist ja auch eine ungünstige Lage. Hier gibt's ja schon ein Fischbistro.«

»Dein Wort in Gottes Ohr«, meinte Gina. Sie klang sehr besorgt, und ich war es auch. Konkurrenz belebte zwar das Geschäft, aber Konkurrenz direkt vor der Tür, die ihre Speisen nur zum halben Preis anbot, konnte für uns mächtig problematisch werden.

Allerdings wollte ich mir erst eine Meinung bilden, wenn

ich mehr wusste. »Lass uns morgen rübergehen«, schlug ich vor.

»Was?«, meinte Gina.

»Na ja, lass uns anschauen, was sie anbieten und wie es schmeckt. Vielleicht ist das ja alles halb so wild.«

»Denkst du, das sollten wir tun?«, zögerte Gina.

»Unbedingt«, beharrte ich, und genau das machten wir dann auch am nächsten Tag nach der Mittagszeit.

»Bringt uns ein Essen mit«, schlug Trudy vor. »Dann können wir alle Probe essen. Sicher schmeckt es nicht halb so gut wie die Gerichte von euch, Mädels!«

Gina nickte. »Na gut, wenn ihr meint.«

Wir gingen also zu zweit rüber, betraten das neu eröffnete Fischerkönig, das nicht nur außen, sondern auch von innen glänzte. Überall hingen Luftballons, Musik spielte, und viele Leute waren hier. Gegenüber dem Eingang war gleich eine Theke, darüber hing eine große Tafel mit dem kompletten Angebot. Dazu der Aufkleber, der auch am Schaufenster hing: Alles zum halben Preis. Das Restaurant war eingerichtet wie ein Schiff. Und es saßen Gäste hier, die uns fehlten. Ein paar Gesichter erkannte ich sogar wieder.

Die Preise waren an sich nicht hoch, aber wenn man nur die Hälfte zahlte, war das unangenehm günstig. Vom Konzept her war es doch sehr ähnlich zur Krabbenstube.

»O Mann, die haben die Bude schon am ersten Tag voll«, meinte Gina aufgeregt.

»Das ist bei Neueröffnungen doch normal, kein Grund zur Sorge«, versuchte ich sie zu beruhigen. »Das gibt sich bald wieder.« Hoffte ich.

»Ahoi und guten Tag«, sagte eine Frau mit einem dicken Zahnpastalächeln, die wie aus dem Nichts hinter der Theke hervorkam. Zu ihr gesellte sich ein Mann, der ihr Zwilling hätte sein können, und auch auf seinem Gesicht prangte ein breites Lächeln. Dazu trugen beide so etwas wie Uniformen im maritimen Look. Perfekt gestylt. Wie alles hier.

»Ahoi! Und herzlich willkommen! Was können wir für Sie tun?«, fragte auch der Mann, eigentlich sang er es fast.

»Sie kenne ich doch!«, sagte Gina plötzlich. »Sie waren öfter in der Mittagspause bei uns!«

Ja, stimmte, das war das Modelpaar, das sich in die Krabbenstube verliebt hatte. Jetzt war wohl klar, warum.

»Ach, Frau Haas, wie nett, auf gute Nachbarschaft«, flötete die Frau. »Ich bin übrigens Jetti Hanessen, und das ist mein Mann Fitz.«

Ah, keine Zwillinge, sondern ein Ehepaar.

Fitz nickte mir zu.

»Pauline«, sagte ich knapp.

»Ich freue mich wirklich über euern Besuch!« Jetti strahlte. »Nachdem wir schon bei euch waren, ehrt uns der Gegenbesuch. Was darf es denn sein?«

»Das Mittagsmenü Nummer drei zum Mitnehmen bitte«, hörte ich Gina sagen.

»Fünf Mal«, ergänzte ich.

»Da hat aber jemand großen Hunger. Sehr gerne«, sagte die Frau und verschwand in der Küche. Der Mann leistete uns Gesellschaft. »Bitte sehr«, sagte er und reichte uns je eine Stempelkarte. »Fünf Gerichte, und ihr bekommt ein sechstes umsonst.«

»Das ist ja dann gerade der Fall«, meinte ich mürrisch.

»Das kostenlose Gericht kann erst beim nächsten Besuch eingelöst werden, das steht auch im Kleingedruckten auf der Karte.« Er tippte mit dem Finger drauf.

»Verstehe«, sagte ich und betrachtete das Kärtchen, auf der Rückseite zeigte es außerdem ein prachtvolles Schiff, an dessen Seite *Fischerkönig* stand.

»Sie haben ja ein sehr schönes Restaurant«, meinte Gina angespannt.

»Vielen Dank. Dass ausgerechnet ihr das sagt, ehrt uns nur noch mehr! Aber die Krabbenstube ist ja auch herzallerliebst!«

Klar, die beiden Lokale waren verdammt ähnlich.

»Hier kommt das Essen, geht natürlich aufs Haus! Weil ja heute Eröffnung ist und wir Nachbarn sind«, sagte Jetti und gab uns zwei riesige Tüten.

»Fitz hat aber schon abgestempelt«, meinte ich und hielt mein Kärtchen hoch.

»Es geht trotzdem aufs Haus, wir sind da nicht so. Lasst es euch schmecken, liebe Nachbarn!«, sagte Jetti.

»Danke …« Irritiert verließen Gina und ich das Fischlokal. Was war da gerade passiert? Warum hatten wir denen nicht einhellig unsere Meinung gegeigt? Uns sogar noch bedankt!

Gina sprach als Erste aus, was wir beide dachten: »Verdammt, sind die nett.«

Und als wir wenig später das Mittagessen aus dem Hause Fischerkönig aßen, sagte sie: »Verdammt, schmeckt das gut.«

37. Kapitel

Das Fischerkönig lockte die nächste Zeit viele Gäste an, die im Gegenzug der Krabbenstube fernblieben, was nicht nur mir Bauchschmerzen bereitete. Es war der natürliche Lauf der Dinge. Wo etwas neu eröffnete, auch noch zu Rabattpreisen, kamen Leute hin. Wir mussten hoffen, dass sich danach alles etwas einpendelte. Aber es brach mir das Herz, wenn ich Trudy unsere leeren Tische mehrmals am Tag abwischen sah, obwohl niemand dran gegessen hatte. Aber es gab eben nicht viel zu tun, und der Zustand näherte sich dem an, als ich mit ins Boot gestiegen war. Auf lange Sicht konnte kein Lokal so überleben.

»Die wollen die bessere Krabbenstube sein!«, schimpfte Gina, die sich vor lauter Frust eine neue Haarfarbe verpasst hatte, ein wenig dezentes Pink.

»Die lächeln einem ins Gesicht, als wären wir gute Nachbarn, und dann locken die uns hinterrücks unsere Gäste weg. Vorne so rum, hinten so rum. Wie sollen denn zwei Krabbenstuben überleben?«, fragte sie mich, aber ich wusste keine Antwort. Genauso wenig konnte ich verstehen, warum man ein Fischrestaurant gegenüber einem Lokal gleicher Art eröffnete. Die meisten Gastronomen versuchten so etwas eher zu vermeiden.

»Ich bin wieder in der Küche«, meinte Gina.

Ich schaute aus dem Fenster zum Fischerkönig, beobachtete, wie Gäste ein und aus gingen, als Noah die Stube betrat. Ich nickte ihm zu, wollte ihn gleich fragen, wie seine Events gelaufen waren, da erklang im selben Augenblick ein vertrauter Klingelton in meiner Hosentasche, den ich schon eine Weile nicht mehr gehört hatte.

»Das ist Nils«, sagte ich verblüfft zu mir selbst und ging verwundert ran. Keine Ahnung, was er wollte. Das letzte Mal hatten wir über den Termin geredet, an dem ich meine Möbel abholen wollte. Dabei waren wir einigermaßen vernünftig miteinander umgegangen, was mir das Gespräch sehr erleichtert hatte. Da er und ich viel zu tun gehabt hatten, hatten wir den Abholtermin recht weit nach hinten gelegt, aber kommende Woche sollte es so weit sein, und von meiner Seite war alles vorbereitet …

»Ja?«, ging ich ran.

»Hallo, Pauline, das ist mir jetzt total unangenehm, aber könntest du die Sitzbank, die Bücherregale und so weiter früher abholen als vereinbart?«

»Wann denn genau?«

»Am besten heute … es ist so, wir lassen ein paar Räume neu streichen und hier und da was machen, ich hab ehrlich gesagt die Termine durcheinandergebracht. Wäre also wirklich toll, wenn du das heute noch hinbekämst, weil die Handwerker schon morgen anrücken. Sorry, war mein Fehler.«

Er sprach von »wir«. Sie war also schon eingezogen? Hatte wohl bereits in den Startlöchern gestanden. Aber gut, es ging mich nichts mehr an.

»Das ist sehr knapp, Nils.« Ich hatte eine Umzugsfirma für nächste Woche beauftragt, die Sachen zu holen. So kurzfristig ging das sicher nicht zu ändern oder würde extrem teuer werden.

»Ich weiß, ich weiß … ich übernehme alle zusätzlichen Kosten«, sagte Nils drängend. Immerhin.

»Also gut, ich kann nichts versprechen, aber ich schaue, was ich machen kann.«

»Vielen Dank, wirklich.« Er legte auf. Ich fühlte mich wie

erschlagen. Das war eigentlich gar nicht zu schaffen, alles an einem Tag und so kurzfristig.

»Was war denn los, du siehst total fertig aus?«, fragte Noah mitfühlend. Auch die anderen sammelten sich um mich.

»Mein Ex will, dass ich meine Möbel noch heute, am besten sofort, abhole. Ich sollte gleich mal schauen, ob ich für heute Abend noch eine Umzugsfirma finde, die Zeit hat. Das ist doch überhaupt nicht machbar! Und einen Lagerraum brauche ich auch sofort ...« Ich holte schon mal mein Handy hervor, um diesen online zu mieten.

»Einen Transporter kann ich dir zur Verfügung stellen«, sagte Noah. »Für meine Events muss ich oft für Sound, DJ-Pult und so weiter sorgen, da habe ich eine kleine Ausstattung auf dem Boot, die ich hin und wieder von A nach B transportieren muss. Ich fahre dich hin und helfe dir auch beim Auseinanderbauen und Tragen. Das kostet dich nichts.«

»Wirklich?« Ich konnte es gar nicht glauben, wie lieb er war. »Aber zumindest an den Benzinkosten beteilige ich mich.«

»Und was war das mit dem Lagerplatz?«, fragte Trudy.

»Ich muss einen mieten.«

Die Lagermietung sah ich nur als vorübergehende Lösung an, bis ich eine eigene Bleibe gefunden hatte, denn bei Gina konnte ich meine Sachen nicht unterstellen. Die würden zu viel Platz beanspruchen, das wollte ich ihr nicht zumuten.

»Ja, geht das denn einfach so?«, wunderte sich meine Tante.

»Bei vielen Online-Anbietern schon, sind meist neue Start-ups. Sehr flexibel.«

»Aber Kind, das kostet doch alles. Wieso hast du denn nicht vorher was gesagt?«, meinte Trudy und löste einen Schlüssel von ihrem Schlüsselring. »Ich habe einen großzügigen Keller in meinem Wohnblock, den ich nur für ein paar alte Staffeleien nutze. Da bekommen wir bestimmt das meiste unter. Und du kannst es so lange dort lassen, wie du magst.« Sie schob mir den Schlüssel zu.

»Und falls dann noch was übrig ist, gibt es zur Not sicher noch eine Ecke in unserem Keller«, versicherte Gina mir. »Du machst einfach etwas früher Schluss heute, und ich bitte Marco, von der Uni direkt nach Graal-Müritz zu fahren, um euch zu helfen. Trudy und ich halten die Stellung hier.«

»Danke, ihr rettet mir das Leben. Na ja, oder vielmehr Nils.« Ich umarmte jeden von ihnen.

»Für den machen wir das aber nicht«, meinte Trudy zwinkernd.

Als ich meine Arme um Noah legte, merkte ich, er drückte mich für ein paar Sekunden ganz fest an sich, und es fühlte sich wirklich schön an.

»Wir kriegen das hin«, raunte er mir ins Ohr.

Am frühen Abend parkte ein etwas klappriger Transporter vor der Stube, und ich stieg zu Noah ein.

»Nils weiß, dass wir kommen«, klärte ich ihn auf, hatte ich doch kurz bei ihm durchgeklingelt, um Bescheid zu geben. Es wäre das erste Mal, dass wir uns seit der Trennung sahen, und ich war froh, dass ich Noah bei mir haben würde, wenn wir uns gegenübertraten. Er startete den Motor und fuhr ruckelnd durch den Möwenbogen Richtung Autofährhafen, denn das war der kürzte Weg nach Graal-Müritz. Allerdings klapperte und wackelte sein Gefährt so stark, dass ich schon etwas Sorge hatte, ob wir überhaupt bis zur Fähre kamen. »Keine Bange, die alte Klapperkiste hat mich zuverlässig von Wismar nach Rostock bei meinem Umzug begleitet«, versicherte Noah mir. Wenn er das sagte … »Kannst mir vertrauen.« Das tat ich. Ich lehnte mich in meinem Sitz zurück und betrachtete sein Profil. Als er merkte, dass ich ihn musterte, sah er lächelnd zu mir. »Was ist?«, fragte er amüsiert.

»Nichts, nichts«, meinte ich, denn ich wusste selbst nicht so genau, warum ich ihn so lange angeschaut hatte. »Wie waren deine Events?«, fragte ich schließlich. Wir näherten uns dem Fähranleger Warnemünde – Hohe Düne und fuhren über eine Rampe auf die Fähre.

»Recht gut. Wir hatten eine Menge Spaß, gute Stimmung«, sagte er und lächelte.

»Freut mich. Dann bleibst du jetzt erst mal hier?«

»Zwei Veranstaltungen stehen noch auf meiner Liste, aber ich mag es, viel unterwegs zu sein. Und jetzt, wo Jenny in den Winterferien bei ihren Großeltern ist, passt das zeitlich gut.«

»Aber du vermisst sie trotzdem?«

»Ja … ziemlich sogar.« Er lächelte zaghaft. Ich hätte ihn am liebsten gedrückt. »Die nächsten Ferien verbringt sie bei mir«, erklärte er. »Darauf haben Maya und ich uns schon geeinigt.« Das freute mich für ihn.

Die Überfahrt ging schnell, und wir konnten weiter, fuhren an der Küstenstraße entlang Richtung Rostocker Heide. Die Stadt hatten wir schnell hinter uns gelassen. Es war ein milder Wintertag, das sah man auch am Wellengang, der recht ruhig war. Die Sonne war um diese Jahreszeit fast untergegangen, die See wirkte tief und dunkel. Schließlich führte uns unser Weg durch die Waldlandschaft, und dann tauchten in nicht allzu weiter Ferne Graal-Müritz und schließlich auch unser Haus auf. Nein, nicht *unser* Haus, erinnerte ich mich. Es war Nils' Haus, von Anfang an gewesen. Ich hatte es mit abbezahlt, aber in kleinem Umfang, und meinen Beitrag würde er mir zurückzahlen, so war es vereinbart. Ich hatte mich dort heimelig gefühlt, war es doch unser Zuhause gewesen. Aber eigentlich hatte er es ausgesucht.

»Ich hätte es vielleicht gar nicht genommen«, kam es mir gedankenverloren über die Lippen.

»Hm?«, machte Noah. »Ich … ach nichts. Bin einfach nur etwas nervös.« Schließlich parkte er die kleine Straße runter unweit von Nils' Haus entfernt. Noah schnallte sich ab, wollte aussteigen, aber ich hielt ihn am Arm fest.

»Können wir noch einen Moment warten?«, bat ich ihn. Marco wollte ja auch gleich hier sein, es war sicher am besten, wenn wir zusammen reingingen. Außerdem brauchte ich noch diesen Augenblick, um mich zu sammeln.

»Klar, alles okay?«, fragte Noah mich und wandte sich mir zu.

»Schon, ja. Ich hab halt gedacht, dass ich in dem Haus alt werden würde. Und jetzt ist alles anders.«

Er nickte verständnisvoll.

»Ging mir auch so in Wismar. Ist hart, wenn die eigenen Pläne an der Realität scheitern.« Da sagte er wahre Worte. Noah griff sanft nach meiner Hand, hielt sie fest. »Aber du bist nicht allein. Ich bin bei dir«, sagte er.

Ein warmes Gefühl breitete sich in meiner Brust aus.

Plötzlich erspähte ich Marcos Motorroller im Rückspiegel. Er parkte direkt hinter uns. Noah nickte mir aufmunternd zu. Okay, ich war bereit. Es konnte losgehen.

»Ich habe mir erlaubt, deine Sitzecke schon mal auseinanderzuschrauben, damit es schneller geht«, erklärte Nils, als wir das Haus betraten und von ihm in Empfang genommen wurden. Er wirkte nervöser, als ich es gewohnt war. »Die Bücherregale müssen noch in ihre Einzelteile zerlegt werden, das Werkzeug habe ich schon da«, fuhr er fort.

»Ich kümmere mich schon mal dadrum«, sagte Marco, der genauso wie Noah einem Bodyguard gleich hinter mir stand.

»Gibt es sonst noch Dinge, die du mitnehmen möchtest? Von deiner Liste?«, wollte Nils wissen und musterte Noah, der wiederum mit verengten Augen Nils fixierte. Dass sich beide nicht grün waren, merkte man sofort.

»Ich möchte auch den Mini-Backofen mitnehmen.«

»Na schön«, gab Nils sofort nach. Und so war es auch bei ein paar anderen Dingen, die ich mitnehmen wollte.

»Hör mal, Pauline«, sagte er schließlich, als wir eine ruhige Minute für uns hatten. »Ich weiß, ich habe mich wie ein Arsch verhalten. Das ist mir klar. Und ich wollte sagen, dass mir das ehrlich leidtut. Du hast das echt nicht verdient.«

Ich war überrascht. So viel Selbstreflexion hatte ich nicht erwartet, und es tat gut, das zu hören. Er nickte, und ich merkte ihm an, dass er es ehrlich meinte. Vielleicht fiel es mir nun auch leichter, mit allem abzuschließen.

Den halben Abend brauchten wir, um meine Habe zu zerlegen und in den Transporter zu schaffen.

Als wir gegen halb zehn endlich fertig waren und Richtung Rostock fuhren, um meine Sachen in Trudys Keller abzuladen, beobachtete ich, wie das Haus im Rückspiegel kleiner und kleiner wurde. Und so komisch es war, es ging mir damit gut. Irgendwann war es nur noch ein Punkt und schließlich nicht mal mehr das. Mir wurde endgültig klar, es war vorbei.

38. Kapitel

Ich hatte es getan, ich hatte endlich Nils' Nummer aus meinem Handy gelöscht. Und jetzt fühlte ich mich gut. Dabei war es doch eigentlich traurig, dass ich so lange dazu gebraucht hatte. Schon komisch, wie viel sich in so kurzer Zeit verändert hatte. Das galt auch für die Stube, die ziemlich unter dem Wettkampf mit dem gegenüberliegenden Fischerkönig litt. Viele unserer Gäste waren rübergewandert. Das machte uns allen mehr und mehr Sorgen. Wir waren gezwungen, unsere Preise anzupassen. Eine Rabattaktion der Größe des Fischerkönigs konnten wir uns allerdings momentan nicht leisten. Zwar machten wir wieder kräftig Werbung online und mit Flyern, doch wer zu uns wollte, sah auch das Fischerkönig direkt gegenüber und überlegte es sich zwei Mal, wohin er ging. Es brauchte also noch etwas anderes, um sich gegen die Konkurrenz behaupten zu können, da waren Gina und ich uns einig. Nur wusste keine von uns, was das sein sollte. An einem frühen Abend der nächsten Woche kam Noah von seiner Event-Reise zurück und tauchte bei uns in der Stube auf. Gina und ich waren gerade in der Küche, als ein »Hallo? Keiner hier?« vom Gastraum erklang. Allein diese samtene Stimme zu hören brachte mein Herz zum Klopfen. Wir eilten sogleich zu ihm hin, umarmten ihn nacheinander. Das Gefühl seiner Arme um mich war wunderschön, wie in einem warmen Kokon. Ich lächelte ihn an. Gut sah er aus, erholt und frisch. Verspielt kringelten sich dunkle Strähnen unter seiner Mütze hervor. Aber das war nicht alles. Ich merkte, er hatte mir wirklich gefehlt.

Wie schön es war, dass er wieder hier war.

»Wie waren die letzten Events?«, wollte ich gleich wissen.

»Wirklich toll und gut besucht, ich hatte jeden Tag zu tun …« Er ließ seinen Blick durch den wenig besuchten Raum schweifen, was ihn sichtlich aus dem Konzept brachte.

»Und was ist hier los?«, fragte er dann und klang besorgt. »Macht euch das Fischerkönig immer noch Probleme?«

»Jetzt sogar noch mehr!«, knurrte Gina.

Ich deutete ihm an, sich in unsere Nische zu setzen. Trudy kam hinzu, brachte Apfelschorle, während Marco tapfer am Stand die Stellung hielt. Ich beobachtete ihn durch das Schaufenster und war erleichtert, dass zumindest zwei Kunden vor dem Wagen standen.

»Schön, dass du wieder da bist«, meinte meine Tante sanft zu Noah und ließ sich an unserem Tisch nieder.

»Seit die da drüben aufgemacht haben, stehlen die uns die Kundschaft«, sagte Gina grimmig.

Er lächelte uns an. Was merkwürdig genug war. Aber sein Grinsen wurde sogar noch breiter. Sollte er nicht ähnlich empört sein wie wir?

»Was ist?«, wunderte ich mich.

»Och … nichts – außer dass ich wohl genau zur rechten Zeit komme.«

»Wie meinst du denn das?«, wunderte sich Gina.

Noah zog ein Tablet hervor. »Bei Pauline weiß ich Bescheid. Euch sagt der Name Jan Thies etwas?«

»Der Bestsellerautor?«, fragte Trudy verblüfft.

»Er schreibt die besten Ostseekrimis«, erklärte ich. Und ich wusste, wovon ich sprach.

»Der Autor lebt zurückgezogen und ist kein Freund von großen öffentlichen Auftritten, weswegen er nur selten Lesetouren macht. Vor einiger Zeit hat die für seinen aktuellen Roman geendet. Veranstaltungsorte waren kleine Lokale, nah am Leser, wenig Gäste«, fuhr Noah fort und spielte ein Video auf seinem Tablet ab. Man sah den Autor im Scheinwerferlicht an einem kleinen Tisch sitzen, vor ihm ein paar Leute, das Ganze in einem Restaurant aufgenommen.

Thies wirkte ruppig und alt, nicht wirklich sympathisch, aber ich liebte nun mal seine Bücher.

»Die kleine Lesetour habe ich organisiert. Nun steht ein Book Release seines neuesten Romans an.«

Ich hatte bereits davon gehört, der Titel lautete: *Die Verschwörung in den Dünen.*

»Zu diesem Zweck suche ich gerade einen Veranstaltungsort für Thies und möchte ihm die Krabbenstube vorschlagen.«

Ich konnte sehen, wie Gina und Trudy synchron mit mir die Kinnlade runterklappte.

»Thies zu uns?«, fragte ich ganz aus dem Häuschen und schlug die Handflächen vor dem Gesicht zusammen.

»Ich sagte doch, ich komme wohl genau zur rechten Zeit. Denn so ein Event bei euch würde für gute Publicity sorgen.« Er zwinkerte. Aber Jan Thies? Das war eine Hausnummer.

»Ich biete ihm mehrere Lokale in der Gegend an, er wird sich dann eines aussuchen, aber ich bin guter Dinge, dass die Krabbenstube in die engere Auswahl kommt. Sie hat alles, was Thies schätzt: Ostseeflair, rustikales Ambiente, Hausmannskost. Ich werde sie ihm schmackhaft machen, verlasst euch auf mich.«

»Das ist wirklich nett von dir, Junge«, meinte Trudy ergriffen.

»Aber findet ein Book Release nicht im Verlagshaus statt?«, wunderte Gina sich. »Oder zumindest in einem richtig edlen Etablissement?«

»Nicht bei Thies. Er mag es wie gesagt gediegener. Wenn ihr also einverstanden seid, schlage ich ihm die Krabbenstube vor.«

Wir waren natürlich einverstanden! Wenn das klappte, würde es den Ruf der Krabbenstube ordentlich aufpolieren!

Und das konnten wir gerade wirklich gebrauchen. Was für ein Glück, dass ich … dass wir Noah hatten.

»Na, das ist ja ein Ding«, meinte Gina etwas später in der Küche. »Da organisiert Noah, dass dein Lieblingsautor hier sein neues Buch präsentiert«, ergänzte sie vergnüglich, reinigte ihren Herd und warf einen Blick über ihre Schulter zu mir. Ich sammelte das Essen ein, das wir heute nicht verkauft hatten, und legte es in einen großen Karton. Später würden Gina und Marco es zu einer Essensausgabe bringen und dort spenden.

»Das steht ja noch nicht fest, und das macht er doch nicht für mich allein.«

»Aber hauptsächlich«, ließ Gina zu meiner Verwirrung nicht locker.

»Mir ist nicht entgangen, dass du in der Zeit, in der er auf Eventreise war, immer zu seinem Lieblingstisch geschielt hast, weil der leer war.«

»Sehr viele Tische sind derzeit leer«, erinnerte ich sie und drehte mich zu ihr um. Und das war ein echtes Problem. Wir mussten das in den Griff bekommen.

»Ich irre mich bei so was nie«, betonte Gina, wandte sich ihrem Herd wieder zu. »Deswegen wusste ich auch, dass Lou und Henrik zusammengehören, bevor sie es selbst wussten. Ist wahr. Als Lou letztes Jahr im Sommer in den Sanddornweg gekommen ist und mit ihrer Oma die Strandboutique eröffnet hat, waren Henrik und sie zuerst Gegenspieler. Und sieh sie dir heute an. Sie sind so ein süßes Paar.«

Ich lachte. »Aber Noah und ich sind nicht Henrik und Lou. Außerdem sollten wir uns jetzt voll und ganz auf die Krabbenstube konzentrieren.«

Ich jedenfalls würde das tun. Denn von Beziehungen und allem, was damit zu tun hatte, hatte ich erst einmal genug.

39. Kapitel

Mein Handy klingelte mich Stunden später aus dem Schlaf. Erstaunt stellte ich fest, die Sonne schien bereits durchs Fenster. Langsam wurde es wieder früher hell. Mein Wecker hatte mich im Stich gelassen, ich wollte eigentlich längst auf sein.

Dank des Handybimmelns war ich nun zumindest wach und ging gleich ran, wenn es eh schon klingelte.

»Er will sie sich ansehen!«, schallte mir Noahs Stimme entgegen.

Nicht nur, dass ihr angenehmer Klang mich ruck, zuck wach machte und mein Herz zum Klopfen brachte. Ich schreckte auch wegen der Nachricht hoch, saß senkrecht im Bett.

»Ist das wahr?«

»Ich habe ihm von der Krabbenstube gestern noch erzählt, und er ist überaus angetan. Also, was man angetan bei Thies nennen kann, er ist generell reserviert. Er würde morgen kommen. Wenn nichts dagegen spricht?«

Oh. Mein. Gott!

Das musste mein Herz erst mal verkraften! Mein Lieblingsautor kam zu uns in die Krabbenstube im Sanddornweg, hatte ich das wirklich richtig verstanden?

»Pauline? Bist du noch dran?«

»Ja«, sagte ich perplex.

»Kann er sich die Stube ansehen?«, fragte Noah lachend, der wohl merkte, dass ich völlig neben mir stand.

»Ich frag nach, warte!«

Mit dem Handy am Ohr sprang ich auf und rannte aus

meinem Zimmer in die Wohnstube, wo Gina und Marco beim Frühstück saßen. Der Kaffee duftete himmlisch!

Neben Marco lagen ein paar Uni-Bücher, in denen er nebenher blätterte.

»Guten Morgen«, grüßten mich beide wie aus einem Mund. Dann merkten sie aber, dass etwas nicht stimmte.

»Er will herkommen!«, rief ich und umarmte Gina vor Glück, das Handy noch am Ohr.

»Was? Wovon redest du denn?«

»Er will die Stube besichtigen! Thies!«

Jetzt schien auch Gina zu verstehen. Sie sprang ebenfalls auf.

»Ist das wahr? O Himmel!«

Wir fassten uns bei den Händen und hüpften vor Glück auf und ab, mein Smartphone wurde dabei von Ohr und Schulter gehalten.

»Was sagt Gina denn nun? Geht es morgen? Oder spricht was dagegen?«, wollte Noah wissen, und ich leitete seine Anfrage direkt weiter.

»Da spricht rein gar nichts dagegen. Im Gegenteil«, sagte Gina und drückte mich an sich, dass mir die Luft wegblieb.

»Gut. Aber – das ist noch keine Zusage«, warnte mich Noah. »Er schaut es sich erst mal an. Lasst noch nicht die Sektkorken knallen.«

Gina und ich ließen voneinander ab, ich versuchte mich zu konzentrieren. Das hier durfte nicht in letzter Sekunde schiefgehen.

»Kann man es ihm denn irgendwie schmackhaft machen?«

»Ich bin froh, dass du das fragst. Thies ist Rügener, und er liebt Rügener Spezialitäten. In den Lokalen, die er für seine Lesungen ausgewählt hat, hat er immer die Küche probiert und sich ein Rügener Traditionsgericht servieren lassen. Wenn es ihm schmeckt, ist das die halbe Miete.«

»Rügener Spezialgerichte?« Das war wiederum nicht unbedingt meine Spezialität. Aber ich lernte gerne dazu.

»Ich lass mir was einfallen.«

»Macht ihm eine Rügener Schleie nach Selliner Art, die liebt er. Das wird ihn positiv stimmen.«

»Danke für den Tipp.«

»Nichts zu danken, ich möchte auch, dass er sich für euch entscheidet.« Seine Stimme war nur ein warmes Raunen und zauberte mir ein süßes Prickeln den Rücken rauf und wieder runter.

»Bis bald«, sagte er dann sanft, was das Kribbeln noch verstärkte. Keine Ahnung, was mit mir los war, musste an der Aufregung liegen.

Wir beendeten das Gespräch, und mein Herz klopfte wie wild. Ich würde Jan Thies persönlich kennenlernen! Er würde herkommen, in unser verträumtes Bistro!

»Wir müssen Schleie besorgen. Und das Rezept für die Selliner Art brauchen wir auch.«

Gina und Marco sahen mich an, als hätte ich den Verstand verloren. Erst jetzt merkte ich, beide steckten, genau wie ich, noch in ihren Pyjamas.

»Schleie?« Schleie war nicht Teil unserer regulären Speisekarte.

»Thies liebt Rügener Schleie mit Kartoffeln und Gemüse. Und wenn es ihm schmeckt, fühlt er sich wohl, und wenn er sich wohlfühlt, wählt er uns für die Release-Party aus.«

Eine völlig einfache und naheliegende Rechnung, wenn man ein exzentrischer Autor war.

Erst jetzt schien Gina zu verstehen.

»Wir müssen Schleie besorgen!«, stimmte sie mir heftig nickend zu.

»Sag ich ja.«

»Langsam, langsam«, beruhigte uns Marco. »Lasst uns das alles ordentlich durchplanen, damit nichts schiefgeht. Und vorher trinkt jeder noch eine Tasse Kaffee, damit wir klar denken können.«

Wir nickten und setzten uns alle hin. Marco goss uns ein, und ich nahm einen kräftigen Schluck, um richtig wach zu werden.

»Wir haben ja nicht viel Zeit für große Vorbereitungen«, sagte Gina.

»Die Schleie ist sehr wichtig«, betonte ich.

»Jeder übernimmt eine Aufgabe«, schlug Marco dann vor. »Wer bereitet die Schleie zu?«

Gina und ich schauten uns an, dann deutete sie auf mich. »Pauline ist Poissionier.«

Ich nickte, einverstanden.

»Das Rezept gibt's doch sicher im Internet. Pauline, da du es kochst, such du es am besten aus«, fuhr Marco fort.

Machte Sinn, ich öffnete gleich den Browser in meinem Smartphone.

»Gut, dann besorge ich die Schleie vom Händler. Trudy und Gina genügen als Minimalbesetzung nachher im Bistro, besonders in der derzeitigen Situation«, sagte Marco, und Gina seufzte.

»Leider. Ich trau mich gar nicht, den neuerlichen Einsturz meinen Eltern zu erklären.«

»Musst du ja vielleicht auch gar nicht«, sagte Marco nun und drückte ihr einen Kuss auf die Stirn. »Warten wir erst mal ab, was Thies sagt.«

Gina lächelte. »Ja, möge Herr Thies uns gesonnen sein.«

Nach dem Frühstück graste ich jede nur erdenkliche Seite im Internet ab, dabei stöberte ich auch zahlreiche Rezepte für die Rügener Schleie auf, nur fand ich keins nach Selliner Art. Das machte mich zusehends nervöser. Klar, ich könnte auch einfach eines der anderen Rezepte nehmen, aber ein Mann wie Thies schmeckte gewiss den Unterschied.

Ich brauchte eine Pause, meine Augen flimmerten schon. Also machte ich mich frisch und ging runter in die Stube.

»Guten Tag, Linelchen«, grüßte mich Trudy hinter der Theke, wo sie ein paar Gläser, die eh sauber waren, weil sie nicht zum Einsatz gekommen waren, zum sicherlich hundertsten Mal in den letzten Tagen polierte.

»Das war neu«, entgegnete ich.

»Wie meinen?«

»Eine neue Variation meines Namens.« Trudy hatte seit jeher eine ganze Auswahl an Kosenamen für mich parat.

»Du meinst Linelchen? Ist mir gerade eingefallen.«

Meine Tante lachte herzlich, und ihre riesigen Ohrringe klimperten im Takt mit.

»Hast du das Rezept gefunden?«, wollte Gina durch die Durchreiche wissen.

»Nicht nach Selliner Art«, sagte ich seufzend, aber daran sollte es bitte nicht scheitern. »Es ist wirklich unglaublich, was man an Rezepten im Netz findet, aber ausgerechnet das ist nicht auffindbar.«

»Ist das denn so wichtig? Ich meine, muss es unbedingt Selliner Art sein?«

»Wir reden von Jan Thies! Ich nehme an, das Rezept ist einfach so alt, dass es seinen Weg nicht ins Netz geschafft hat.«

»Okay, und wenn du mal zu Buchmanns rübergehst? Albert Buchmann hat vielleicht noch ein paar alte Kochbuchschinken, und mit etwas Glück steht in einem davon auch unser Rezept«, schlug Gina vor.

Das war überhaupt die Idee!

Ich lief gleich rüber zu Buchmanns, dessen Buchladen zwischen dem Sanddornhotel und der Strandboutique lag. Betrat man das Geschäft, war es, als machte man einen Schritt in eine andere Welt und eine andere Zeit.

Regal reihte sich an Regal, sie waren massiv und bildeten

Gänge, durch die man sich wie durch ein Labyrinth bewegte. Mein Blick schweifte nach rechts und nach links, ich erinnerte mich, wo früher die antiquarische Ecke mit den alten Kochbüchern gewesen war, und dort fand ich sie auch noch heute. Ich suchte nach Titeln, die Hinweise auf die Ostsee, besser noch auf Rügen gaben. Aber bei manchen Werken konnte man die Schrift auf dem Buchrücken gar nicht mehr richtig lesen. Ich wischte mit dem Finger drüber. *Kulinarische Geheimnisse aus der Sächsischen Schweiz.* Leider nicht das Richtige, obwohl es verführerisch klang.

»Kann ich helfen?«, erklang eine raue Stimme hinter mir, und ich schreckte zusammen.

Als ich mich umdrehte, sah ich in Buchmanns gütige Augen. Obwohl er nun sehr freundlich und längst kein Griesgram mehr war, saß mir der kleine Schreck immer noch in den Gliedern. Genau wie früher, wenn er Gina und mich in der Kinderbuchabteilung beim Lesen ohne kaufen erwischt hatte.

»Ich suche ein Buch mit alten Ostseerezepten, am besten aus Rügen. Ich soll eine Rügener Schleie Selliner Art anrichten.«

Er nickte und griff beherzt und zielsicher ins Buchregal, als wüsste er ganz genau, was ich brauchte. Schon zog er einen dicken Wälzer hervor und reichte mir ein Buch, das den Titel *Spezialitäten aus Rügen* trug.

Das Kochbuch hatte gewiss fünfzig Jahre auf dem Buckel, und als ich einen Blick reinwarf, fand ich ein ellenlanges Inhaltsverzeichnis vor, das alles, nur nicht übersichtlich war.

»Uff«, entwich es mir.

»Geben Sie mal her«, meinte Buchmann freundlich und hielt die Hand auf. Ich gab ihm das Buch zurück, und er blätterte im Inhaltsverzeichnis, bis er fand, wonach er suchte, dann schlug er den Wälzer mittig auf. »Seite 322«, sagte er und reichte mir lächelnd – ein wirklich ungewohnter Anblick – das Buch zurück.

Da stand es tatsächlich! Rügener Schleie nach Selliner Art, Seite 322! Genau was ich gesucht hatte.

Ich war so erleichtert, ich hätte Buchmann fast umarmt.

Aber ich beließ es bei einem ehrlichen »Danke, Herr Buchmann, Sie haben mir unglaublich geholfen!«. Ich kramte nach meiner Geldbörse, aber Albert Buchmann winkte ab und schüttelte zugleich den Kopf.

»Wirklich? Lieben Dank!«

Er nickte zufrieden.

Und als ich in die Stube zurückkam, war Marco schon auf dem Weg zum Fischhändler, um die Schleie zu besorgen.

40. Kapitel

In dieser Nacht fand ich keinen Schlaf. Erst kurz vor Morgengrauen döste ich ein, war der Gedanke an den morgigen Tag doch viel zu aufregend. Jedoch musste ich gleich wieder raus, um Vorbereitungen für das wichtige Essen zu treffen.

Also stand ich früh auf, um mich mit einer Menge Kaffee wach zu bekommen und mich anschließend in Ruhe der Rügener Schleie zu widmen. Dazu blätterte ich in Buchmanns Buch, Seite 322 schlug ich auf. Was für eine schöne altmodische Schrift. Alle Zutaten waren da, ich konnte beginnen.

Über Jan Thies wusste ich nicht viel. Das hieß, ich wusste, wie er aussah. Ein Mann um die sechzig, schneeweiße Haare, ernster Blick. Ich wusste, wie er schrieb, nämlich ziemlich genial, und ich wusste auch, dass er selten Interviews gab, ungern in der Öffentlichkeit stand und lieber seine Werke für sich sprechen ließ. Ich hatte das immer nachvollziehbar gefunden, schließlich war er kein Popstar, der im Rampenlicht stehen wollte. Aber wenn ich an dieses Video von seiner Lesung auf Noahs Tablet dachte, wurde ich doch etwas nervös.

Thies wirkte nicht unbedingt sympathisch, sogar eher grimmig. Buchmann war dagegen der reinste Waisenknabe, und ich meinte die alte Version, bevor er seine Liebe zu Viola aus der Strandboutique entdeckt hatte. All das machte meine Aufgabe nicht leichter. Ich probierte ein paar Gewürze aus, in dem Buch gab es zwei Varianten, die beide als Selliner Art galten. Ich entschied mich für die mit dem grünen Pfeffer.

Das mit dem Essen musste einfach klappen. Thies musste sich für uns entscheiden. Ein Book Release mit allem Drum und Dran wäre endlich die Art von guter Presse, welche die

Stube brauchen konnte. Und uns hoffentlich Gäste zurückbrachte.

Gegen halb zwölf fuhren wir die Rollläden hoch und öffneten den Stand. Ausgerechnet heute fiel Marco aus, da er sich auf eine Prüfung morgen vorbereiten musste. Aber mit Trudy waren wir gut aufgestellt.

Beim Fischerkönig saßen schon die ersten Gäste, bei uns blieb die Stube deprimierend leer.

Ich entschuppte die Schleie, bis die darunterliegende schillernde Haut zum Vorschein kam. Diese rieb ich vorsichtig mit der Würzung ein. Schließlich briet ich den Fisch in einer Spezialmarinade an, die ich strikt nach dem Rezept im Buch angerichtet hatte, bettete ihn sodann auf Gemüse, Kartoffelscheiben und Zwiebelringen, welche Gina zubereitet hatte, in den Bräter und schob ihn in den Ofen, wo er bei mittlerer Temperatur vor sich hin brutzelte.

Wir schauten beide durch das Backofenfenster ins Innere.

»Sieht ganz gut aus, denkst du, er wird es mögen?«, fragte Gina.

»Ich hoffe es.«

»Hey, Pauline. Alles bereit?«, fragte Noah am Handy um halb eins. Ich genoss den sanften Klang seiner Stimme sehr. Sie beruhigte mich trotz aller Aufregung.

»Klar.« Zum Glück hatte bis hier alles erstaunlich gut geklappt.

»Ich hole gerade Thies mit dem Wagen ab, wir machen uns dann auf den Weg zu euch.«

»Okay …« Es wurde ernst.

»Nervös?«, fragte er sanft.

»Etwas«, gab ich zu.

»Du kriegst das hin. Du warst bei Emilios und hast Bernhard von Bergen beeindruckt, ich habe keine Zweifel, dass es bei Jan Thies anders sein wird.«

Dass er an mich glaubte, half mir sehr.

»Wie ist der Stand der Dinge in der Stube, sind Gäste da?«

»Leider nicht.« Es war wie verhext, deswegen war dieser Auftrag ja auch so wichtig für unser Fortbestehen. Wir mussten wieder ins Gespräch kommen, die Leute auf uns aufmerksam machen.

»Versucht, welche aufzutreiben, Thies soll das Gefühl haben, dass die Krabbenstube gut besucht ist.«

Nur, woher sollten wir die Leutchen kriegen? Herzaubern ging ja nicht. Und aus dem Fischerkönig konnten wir sie auch schlecht entführen.

»Überlasst das mir«, sagte Trudy kurz darauf, als ich Noahs Anliegen den anderen mitteilte, und strich mit der Hand über ihren grünen Kristall auf der Theke. Keine Ahnung, was sie vorhatte, aber ich vertraute darauf, dass Trudy wusste, was sie tat.

41. Kapitel

Um Punkt eins war es so weit, Noah und Jan Thies betraten das Lokal. Ich kam mit Gina aus der Küche, um ihn zu begrüßen. Ich war so aufgeregt wie zuletzt bei meiner mündlichen Prüfung an der Kochschule. Ich hoffte, wir würden einen guten Eindruck bei ihm hinterlassen, und versuchte selbstbewusst zu wirken. Da fiel mir auf, dass das Lokal alles andere als leer an diesem Mittag war.

Trudy lächelte gewinnend hinter der Theke, streichelte ihren Kristall und breitete dann die Arme aus, es fehlte nur, sie hätte noch lauthals »Tadaaa« gerufen.

An unserem besten Pärchentisch hatten Lou und Henrik Platz genommen. In der gemütlichen Ecke saßen Irmchen, Viola, Buchmann und Hannah beisammen.

Am Fenster zur Fjordstraße hatten der Mann vom Blumenladen und die Frau vom Fahrradverleih sich hingesetzt. Alle hatten Getränke auf den Tischen und studierten ihre Karten. Es saßen auch noch ein paar andere Ladenbesitzer aus dem Sanddornweg hier, die ich nur vom Sehen kannte. So sollte ein Lokal von innen aussehen.

Ich atmete auf. Auf unsere Freunde aus dem Sanddornweg war Verlass! Thies fand ein gut besuchtes Lokal vor, was wollte man mehr? Ich erhaschte Noahs warmen Blick, der voller Zuversicht war.

»Herzlich willkommen in der Krabbenstube«, sagte Gina.

Thies nickte und schüttelte knapp unsere Hände, er musterte etwas skeptisch ihren Undercut, obwohl sie den extra zu diesem Anlass in ein natürliches Braun gefärbt hatte. Dann sah er sich um, sehr prüfend, sehr wachsam. Zweifelsohne, der Mann hatte Ansprüche. Er drehte eine kleine Runde durch das Bistro und blieb schließlich vor einer von Trudys Fotografien stehen. Jenes Bild, das den Kreidefelsen zeigte. Als Rügener war dieser Thies natürlich gut bekannt.

»Das Bild ist von mir«, verkündete ihm Trudy, die plötzlich neben Thies stand. »Eine so schöne Gegend.«

Thies musterte sie irritiert und nickte dann zustimmend. »In der Tat. Sehr schöne Gegend.« Sein Blick schweifte weiter umher, blieb an dem Kristall auf der Theke haften.

»Der ist auch von mir, sorgt für gute Energien, wissen Sie?«

»Ach was …« Thies musterte Trudy nun intensiver. Ich hoffte, sie würde nun nicht von ihrem Kristall-Selbststudium beginnen …

»Wenn Sie bitte Platz nehmen würden?«, lenkte Gina ein, die wohl dieselbe Befürchtung hatte, und führte den Autor zu unserem besten Tisch.

»Sehr freundlich«, meinte Thies, und Noah begleitete ihn.

Ich zog mich etwas zurück und verkniff mir, ihn mit Fragen zu löchern oder ihm meine Bewunderung aufs Brot zu schmieren, ich wollte professionell bleiben. Thies war unser Gast, er wollte seine Ruhe und ein gutes Essen. Beides würde er bekommen.

Gina kehrte zu mir an den Kücheneingang zurück, während Trudy unseren Neuankömmlingen die Karten reichte und Noah seine und Thies' Jacke aufhängte, danach kam er dann kurz zu mir rüber. »Ist die Schleie fertig?«, fragte er unauffällig, doch er kam auffällig nah an mich ran, und ich glaubte schon, er wolle mich küssen. Was für ein eigenartig aufregendes Kribbeln in meinem Bauch sorgte.

»Genau jetzt«, erklärte ich und verschwand eilig in der Küche … Mein Herz klopfte ungewöhnlich schnell, während Noahs Duft mich immer noch umwehte. Ich verlor mich in dem Moment. Ja, ich mochte ihn wirklich. Mehr als das – aber es war zu früh, ich wollte mich nicht so schnell in etwas Neues stürzen. Nicht nach dieser Pleite mit Nils. Und ich fragte mich auch, wie das mit Jenny gehen würde, ob das überhaupt klappen konnte. Ich mochte die Kleine sehr gerne. Aber Kinder hatte ich immer erst in meiner fernen Zukunft gesehen. Da waren so viele Unklarheiten. Außerdem war das wirklich nicht der richtige Moment, darüber nachzudenken.

Ich öffnete den Ofen, holte den Bräter heraus und stach ganz vorsichtig durch die Haut ins feste Fischfleisch, um anschließend davon zu kosten. Es war definitiv durch und der Geruch und Geschmack ein Traum.

»Das riecht ja fantastisch«, seufzte auch Gina.

Ich schnappte mir einen großen Teller, um das Gericht aufzutun.

»Das nenne ich wirklich Ostsee-Schmaus«, meinte meine Cousine.

Sodann machte Gina Salate als Beilage fertig und übergab diese Trudy durch unsere Durchreiche. Wir beobachteten, wie sie Thies erst die Vorspeise, dann etwas später das Spezial-Gericht servierte, während Noah einen Backfisch bekam. Und dann geschah das Wunder: Etwas, das man mit viel gutem Willen ein Lächeln nennen konnte, breitete sich auf Thies' Gesicht aus, als er die Schleie musterte.

»Das läuft gut«, war sich Gina damit sicher und klopfte mir auf die Schulter. Aber ich wollte noch sehen, wie er den ersten Bissen nahm. Emilio hatte immer gesagt, der erste Bissen entscheide, ob ein Gast ein Gericht liebe oder eben nicht …

Und dann führte er ein Stück von der Schleie mit der Gabel zum Mund, und nicht nur ich schaute ihm dabei gespannt zu, auch Trudy und Noah taten es.

Jan Thies ließ sich Zeit, beförderte den Happen von einer Seite zur anderen.

»Jetzt spann uns doch nicht auf die Folter, wo gibt's denn so was«, fieberte Gina mit.

Ich grinste. »Er genießt offenbar.«

Ganz langsam zogen sich Thies Mundwinkel nach oben. Er nickte zufrieden. Gina und ich flippten vor Freude fast aus. Es schmeckte ihm! Zumindest war das unsere Interpretation.

Gut gelaunt machten wir uns wieder an die Arbeit, unsere Freunde aus dem Sanddornweg sollten ja auch verköstigt sein. Also wurde gebraten und gekocht, gewürzt und eingelegt, bis jeder versorgt war. Und anderthalb Stunden später wünschte Thies Gina und mich zu sprechen.

Als wir uns seinem und Noahs Tisch näherten, wirkte der Bestsellerautor allerdings genauso grimmig wie zu Beginn seines Besuchs, und auch Noahs Miene war bestenfalls neutral zu nennen.

»Das Essen war ausgezeichnet«, verkündete Thies sachlich, dessen Stimme tief und etwas rau war, vor allem aber sprach er seeehr langsam.

»Das freut uns«, erwiderte ich.

»Es war auf den Punkt, so wie es sein sollte. Nicht viele bekommen das hin.«

Wie schön das war, von meinem Lieblingsautor gelobt zu werden.

»Ein nettes Lokal, eine wunderbare Gegend, eine reizende Bedienung«, meinte Thies zudem und ließ seinen Blick noch einmal umherschweifen, bis er an Trudy hinter der Theke haften blieb.

Ich musste das, was er gerade gesagt hatte, erst mal verarbeiten. Hatte ich das richtig verstanden? Thies fand meine Tante Trudy reizend? Nun, sie war reizend, das war es nicht, was mich verwunderte, sondern dass Thies plötzlich auftaute.

»Über diese Kristallenergien würde ich auch gerne mehr erfahren.«

»Ach … wirklich?«

»Es gibt mehr, als das bloße Auge sieht.«

Wieder überraschte er mich, schien er doch aufgeschlossener, als ich ihn eingeschätzt hätte.

»Aber nun sollte ich aufbrechen«, verkündete er. »Bringen Sie mir meine Jacke, Herr Winckler?«

Noah holte diese und brachte seine eigene mit, half Thies hinein.

»Was meinen Sie, Jan?«, fragte er locker. »Wäre das Etablissement was für Ihr Book Release?« Noahs Blick wanderte zu mir. Ich sah dieselbe Hoffnung in seinen Augen, die ich gerade selbst verspürte.

»Ich sehe mir noch andere an.« Thies' Blick blieb wieder an Trudy hängen.

»Klar …«, meinte Noah. Das gehörte wohl einfach dazu.

Hoffentlich sah er sich nicht das Fischerkönig an, ich würde in die nächste Tischkante beißen.

»Danke für die Gastfreundschaft«, sagte Thies mir nun zugewandt und schüttelte mir die Hand und danach auch Ginas. »Wir sehen uns bald wieder«, versprach er, und mein Herz stolperte.

War das nicht bereits eine Zusage? So ganz indirekt?

Ich nickte ihm voller Zuversicht zu. »Darauf freuen wir uns.«

Thies und Noah verließen das Bistro, wobei Noah sich noch mal zu mir umdrehte, und mir ein Handzeichen gab, dass er später anrufen würde.

»Und? Was denkst du, Pauline?«, wollten Gina und Trudy wie aus einem Munde wissen, nachdem wir wieder allein und auch die Sanddornwegbewohner längst zu ihren Geschäften zurückgekehrt waren. »Du kannst den Autor sicher einschätzen, du kennst ihn ja recht gut«, fügte Gina hinzu. Ich zog sie beide rüber zu unserer Nische, wo wir uns hinsetzten.

Ich hatte die Ahnung, dass es recht gut gelaufen war, aber ich wollte lieber vorsichtig mit meiner Einschätzung sein, obwohl er ja gesagt hatte, dass wir uns wiedersehen würden. Aber als ich meine Tante musterte, fiel mir ein zweiter Grund ein, warum er das gesagt haben könnte.

»Er mag Trudy, er fand sie reizend«, konnte ich mit Gewissheit sagen.

»Mich?« Trudy lachte, es klang gekünstelt, ich hatte das Gefühl, es war ihr unangenehm, dass ein adretter älterer Herr wie Thies etwas Derartiges sagte. Sie schnappte sich einen Bierdeckel aus dem kleinen Ständer und ließ diesen auf einer Ecke balancieren.

»Jetzt stell dein Licht mal nicht unter den Scheffel. Klar, dass Herr Thies dich attraktiv findet, bist du ja auch«, machte Gina deutlich.

Trudy ließ den Deckel wie einen Kreisel drehen, ohne ihn loszulassen, und atmete tief ein. Schließlich steckte sie ihn in den Halter zurück und faltete die Hände vor sich auf dem Tisch.

»Nun, zumindest haben wir ein paar gemeinsame Vorlieben«, gab sie zu. »Dänemark zum Beispiel. Darüber haben wir uns angeregt unterhalten, als ihr in der Küche wart.«

In Zeitlupe bildete sich ein kleines Lächeln auf ihrem Gesicht. Es schien, dass auch Trudy ihn ganz sympathisch fand. Nur wollte sie das nicht zugeben.

»Ein Grund mehr, zu hoffen, dass er sich für uns entscheidet, oder?«, sagte ich, aber Trudy winkte ab.

»Jetzt hör aber mit dem Unsinn auf. Ich organisiere uns erst mal etwas, um die ganze Aufregung runterzuspülen, natürlich alkoholfrei, wegen der Uhrzeit«, entschied sie dann, schob ihren Stuhl zurück und eilte zur Theke.

»Wie ist denn deine Einschätzung, hat es ihm bei uns gefallen?«, fragte Gina und griff nun nach demselben Bierdeckel, um diesen auf der Kante zu balancieren.

»Ich denke schon«, sagte ich ehrlich.

Trudy kam mit einem Tablett, auf dem drei Apfelschorlen standen, zurück und stellte jeder von uns einen Krug hin.

»Wir wurden übrigens beobachtet«, erklärte Trudy sodann und deutete mit dem Finger zum nördlichen Schaufenster.

»Ist nicht dein Ernst?«, meinte Gina. »Die Fischerkönige – schon wieder? Die haben bestimmt was von unserem hohen Besuch mitgekriegt. Hätte mich nicht gewundert, wenn die noch Ferngläser benutzen, um alles auszuspionieren«, sagte Gina verärgert. »Bestimmt wollen die uns auch noch Thies abwerben. Vielleicht brauchen wir Vorhänge?«

»Nun, die können uns kopieren, so viel sie wollen, doch eins kriegen die nicht hin: Die vom Fischerkönig haben keine Trudy.« Ich zwinkerte. Denn Trudy war schließlich unser Trumpf für den Book Release.

42. Kapitel

Um kurz nach acht am Abend stand Noah mit einer Flasche Wein in der Hand in der Krabbenstube und schaute zu unserem Nischentisch, wo wir Karten spielten. Es war ein teurer Wein, den er sicher nicht aus dem Supermarkt hatte.

»Kommt mal alle zusammen«, sagte er, und das taten wir, bildeten einen Halbkreis um ihn.

»Was ist denn los?«, fragte Gina. Aber der Wein gab schon einen Hinweis, jedenfalls klopfte mein Herz bereits viel zu schnell.

»Thies hat angebissen«, vermutete Marco, der eine Pause vom Lernen dazwischengeschoben hatte, um uns Gesellschaft zu leisten, und Noah deutete auf unseren Mann für alles. »Der Kandidat hat hundert Punkte!«

Ich klatschte vor Freude in die Hände, drückte meine schlaksige Tante an mich, die neben mir stand, und gleich darauf Noah. Sein Geruch machte meine Knie weich. Und als er mich länger als normal festhielt, wurde es noch schlimmer. Unsere Blicke trafen sich, für einen winzigen Moment schien die Zeit stillzustehen.

»Ist das wahr? Thies' Book Release findet bei uns statt?«, fand ich meine Stimme wieder. Ich konnte es nicht glauben.

Noahs Grinsen wurde breiter, dann ließ er mich sanft los. Er hielt die Flasche hoch. »Er hat sich nur zwei weitere Lokale angeschaut, und das auch nur ganz kurz. Die Schleie und der Sanddornweg haben den Ausschlag gegeben. Es gibt was zu feiern!«

Ich linste zu Trudy rüber, die ganz gewiss auch einen Anteil an dieser Entscheidung hatte.

»Darauf sollten wir anstoßen«, flötete Gina.

Noah öffnete den Wein und goss uns ein. Als er mein Glas füllte, sah er mich mit seinen warmen Augen so intensiv an, dass es unwillkürlich in meinem Nacken kribbelte. »Danke«, formten meine Lippen. Er hatte sich wirklich für uns ins Zeug gelegt. Mit so einem Event konnten wir den Ruf der Stube mächtig aufpolieren, sie vielleicht sogar vor dem Aus bewahren. Wir stießen an.

»Das wird dennoch kein Spaziergang, Thies hat genaue Vorstellungen vom Ablauf des Events und den Speisen.«

»Wir werden ihm seine Wünsche schon erfüllen«, sagte Gina.

»Sicher nicht jeden Wunsch«, sagte Trudy hastig und kippte ihren Wein in einem Zug runter.

Ich nahm sie zur Seite. »Keine Angst, Thies wird sich schon beherrschen«, war ich mir sicher. Er war ein Gentleman, soweit ich es beurteilen konnte.

Trudys Wangen röteten sich ein wenig. »Das ist es ja gar nicht«, beteuerte sie.

»Sondern?«, wunderte ich mich. Sie trat verlegen von einem Fuß auf den anderen. Da ging mir ein Licht auf. »Also doch! Du fandest ihn auch sympathisch?«

»Also Pauline!«, empörte sie sich. »Etwas vielleicht«, sagte sie leiser.

Ich grinste. »Und was ist dann das Problem?«

»Ich … bin schon so lange Single, seit Tom weg ist – ich weiß gar nicht mehr so recht, wie man … sich so verhält … wenn man Interesse hat …«

»Wenn man flirtet?«

Trudy kaute auf ihrer Unterlippe, nickte sacht. Es war anrührend, sie so zu sehen, dabei gab es gar keinen Grund, sich zu sorgen.

»Sei einfach du selbst«, riet ich ihr.

»Dieses verrückte Huhn – ehrlich?«

»Na, immerhin schien er dich doch so wie du bist zu mögen.« Sogar inklusive der Kristalle.

»Und wenn er seine Meinung ändert beim nächsten Mal?«

»Trudy, bleib locker, schau einfach, wohin es führt. Alles kann, nichts muss. Viel zu früh, die Pferde scheu zu machen.«

Sie nickte. »Alles kann, nichts muss.« Trudy strich mir über die Schulter. »Danke, Liebes.«

Wir feierten unseren tollen Erfolg noch bis Ladenschluss. Marco und Gina stellten die Stühle hoch, Trudy fegte den Raum aus, und ich wischte den Stand.

»Ich wollte dich noch was fragen«, sagte Noah, der uns mit hochgekrempelten Ärmeln beim Aufräumen half.

»Was denn?«, fragte ich neugierig und wandte ihm den Kopf zu. Merkwürdigerweise wurde meine Kehle ein bisschen trocken, als er mich intensiv ansah. Mein Herz klopfte heftig. Wie eigentlich immer, wenn er in meiner Nähe war. Ich sollte es wohl einsehen, dass er mir mehr bedeutete …

»Kommst du mal mit?«

»Ja … okay …«

Er griff nach meiner Hand, worauf meine Finger aufregend kribbelten, und führte mich zur Garderobe, reichte mir meine Jacke und streifte seine über.

»Wohin geht's denn?«, wunderte ich mich.

»Nicht weit weg, ich möchte nur kurz mit dir allein reden.«

Mein Herz klopfte etwas schneller.

Er nahm mich mit zum Möwenbogen, wo es windstill war. Um uns herum schmeckte man schon den Frühling in der Abendluft.

»Es gibt noch mehr zu feiern«, verkündete er dann und stand dabei ganz dicht vor mir. Ich fixierte automatisch seine Lippen. Ich konnte nicht anders, selbst, wenn ich es gewollt hätte.

»Wirklich? Was denn?«

»Ich richte ein großes Event für Youtuber aus. In Berlin. Da wird die Crème de la Crème der Youtube-Stars erwartet. Es ist eine echt große Sache, vielleicht die größte, die ich bisher organisieren durfte.«

Ich erinnerte mich an das Plakat in seinem Hausboot.

»Wow!« Ich war echt stolz auf ihn. Es klang bedeutsam.

»Das heißt aber auch, dass ich eine Zeit lang weg bin. Und morgen geht's schon los.« Das machte mich etwas traurig, war er doch gerade erst wieder nach Rostock zurückgekommen.

War wohl das Leben eines Event-Managers …

»Zum Thies-Event bin ich natürlich wieder hier.«

Ich nickte, spürte ein Druckgefühl auf der Brust. Ich zwang mich, es positiv zu sehen: Noahs Traum schien sich hier zu erfüllen, ich freute mich von Herzen für ihn.

»Aber das ist nicht alles.« Er machte es ja wirklich spannend.

»Ich wollte fragen … ob du vielleicht … also wenn ich dann wieder hier bin …«

Mein Herz klopfte wie verrückt, ich sah ihm direkt in die Augen. »Ja?«, entwich es mir.

»… ob du mal mit mir ausgehen würdest?«

Jetzt hüpfte mein Herz vor Glück auf und ab, und ich musste keine Sekunde überlegen, ich konnte mir nichts Schöneres vorstellen! Und alle Zweifel, die ich gehabt haben mochte, waren weg.

»Ja!«, sagte ich. Von Herzen gerne.

43. Kapitel

»Das war Herr Thies«, sagte Trudy am nächsten Tag völlig verdattert und ließ fast den Hörer auf die Theke knallen. Wie beinahe jeden Tag übernahmen wir die erste Schicht, schlossen auf, bereiteten das Lokal vor.

Nun blieb jedoch kurz alles stehen und liegen.

»Was wollte er denn?«, fragte ich besorgt. Hoffentlich hatte er es sich nicht anders überlegt.

»Er hat einen Tisch reserviert. Um eins.« Trudy wurde ganz blass um die Nase.

»Ach so?« Das war in gut anderthalb Stunden. Kam er privat? Wegen Trudy? Ich schmunzelte. Mit einem so schnellen Wiedersehen hatte ich nicht gerechnet, und Trudy offenbar auch nicht.

»Ja, was mache ich denn jetzt?«

»Gar nichts.« Was sollte sie denn auch tun?

Trudy schaute unzufrieden an sich runter.

»Ach du, Liebes, ist es in Ordnung, wenn ich noch kurz was besorge? Hab was vergessen ...« Trudy war schon auf dem Sprung.

»Ja, klar«, sagte ich. »Ich halte die Stellung.« Obwohl wir gerade geöffnet hatten, rannte man uns derzeit die Bude nicht unbedingt ein.

»Du bist ein Schatz«, sagte Trudy und eilte los.

Eine Stunde später kam sie wieder und stellte einen roten Kristall auf die Theke neben dem grünen.

Ich betrachtete ihn verwundert. »Und wofür ist der gut?«

»Für die romantische Atmosphäre natürlich.«

Ich schmunzelte.

Als schließlich Thies in unserem Laden auftauchte, hatte er eine nicht allzu moderne, aber schicke Tweedjacke an. Und sogar eine Fliege!

»Herr Thies, wie schön, Sie wiederzusehen«, begrüßte ich ihn.

»Es hat mir gestern so gut hier geschmeckt, da wollte ich unbedingt noch mal herkommen«, erklärte er, und ich gab ihm die Speisekarte.

Außerdem hatte er einen kleinen Strauß Blumen in der anderen Hand. Für wen der wohl gedacht war?

»Brauchen Sie eine Vase?«, fragte ich.

»Wo ist denn die werte Frau Trudy?«

Förmlich war er ja, es mochte aus der Mode sein, aber es hatte auch Charme.

»Sie wollte noch mal kurz wohin, sie ist sicher gleich hier.« Als Trudy Thies durchs Fenster hatte anrücken sehen, war sie schnell auf unsere Personaltoilette geflüchtet. Keine Ahnung, ob sie ganz plötzlich Muffensausen bekommen hatte … Ich hoffte, sie hatte nicht vor, sich dort die ganze Zeit zu verstecken. Dabei hatte sie doch extra den roten Liebeskristall aufgestellt. Vielleicht war es ihr nun doch zu heikel?

»Dann wäre eine Vase nicht verkehrt.«

Ich organisierte eine, und Thies stellte die Blumen rein. Anschließend holte ich noch was zu trinken.

Gina, die nun dazugestoßen war, brachte einen Teller frisch geschnittener und mit Krabben belegter Baguettescheiben als Vorspeise und Aufmerksamkeit des Hauses.

»Einen schönen guten Tag, Herr Thies«, sagte sie, und er nickte ihr lächelnd zu, anschließend genehmigte er sich eins davon und ließ sich die Köstlichkeit auf der Zunge zergehen.

Als Trudy zurückkam, fielen sowohl Thies als auch mir fast die Augen aus dem Kopf.

Trudy trug plötzlich ein doch recht eng geschnittenes glitzerndes Kleid, das man vielleicht eher zu einem Theaterabend trug oder auf einem Ball. Jedenfalls nicht, wenn man als Kellnerin arbeitete. Die kleine Schürze, die sie sich trotzdem umgebunden hatte, wirkte daher auch umso merkwürdiger.

»Guten Tag, Herr Thies.«

Thies suchte wohl noch nach Worten, was für einen Autor ungewöhnlich war.

»Was für schöne Blumen«, meinte Trudy.

Beide wirkten eigenartig förmlich und steif, zugleich auf ihre Weise anrührend.

Trudy roch an den Blumen.

»Herzallerliebst, mein lieber Herr Thies. Darf ich Ihnen etwas zu trinken anbieten?«

Ihre Hand legte sich auf seine Schulter, ihre Nägel schimmerten knallrot. Thies wich etwas zurück.

Er deutete zu dem Glas Wasser, das ich ihm bereits hingestellt hatte. Das winzige Lächeln, das wir zuvor bei ihm beobachtet hatten, zeigte sich heute nicht. Stattdessen wirkte Thies sehr angespannt, ja, fast eingeschüchtert. Das war jedoch verständlich, Trudy konnte manchmal einschüchternd wirken.

»Dann vielleicht einen Wein?«

Er schüttelte den Kopf und wandte sich wieder der Speisekarte zu, und zwar überaus intensiv, fast als wollte er sich dahinter verstecken, ich bekam aus dem Augenwinkel mit, dass Trudy darauf enttäuscht reagierte, sich dann aber mit Hingabe ihren Blumen widmete und sie zu ihren Kristallen auf die Theke platzierte.

Thies wischte sich die Stirn mit einem Tuch ab.

»Wenn ich es mir recht überlege«, sagte er, ohne von der Karte aufzusehen, »habe ich eigentlich doch keinen Hunger.«

Gina und ich tauschten verwirrte Blicke aus, während Thies sich erhob und ein paar Münzen auf den Tisch legte. »Für Ihre Mühen.«

»Aber Herr Thies, bleiben Sie doch noch«, meinte Gina, er

schüttelte aber den Kopf. »Mein Verlag und Herr Winckler werden Ihnen sicher bald die Planungen zukommen lassen«, wechselte er wenig geschickt das Thema, warf einen kurzen Blick zu Trudy an der Theke und beeilte sich dann, die Beine in die Hand zu nehmen.

»Einen schönen Tag Ihnen allen.« Und schon war er weg.

»Was war das denn?«, wunderte sich Gina.

»Vielleicht kam ihm eine tolle Idee für einen Roman«, mutmaßte ich.

»Die hätte er sich doch einfach aufschreiben können …«

Ich zuckte mit den Schultern. Thies war ein wenig neben der Spur gewesen, vermutlich hatte er nicht mal mitbekommen, wie leer unser Laden war.

Laut seufzend plumpste Trudy auf einen Stuhl und ließ den Kopf in die Hände sinken. »Ich weiß, warum er geflüchtet ist. Ich hab's mir mit ihm ruiniert, da treff ich mal einen netten Mann und dann …«

Wir setzten uns zu ihr an die Theke.

»Wie kommst du denn jetzt darauf?«

»Ich hätte diesen Fummel nicht anziehen sollen, das hat ihn verschreckt«, ärgerte sie sich.

»Der Fummel ist nur halb so wild, aber ein bisschen schaust du auch aus, als wärst du in einen Tuschkasten gestürzt.« Gina biss sich nach dieser Aussage rasch auf die Zunge.

»Ich wollte Eindruck machen, ich bin doch aus der Übung, jetzt hab ich das Gegenteil erreicht. Habt ihr nicht gesehen, wie verschreckt er war?« Sie rieb sich die Schläfen. »Das hätte ich wissen sollen, er ist keiner dieser Macho-Männer, sondern eine sensible Künstlerseele.«

»Wir sagen einfach, du wärst nur deine flippige Zwillingsschwester gewesen oder so«, warf Gina ein, fand dann aber ihren eigenen Vorschlag wenig überzeugend.

»Nein, Kinders, ich lerne es wohl nicht mehr. Ich bin eben

einfach so. Aber wisst ihr was, wenn ihn das an mir stört, bin ich doch eh die Falsche, oder?«

Trotzdem war Trudy auch am Abend noch traurig. Sie war längst aus ihrem Kleid geschlüpft, und wir beide saßen auf der Bank vor dem Bistro, tranken etwas Wein und beobachteten die Leute auf der Straße. Die meisten, die ihren Weg durch den Möwenbogen fanden, waren sofort von der kleinen Gasse fasziniert. Frühlingsduft lag in der Luft, es schien, als leuchteten sogar die Sterne etwas heller.

Trudy lehnte ihren Kopf an meine Schulter.

»Manchmal glaubt man, man wäre nicht gut genug und müsste sich verändern, so richtig ins Zeug legen, um Anerkennung zu bekommen. Aber dann war das gar nicht nötig«, sagte Trudy nachdenklich. »Tom gab mir immer das Gefühl, nicht auszureichen. Und bei Thies bin ich wohl in alte Muster zurückgefallen.«

Erinnerte mich an Nils. Wegen ihm hatte ich mich total verbogen, es noch nicht mal wirklich gemerkt. Ich hatte nur gewollt, dass er zufrieden mit mir war, ziemlich blöd nachträglich betrachtet. Aber es gab auch ein Danach, das wusste ich nun, und mein Herz hüpfte allein bei dem Gedanken an Noah, der mit mir ausgehen wollte, wenn er wieder hier war. Und alles, was mir zuvor Sorgen gemacht hatte, dass ich mich zu schnell in etwas Neues stürzte, dass er eine Tochter hatte und ich unsicher war, wie das sein und sich auswirken würde, war unwichtig geworden. Vielleicht lag es am beginnenden Frühling, überlegte ich.

»Nach vorne blicken, Trudy. Mehr kannst du nicht tun. Aber lass uns doch einen Deal machen!«

»Was denn für einen Deal?«

»Wir nehmen uns fest vor, von jetzt an immer wir selbst zu sein, wenn es um Männer geht. Die sollen uns nehmen, wie wir sind. Aus und Ende.« Ich hielt ihr die Hand hin.

»Da schlage ich gerne ein«, meinte Trudy und erhob sich dann. »Ist spät, ich fahr heim.« Sie ging ein paar Schritte, dann drehte sie sich noch mal zu mir um.

»Für manche Dinge ist man irgendwann auch zu alt.«

»Das stimmt doch nicht, Trudy.«

Ich sprang auf und umarmte sie fest. »Außerdem, Thies ist doch auch nicht mehr der Jüngste«, tröstete ich sie.

»Weißt du, er ist der Erste seit langer, langer Zeit, bei dem ich wieder was gespürt habe.« Sie löste sich von mir und legte sich demonstrativ die Hand auf die Brust.

»Dann solltest du noch nicht aufgeben«, sagte ich.

Sie nickte nachdenklich, wandte sich um und stieg in ihren Smart. »Gute Nacht, Linchen«, wünschte sie mir durchs runtergekurbelte Fenster.

»Nacht, Trudy, und denk drüber nach«, sagte ich, und Trudy nickte, brauste los.

44. Kapitel

Die Strecke runter Richtung Stoltera Naturschutzgebiet war mir inzwischen vertraut. Ich zog es durch, joggte mehrmals die Woche am Abend an der Ostsee entlang, um nicht aus der Form zu kommen.

Manchmal hörte ich Musik, oft genügte mir die wunderbare Geräuschkulisse des Meeres.

An diesem Abend war es fast windstill, und das Meer rauschte so leise, dass es unter meinem eigenen Atem kaum zu hören war.

Ich freute mich auf Noahs Rückkehr. Und auf die Zeit, wenn es wieder richtig warm wurde, auf ausgedehnte Spaziergänge am Strand oder ein Picknick in den Dünen mit ihm.

Inzwischen hatte Noah von seiner Reise aus mit dem Verlag per Videokonferenz die Planung des Events organisiert und uns eine Liste zum Essen, zum Ablauf und sogar zur Raumaufteilung für den Book Release gemailt.

Dazu zählte auch, dass die Tische im Bistro neu angeordnet werden sollten. Direkt vor der Theke würden dann Aufsteller stehen, die Thies' neues Werk abbildeten. Außerdem erwartete der Verlag ein Buffet mit Spezialitäten der Ostsee im handlichen Fingerfood-Format. Rügener Fischschnittchen, Rügener Fischcreme-Happen, Ostsee-Backkartoffel mit Lachsschaum …

Wir hatten derweil einen Kostenvoranschlag an den Verlag geschickt sowie eine Agentur beauftragt, das Personal für den Abend aufzustocken. Außerdem hatten wir auch Hannah und Lou gefragt, ob sie uns aushelfen würden. Wir hatten unser Lager vollgepackt mit allen Zutaten, die wir benötigen würden. Wenn ich an diesen großen Tag dachte, wurde ich schnell nervös, aber jetzt wollte ich einfach nur entspannen. Also verbannte ich alle Gedanken an Thies und das Event.

Ich atmete die gute Seeluft ein und legte noch einen Zahn zu, wollte mich richtig auspowern.

Vor mir machte ich eine kleine, leicht strauchelnde Gestalt aus, die ich rasch einholte. Irgendetwas schien mit ihr nicht zu stimmen. Ich erschrak, als ich sie erkannte.

Es war Irmchen vom Souvenirlädchen in einem Jogginganzug, der einen nautischen Stil aufwies. Sie stützte sich keuchend auf die Knie. Offenbar war auch sie hier draußen, um Sport zu treiben, aber ihre Kondition war wohl nicht die beste. Ihr angestrengter Atem ließ dies zumindest vermuten.

»Man soll nicht anhalten, sondern weitergehen, auch wenn's nur langsam ist. Sonst sackt der Kreislauf zu sehr ab.«

Irmchen hob erschrocken den Kopf, lachte dann aber, als sie mich erkannte. »Ach du bist es, Pauline! Ich bin in Ordnung«, versicherte sie und verlor in derselben Sekunde das Gleichgewicht, zum Glück stand ich dicht genug bei ihr, um sie aufzufangen.

»Huch … na, das war ja ein starker Wellengang, was? Danke, Liebes«, keuchte sie, ihr Atem klang aber gar nicht gut. Irgendetwas stimmte nicht mit ihr.

Irmchen richtete sich wieder auf. Nun schien sie festen Stand zu haben, ich traute mich, sie loszulassen.

»Und du joggst auch regelmäßig?«, fragte sie beiläufig und machte ein paar kreisende Armbewegungen, als wollte sie sich noch etwas aufwärmen.

Ich nickte langsam.

»Ich mach das seit über zehn Jahren«, erklärte sie.

Zehn Jahre? Und dann dieser schwere Atem? Ich machte mir nun wirklich Sorgen, konnte Hannah echt verstehen.

»Ich bringe dich nach Hause.«

»Ist vielleicht besser«, stimmte sie zu, auch wenn es ihr sichtlich schwerfiel.

Ganz langsam liefen wir den Strand entlang, Irmchen machte immer wieder eine Pause, dann schaute sie aufs Meer und seufzte. Es wirkte richtig dunkel. Und zugleich fern und nah.

»Ich vermisse die alten Zeiten, als wir noch in der Früh mit dem Kutter raus sind.« Ein Leuchten schlich sich in ihre Augen. »Aber die Hüfte, ach, man wird ja nicht jünger. Wie gerne würde ich noch raus und lossegeln.« Ihre Stimme vibrierte sehnsuchtsvoll.

Sie hustete wieder, wurde so heftig geschüttelt, dass mir angst und bange wurde.

»Die gute Ostseeluft ist auch nicht mehr das, was sie mal war, oder?«

»Irmchen, bitte geh mal zum Arzt … dieser Husten …«

»Ach, Kind, das war ich doch schon längst. Du glaubst ja nicht, wie alle mir in den Ohren gelegen haben. Viola, Hannah, irgendwann sogar Buchmann. Deswegen hab ich mich durchchecken lassen. Und es ist alles in Ordnung, nur ein Raucherhusten, sonst nichts! Das Laster hab ich schon vor Jahren aufgegeben, aber offenbar zu spät, denn jetzt hab ich die Folgen zu tragen. Aber ich bin aus hartem Holz geschnitzt.«

Wie erleichtert ich war, dass sie längst beim Arzt gewesen war! Aber der Husten war schon ganz schön heftig …

»Mach dir keine Sorgen«, versicherte sie mir. »Mit etwas Tee und einem Spritzer Rum wird das schon.«

Ich nickte. Klang nach typischer Irmchen-Medizin-für-alles. Doch es beruhigte mich, dass der Arzt nichts Ernstes festgestellt hatte.

Wir schauten beide aufs Meer.

Eine Weile verging, keine Ahnung, wie lange wir hier so

standen und einfach nur den Anblick genossen, die fernen Sterne.

»Ach, die See … noch ein letztes Mal raus«, sagte sie irgendwann erneut und in Gedanken versunken.

»Wieso nur ein letztes Mal?«, wunderte ich mich. »Wenn der Arzt sagt, dass alles so weit okay ist und die Hüfte es mitmacht, fahr so oft raus, wie du magst. Ein Raucherhusten soll dich davon nicht abhalten.«

Sie schwieg eine Weile, als dächte sie über meine Worte nach, dann ganz plötzlich lächelte sie mich gütig an und nickte. »Ich sollte das machen. Besser Rum trinken als rumsitzen, oder?«, sagte sie. Aber etwas an ihrem Blick kam mir dennoch seltsam endgültig vor. Doch Irmchen wandte sich schon ab, bevor ich was sagen konnte. Vielleicht hatte ich es mir auch nur eingebildet.

»Lass uns heimgehen«, sagte sie, und so machten wir uns auf den Weg zurück.

45. Kapitel

Ich komme einen Tag früher zurück. Ich vermisse dich zu sehr.

Das stand da, schwarz auf weiß, oder vielmehr auf meinem Handy-Display. Noah hatte mir diese Nachricht heute Morgen geschickt, und seitdem war ich ziemlich aus dem Häuschen. Ich vergaß am Mittag fast, die Lachscreme zu würzen, bevor ich sie in Blätterteigtäschchen füllte. Außerdem machte ich zwei Lachseintöpfe statt ein Mal Lachs und ein Mal bunter Mix. Zumindest ruinierte ich unsere Veggie-Gerichte nicht. Und dann war ich gegen Abend dabei, die Bratkartoffeln einer Bestellung zum Mitnehmen mit Zucker statt mit Salz zu bestreuen.

Gina konnte mich gerade noch aufhalten und grinste von einem Ohr zum anderen. Sie hatte meine Missgeschicke den ganzen Tag über mitbekommen.

»Du weißt ja, was man sagt: Wenn ein Koch das Essen versalzt, ist er verliebt. Ich glaube, wenn es sogar noch überzuckert wird, ist es doppelt schlimm.«

»Ich weiß gar nicht, was mit mir los ist, so schusselig bin ich sonst nicht.«

»Das kann ich dir sagen: Du bist total in Noah verschossen. Und ich hab es von Anfang an gewusst.«

Ich seufzte. Plötzlich zeugte meine Aufregung nicht allein von Wiedersehensfreude.

»Die ganze Zeit konnte ich es nicht erwarten, ihn wiederzusehen, aber nun bin ich doch wieder besorgt. Ich war noch nie mit jemandem zusammen, der ein Kind hat. Ich selbst wollte ja immer erst spät eins, nun weiß ich nicht, was von mir erwartet wird. Jenny ist zwar süß, aber vielleicht akzeptiert sie mich gar nicht und …«

»Jetzt mach doch bitte einen Schritt nach dem anderen, bevor du noch hintendran eure Hochzeit planst«, meinte Gina schmunzelnd. »Lass es auf dich zukommen, ihr werdet zu gegebener Zeit schon Lösungen finden.«

Sie hatte recht.

Wieder vibrierte mein Handy. Eine neue Nachricht war eingetroffen. Wieder von ihm.

Ich bin jetzt am Hafen.

»Was ist los?«, wunderte sich Gina, ich spürte, wie meine Wangen vor Aufregung glühten.

»Noah ist zu Hause«, verriet ich ihr aufgeregt. »Er ist einen Tag früher gekommen, wegen mir.«

Mein Herz klopfte so schnell, dass mir schwindelte.

»Na endlich kommt Schwung in die Sache!« Gina lächelte mich wissend an. »Ich würde sagen, du machst jetzt Feierabend. Deine Schicht ist ja eh gleich zu Ende. Außerdem, viel los ist ja im Moment eh nicht.«

Das war leider nach wie vor wahr … allerdings hatte es in diversen Zeitungen kleine Ankündigungen zum Thies-Event gegeben. Nicht immer hatte dabeigestanden, wo es stattfand. Aber in manchen Fällen doch, und auf diese Weise lockten wir hin und wieder ein paar Gäste an. Heute Abend waren zumindest ein paar hier, was eine deutliche Verbesserung war.

»Na schön!« Ich schob die Aufregung beiseite, denn ich konnte es ehrlich gesagt kaum erwarten, ihn wiederzusehen.

Ich machte noch die Bestellung zum Mitnehmen fertig, ohne sie zu überzuckern, ließ meine Kochkleidung im Spind verschwinden und eilte dann los, durch den Möwenbogen in die Fjordstraße und dann nach rechts zum Alten Strom. Ich rannte, was das Zeug hielt. Zum Glück war meine Kondition dank des vielen Joggens nicht schlecht. So kam ich schnell voran.

Nach kurzer Zeit konnte ich das Hausboot schon in der Ferne am Kai liegen sehen, als ich plötzlich mit voller Wucht gegen jemanden stieß. Dabei stürzte ich fast zu Boden, wurde aber von starken Armen aufgefangen.

Irritiert blickte ich in zwei haselnussbraune Augen.

»Noah«, formten meine Lippen. »Was machst du denn hier?« Mein Herz klopfte viel zu schnell.

»Ich wollte zu dir«, sagte er und half mir, mich aufzurichten.

»Und ich zu dir«, ich lachte, aber dann sah ich nur seine schön geschwungenen Lippen.

»Wirklich?«

Ich nickte.

Er kam näher an mich heran, lächelte zärtlich und hob die Hand, als wollte er meine Wange berühren, stattdessen strich er mir eine Strähne aus dem Gesicht. Ich hielt den Atem an, folgte seiner Handbewegung mit den Augen und spürte, wie mein Mund ganz trocken wurde.

Sein Blick tauchte in meinen, und mein Herz klopfte wie verrückt, der Rest meines Körpers erstarrte, denn sein inniger Blick fesselte mich.

Noah griff nach meiner Hand, und ich ließ es zu, sah ihn an, verlor mich in seinen hellbraunen Augen. Sein Geruch strömte mir sinnlich in die Nase.

Es war magisch, die Luft um uns schien zu flirren.

Ich hatte mich in den letzten Tagen so nach ihm gesehnt, schaute ihn mit klopfendem Herzen an, während mir gleichzeitig mächtig heiß wurde.

Er sah mich merkwürdig an. So merkwürdig wie nie zuvor. Und noch viel wärmer. Es kribbelte unwillkürlich in meinen Knien.

»Ich war ja in letzter Zeit öfter beruflich weg … dabei wäre ich …« Sein Blick fixierte meine Lippen. Jetzt verwandelten sich meine kribbeligen Knie in Wackelpudding. Seine Hand legte sich ganz sanft auf meine Wange. Es fühlte sich schön an, zugleich aber total verwirrend. Diese Geste war viel vertraulicher und intensiver als alles zuvor.

»… lieber bei dir«, raunte er.

Ich hielt den Atem an.

»Ich muss es jetzt einfach sagen, Pauline.«

Sagen? Was denn sagen? Ich wusste es doch längst …

»Ich …«

Plötzlich beugte er sich über mich, und unsere Lippen berührten sich. Ich schmeckte ihn, seinen Kuss! Mir schwindelte vor Aufregung. Und ja, vor Glück!

Plötzlich war alles anders, und das fühlte sich unglaublich schön an. Ich griff nach seinem Gesicht und küsste ihn erst zärtlich, und weil ich einfach nicht genug von ihm bekam, immer leidenschaftlicher.

Ich spürte seinen Atem in meinem Gesicht, spürte mein Herz schlagen. Oder war es seins?

Zärtlich verschloss er meinen Mund, während ich die Arme fest um ihn schlang, seinen Geruch aufsog und die Nähe seines Körpers ganz eng an meinem spürte.

Jeder Schritt fühlte sich an wie auf Zuckerwatte, als wir uns voneinander lösten und Arm in Arm die letzten Meter zu seinem Hausboot gingen. Es hätte nicht viel gefehlt, und wir wären abgehoben und den Weg geflogen. Zumindest fühlte es sich so an.

Kaum waren wir auf seinem Boot angekommen, verschmolzen unsere Münder wieder miteinander, seine Hände streiften meine Jacke ab, ich half ihm aus seiner, ohne dass unsere Lippen voneinander ließen. Wie konnte ein Mann nur so wunderbar schmecken. Verspielt zupfte ich an seiner Unterlippe. Ich bekam nicht genug von ihm. Und ich wollte ihn.

Schließlich landeten wir auf seiner Couch.

»Ich musste einfach früher kommen, ich musste immerzu an dich denken«, gestand er, und es war das schönste Geständnis seit langem. Sein Mund strich über meinen … und er verwöhnte mich die ganze Nacht.

Wie schön es war, am nächsten Morgen nicht allein aufzuwachen. Wir lagen auf seinem Klappbett, und ich kuschelte mich unter der Decke noch etwas an ihn. Im Halbschlaf schlang er den Arm um mich und flüsterte meinen Namen.

Ich schloss noch mal die Augen, genoss das wohlig warme Gefühl seines Körpers an meinem.

»Soll ich uns Frühstück machen?«, flüsterte ich, als die Sonne bereits durchs Fenster schien.

»Ist nicht viel da, war doch weg«, murmelte er.

»Ich schau mal, was ich finden kann.«

Er hielt mich fest. »Nur noch fünf Minuten.«

Ich grinste, zog wieder die Decke über uns und blieb noch etwas liegen. Aber dann knurrte mein Magen, und ich schlüpfte in dem Hemd, das er mir für die Nacht gegeben hatte, aus dem Bett, fand im Kühlschrank etwas Aufstrich und Aufbackbrötchen, die ich in den Ofen schob.

Noah war wach, als ich endlich mit dem improvisierten Frühstück anrückte.

»War ja doch noch einiges da«, sagte er erfreut, und wir ließen es uns schmecken.

Was für eine schöne Art, den Tag zu beginnen, dachte ich glücklich.

Etwas später tauchten Noah und ich gemeinsam in der Stube auf, Arm in Arm und voller Tatendrang. Unsere Innigkeit zog alle Blicke auf sich. Gina sagte: »Ich weiß es, und ich steh drauf!« Unser gegenseitiges Lächeln genügte, es musste nichts gesagt werden.

Ich rieb mir die glühenden Wangen. Wie machte Gina das nur? Wie hatte sie vor mir wissen können, was ich wollte, überlegte ich. Vielleicht hatte sie wirklich eine Art Love-Interest-Radar.

»Ich find's so schön, dass du jetzt zur Familie gehörst, Noah«, quietschte Gina und drückte Noah fest an sich.

»Mach ihn nicht gleich kaputt, Pauline will ihn sicher 'ne Weile behalten«, scherzte Trudy hinter der Theke.

»Hast ja recht, genug geknuddelt. Wir müssen uns ranhalten!«, sagte Gina.

Thies hatte uns die Gästeliste zukommen lassen, wie Gina gleich verkündete. Wichtige Namen vom Verlag standen darauf. Und Pressevertreter. Das Event rückte immer näher, und von dessen Ausgang hing ab, wie es mit der Krabbenstube weiterging. Das war allen klar. Wir setzten uns zusammen, jetzt war volle Konzentration gefragt. Marco machte den Stand vorübergehend dicht und gesellte sich zu uns. Er nahm direkt neben Gina Platz, lehnte seinen Kopf an ihre Schulter.

Uns war bewusst, da kam einiges an Arbeit auf unser kleines Team zu.

Zwar mochte Thies es klein und gediegen, aber er war ein großer Name. Das hieß, es musste schon was hermachen. Da der neue Krimi natürlich ein Ostseethema hatte, musste sich die Krabbenstube nicht allzu sehr verrenken, um das entsprechende Flair hinzubekommen.

»Es sind zweiundsiebzig Gäste«, sagte Gina fassungslos. »Wie sollen wir die denn hier reinquetschen?«, fragte Marco stirnrunzelnd.

Hatte es nicht zuerst geheißen, es wären nur fünfzig Leute? Nur. In die Krabbenstube passten vielleicht, mit gutem Willen, fünfzig Leute, aber dann war es schon eng, und nicht mehr gemütlich. Zudem wollte der Verlag ja auch einen Bereich für die Werbung und für Thies' persönlichen Auftritt freihalten, direkt vor der Theke. Das hieß, eigentlich stand uns noch weniger Raum zur Verfügung.

»Und wenn wir einen Teil der Feier nach draußen in den

Hof verlegen? Wir bauen da einfach ein paar Tische auf. Unsere Straßennutzungsgenehmigung sollte das noch umfassen, oder?«, schlug Trudy vor.

Die Idee befanden alle für gut.

Es war zwar trotz des Frühlings ein bisschen kalt für »draußen«, besonders abends, aber wir wollten uns mit einem Festzelt und Heizpilzen aushelfen. Dieses konnte Noah besorgen, der entsprechende Connections hatte. »Ich kläre das vorher noch ab, schätze aber, dass es keine Einwände gibt. Wartet, ich regle das sofort.« Noah zog sich mit dem Handy zurück, um das mit dem Verlag zu besprechen.

In dem Moment bekamen wir überraschend Besuch von Jetti und Fitz, die wohl merkten, dass hier was am Laufen war.

»Es herrscht ja in letzter Zeit so viel Trubel hier, dann ist eure Flaute wohl vorbei?«, sagte Jetti zuckersüß.

»Und dann war doch auch dieser bekannte Autor bei euch«, fuhr Fitz fort. »Da haben wir uns gesagt, die Krabbenstübler, die planen doch irgendetwas. Vielleicht eine Lesung?«

»So in der Art«, erklärte Gina und schob das Modelpärchen raus aus der Stube. »Aber sorry, unsere Planungen hier sind intern.«

»Verstehen wir ja. He … jetzt sei doch nicht so grob«, beschwerte sich Jetti, aber schon schlug ihr die Tür vor der Nase zu.

»Je weniger die wissen, desto besser. Ich trau denen nicht weiter, als dass ich sie werfen kann«, meinte Gina. Mir ging es nicht anders. Etwas stimmte nicht mit den beiden.

Noah kam freudestrahlend zurück. »Der Verlag findet die Idee gut. Aber ihr schaut ja plötzlich so trübe drein?«

Ich winkte ab. »Jetti und Fitz«, sagte ich nur, da verstand Noah schon, worum es ging. Er nahm wieder an unserem Nischentisch Platz.

Dass der Verlag dem Zelt zustimmte, war ein Grund zum

Aufatmen. Mit Zelt würde vieles leichter werden. Kein Gedränge, kein Gequetsche.

»Ich habe übrigens ein paar der Youtuber auf meinem Event in Berlin überreden können, zu der Veranstaltung zu kommen und etwas Werbung für das Buch und natürlich die Krabbenstube zu machen. Die haben eine ordentliche Follower-Zahl und somit Reichweite.«

»Super der Mann!«, freute sich Gina.

Typisch Noah, er dachte immer an alles. Ich griff nach seiner Hand unter dem Tisch und drückte sie zärtlich. Da konnte jetzt eigentlich nichts mehr schiefgehen. Er sah mich liebevoll an, und ich konnte nicht widerstehen, zog sein Gesicht zu mir runter und küsste ihn.

46. Kapitel

Am Abend vor dem großen Event fing ich an, etwas von dem Fingerfood vorzubereiten, zur selben Zeit bauten Noah und seine Helfer das Zelt draußen auf. Ich brachte den Männern ein paar Getränke raus, die mir dankbar abgenommen wurden. Es nahm nach und nach Gestalt an, erst war da ein großes Gerüst, dann kam eine grünblaue Plane drüber. Noah trug nur ein Shirt, während er die Stoffbahnen an den Stahlstreben festband. Schon ziemlich sexy, ehrlich. Ich reichte auch ihm ein Getränk, und er leerte das Glas in einem Zug.

»Danke.«

»Noch Nachschlag?«

Er nickte grinsend und küsste mich. »Das hab ich gebraucht.«

Ich hatte eigentlich was zu trinken gemeint.

»Spinner«, ich lachte, dann machten wir uns wieder an unser jeweiliges Werk.

Bis spät in den Abend hinein waren alle gut beschäftigt, Marco half beim Zelt, Gina und ich kochten, alle zusammen stellten dann noch die Tische und Stühle um.

»Gewöhnungsbedürftig«, sagte Gina, und alle stimmten zu. Aber was Thies und sein Verlag wollten, das wollten sie eben.

Ich war nun so müde, dass ich mich wunderte, warum ich überhaupt noch aufrecht stehen konnte, anstatt direkt aus den Latschen zu kippen. Wir entschieden, für heute Feierabend zu machen, die Uhr zeigte immerhin kurz vor Mitternacht an.

»Sei mir nicht böse, aber einen Tag vor dem Event muss ich Kraft tanken«, sagte ich zu Noah und meinte damit, dass ich heute eine Nacht mit wenig Aufregung und viel Schlaf benötigte.

»Das verstehe ich doch, Linchen«, erwiderte er zu meiner Erleichterung und gab mir einen langen Gutenachtkuss.

Der war so belebend, dass ich fast schwach wurde, ihn zu mir einzuladen. Aber wir blieben wohl besser vernünftig. Stand ja immerhin einiges auf dem Spiel.

»Wir sehen uns morgen«, raunte er mir ins Ohr und schloss seine Arme um mich. »Ich bringe dann auch Boxen und Mikrofon mit.«

Ja, richtig, dass musste auch noch alles aufgebaut werden …

»Wir bekommen das hin, wirst sehen«, redete er mir Mut zu, als hätte er meine Gedanken gelesen. Dabei strich er mir sanft ein paar Strähnen aus dem Gesicht.

Ich nickte ihm lächelnd zu. Wenn er an uns glaubte, sollte ich das auch tun.

Am nächsten Morgen standen Gina und ich superfrüh auf, um die restlichen Köstlichkeiten für unser nun zweiteiliges Buffet vorzubereiten. Eines sollte an dem von Thies vorgesehenen Platz im Innern der Stube aufgestellt, ein zweites nach der neuen Planung ins Zelt verlegt werden.

Am frühen Nachmittag schließlich tauchten unsere Aushilfen auf, sowie Hannah und Lou, die als Kellnerinnen einsprangen. Supernett von ihnen, dass sie das für uns machten. Mit Servicekräften waren wir also gut versorgt.

»Total aufregend, dass so ein Starautor bei euch liest«, meinte Lou.

»Wo steckt eigentlich Trudy?«, wollte Gina wissen, nachdem wir unseren Helfern Schürzen ausgehändigt und sie in die Abläufe sowie ihre Aufgaben eingewiesen hatten. Eigentlich wäre das Trudys Aufgabe gewesen, heute war sie nämlich unsere Oberkellnerin. Merkwürdig, dass sie noch nicht da war.

»Ich weiß es auch nicht, ich rufe sie mal an«, meinte ich und hatte sie kurz darauf an der Strippe.

»Ich weiß nicht, ob ich heute komme. Ich habe fürchterliche Kopfschmerzen«, klagte Trudy. Uns war beiden klar, dass das nicht der Grund war. So plötzlich? Wäre ja schon ein komischer Zufall.

»Wieso hast du denn nicht angerufen?«, hakte ich nach.

»Ich habe noch gehofft, es würde besser werden, wollte einfach bis zur letzten Sekunde warten.«

»Ach Trudy, jetzt versteck dich doch nicht vor Thies.«

»Mach ich nicht. Ich hab Migräne. Und Kieferschmerzen. Das strahlt aus.«

»Zieh dir was Schönes an und komm rüber, wir brauchen dich hier.«

Sie sollte immerhin unsere kleine Kellnerbrigade dirigieren.

»Ich würde ja gerne, aber es geht einfach nicht …«

Vielleicht ging es ihr ja wirklich nicht gut. Psychischer Stress konnte schließlich auch zu Migräne führen. Sie nahm sich das mit Thies viel zu sehr zu Herzen.

»Soll ich vorbeikommen? Brauchst du was? Ich kann auch noch rasch zur Apotheke«, schlug ich vor, schließlich konnte ich meine Tante nicht im Stich lassen.

»Nein, Liebes, ich komme schon zurecht, Aspirin hab ich noch da. Tut mir leid, ich mach's wieder gut. Nur heute kann ich nicht.«

Sie klang total aufgelöst, den Tränen nahe. Ich wollte nun auch nicht, dass sie sich hierherquälte.

»Also schön. Wir haben ja Hannah und Lou sowie zusätzliche Hilfen rekrutiert, die werden das Schiff schon mit uns schaukeln. Und Marco wird zum Oberkellner befördert, das passt schon alles.«

»Ach, da bin ich erleichtert. Gut, dass die beiden da sind. Dann kann ja kaum was schiefgehen.«

»Ich wünsche dir gute Besserung. Und wenn was ist, melde dich sofort, ja?«

»Alles klar, Liebes, mache ich. Viel Erfolg.«

»Das Zelt musst du dir ansehen«, sagte Gina und griff mich beim Handgelenk, zog mich raus in den Innenhof. »Es ist jetzt fertig.«

Es sah wirklich toll aus, ein wenig arg bunt, ja, aber es hatte Flair, und drinnen gab es Sitzbänke und zwei Stände für Getränke und Spirituosen sowie fürs Buffet.

»Das habt ihr gut gemacht«, lobte Gina Noah, der grinsend den Daumen hob, und seine Kumpels. »Wir müssen noch die Beleuchtung anbringen.«

Einer der Männer hielt schon eine Lichterkette in der Hand.

Gina und ich sollten besser auch in der Küche weitermachen, das Salatbuffet musste noch vorbereitet werden, und ich wollte ihr auch gerade von Trudy erzählen, als uns Jetti über den Seitengang zur Fjordstraße entgegenkam. Überrascht schaute sie sich das Zelt an, lugte sogar frech herein.

»Ja, was wird das denn hier?« Als hätte sie das nicht bereits gegoogelt …

»Das ist leider etwas, das Sie und Ihr Fitz nicht auf die Schnelle kopieren können«, neckte Gina sie.

»Und was ist es nu?« Jetti verschränkte die Arme, trotz ihres makellosen Gesichts wirkte sie gehässig.

»Ein Book Release von Jan Thies. Ist nicht für die Öffentlichkeit«, sagte ich.

»Eine geschlossene Gesellschaft, soso. Muss ich da jetzt beleidigt sein, weil Fitz und ich von den lieben Nachbarn nicht eingeladen wurden?«

Ich zuckte mit den Schultern. »Wir haben noch viel zu tun, Jetti, sorry. Keine Zeit zum netten Plausch.«

Dann ließen wir die gute Jetti mit ihrem verdutzten Gesichtsausdruck einfach stehen und gingen in die Stube zurück.

Bis zum frühen Abend wurde gewerkelt und gekocht, die Banner mit der Aufschrift *Verschwörung in den Dünen* aufgestellt und Noahs Mikrofon samt Boxen angeschlossen und Soundproben vorgenommen. Langsam wurde es richtig aufregend. Und schließlich tauchte auch Thies in einem sehr schicken Anzug auf und ließ seinen Blick schweifen, als er mich entdeckte, winkte er mich zu sich.

»Herr Thies, was kann ich für Sie tun?«

Er ging mit mir zur Seite, was mich überraschte, hätte ich doch gedacht, er würde zuallererst einen Inspektionsrundgang durch die ganze Stube und das Zelt vornehmen. Doch etwas anderes brannte ihm wohl auf dem Herzen.

»Ich wollte Sie fragen, ob Ihre Tante heute zugegen sein wird«, fragte er mich ganz direkt. »Ich kann Sie nirgends entdecken.«

»Ich ähm … wahrscheinlich kommt sie nicht, es geht ihr nicht so gut.«

»Wie schade.« Thies schien ehrlich enttäuscht. »Wirklich schade«, murmelte er und wollte sich abwenden.

»Kann ich ihr was ausrichten?«, hakte ich nach. »Einen lieben Gruß?«

Er wog nachdenklich den Kopf hin und her, aber da rief ihn Noah schon zu sich. »Wir brauchen Sie für den Mikrofon-Check, Herr Thies!«

»Wir reden später«, meinte Thies zu mir, doch er klang immer noch etwas enttäuscht.

47. Kapitel

Allmählich füllte sich die Krabbenstube mit Gästen in feinen Anzügen und schicken Kleidern. Marco reichte jedem, der das Bistro betrat, ein Glas Sekt zum Empfang. Im Hintergrund dudelte *Shake it off* von Taylor Swift.

Gina und ich beobachteten das Schauspiel durch die Durchreiche, und ehrlich, ich war so was von aufgeregt!

Ich entdeckte auch Noah unter all den wichtigen Leuten. Und fast zeitgleich sah er zu mir rüber und winkte mich zu sich. Nur ungern verließ ich in meiner Kochkluft die schützende Küche. Ich drängte mich vorbei an all den Leuten und gesellte mich zu Noah und zwei jungen Frauen, die wesentlich bunter als alle anderen aussahen, mit flippigen Frisuren und farbenfrohen Strähnchen. Gina hätte sich gut zu ihnen gesellen können. Er stellte sie mir als zwei Youtuberinnen vor, die den Reiseblog Mimi & Kalista betrieben, einen wirklich erfolgreichen englischsprachigen Channel mit vielen internationalen Followern. »Wir haben uns in Berlin kennengelernt«, erklärte Mimi mir, was ich schon vermutet hatte. Sie versprachen, den Book Release und die Krabbenstube genauso in Szene zu setzen wie die aufregenden Orte, die sie überall auf der Welt bereisten. Für uns wäre das natürlich eine super Werbung!

»Das ist doch selbstverständlich, wenn wir helfen können, machen wir das auch. Und hier ist es richtig heimelig. Gefällt uns gut«, erklärte Mimi strahlend und hielt dabei Kalistas Hand. Ihre Finger waren eng miteinander verschränkt.

»Außerdem hat Noah uns gefragt, ob wir die Stube mit einem Video unterstützen, und einen guten Freund lassen Mimi und ich nie im Regen stehen«, fügte Kalista mit britischem Akzent hinzu. »Er ist ein großartiger Manager, das wissen meine bessere Hälfte und ich zu schätzen.«

Da sagte Kalista was Wahres. Noah hatte wirklich viel drauf. Ich strich ihm sanft über die Schulter. »Er ist der Beste.«

Noah lachte leise.

»Ich organisiere uns mal was zu trinken«, meinte er verlegen. »Aber ihr könnt mich derweil ruhig weiter in den Himmel loben.«

Dann ging er rüber zur Bar.

»Entschuldige«, meinte Kalista zu mir. »Ja?«

»Hast du das Berlin-Event gesehen?«

»Leider nein.«

»Und woher kennst du dann Noah?«

»Wir sind zusammen«, erklärte ich und blinzelte zu ihm rüber.

Kalista und Mimi stutzten gleichzeitig, was wiederum mich stutzig machte.

»Was ist denn?«, wunderte ich mich.

»Äh nichts … nichts«, beeilte sich Mimi zu sagen, was klar bedeutete, dass doch was war.

»Jetzt raus mit der Sprache, was habt ihr denn plötzlich?«

Sie drucksten immer noch rum, was mich nervös machte.

»Na ja, wir dachten, dass eigentlich Maya und Noah … also versteh das nicht falsch …«, sagte Mimi leise.

Maya? Noahs Ex-Verlobte? Sie war auf dem Berlin-Event gewesen? Oder wie kamen die beiden sonst darauf?

»Sicher nur ein Missverständnis«, winkte Kalista ab.

Komisch war es dennoch, man kam ja nicht einfach so auf die Idee, dass zwei Leute zusammen waren, wenn sie es gar nicht waren …

Vielleicht war ich wegen der Sache mit Nils aber auch einfach noch etwas überspannt. Aber Noah hatte gar nicht erwähnt gehabt, dass Maya auch in Berlin gewesen war …

Ich beschloss, es dennoch nicht zu ernst zu nehmen. Sicher war es wirklich nur ein Missverständnis. »Wir müssen uns ranhalten«, meinte Gina plötzlich, die wie aus dem Nichts neben mir aufgetaucht war. »Es müssen noch dreißig Pizzaschnecken gemacht werden«, erinnerte sie mich und zog mich mit sich in die Küche.

Es gelang mir, mich noch von den beiden Youtuberinnen zu verabschieden.

»Dreißig von den Dingern schaffe ich nicht allein«, sagte Gina.

»Alles klar …« Vorher wollte ich aber noch die Bouillabaisse mit Ostseefischen ein letztes Mal probieren, bevor ich sie freigab und das Gericht rausging. Ich schöpfte mit einer Kelle etwas von der Suppe heraus, kostete und bekam sofort einen Würganfall. Mein Gott, es schmeckte scheußlich! Irgendwer hatte die total versalzen, sie war ungenießbar.

»Was ist los?«, wunderte sich Gina.

»Warst du an der Bouillabaisse?«

»Ja, wieso? Ich hab noch etwas nachgewürzt.«

»Ja, super«, platzte es ärgerlich aus mir raus. Da konnte man nichts retten, ausgerechnet heute. Einfach nur scheußlich.

»Ich hab doch wirklich nur ganz wenig …«

»Dann koste mal, die können wir vergessen.«

Sie nahm einen Löffel und tunkte ihn ein, dann schob sie ihn sich in den Mund.

»Igitt!«, würgte nun auch Gina.

»Bis zum Beginn der Veranstaltung kriegen wir das nicht mehr hin.« Und dann warteten ja noch die Pizzasnacks. Dieses Missgeschick warf uns im Zeitplan zurück.

»Doch, das kriegen wir hin«, meinte Gina zuversichtlich

und krempelte die Ärmel hoch. »Ich schaue mal im Lager, welche Zutaten wir noch haben.«

Sie ging schon nachsehen.

»Das ist ja komisch, es fehlen Sachen.«

»Du schaust nicht richtig nach«, war ich mir sicher und ging auch ins Lager. Da fehlte wirklich so einiges.

»Kannst du mir erklären, was hier los ist?«, wunderte ich mich. Wir hatten doch genug für das Event bestellt.

»Ich habe keine Ahnung.«

Aber selbst für Detektivarbeiten war nicht die Zeit. Jetzt galt es zu improvisieren.

»Eintopf. Wir brauchen wieder einen Fischeintopf. Das ist zwar nicht das, was Thies wollte, aber besser als nichts.«

»Na schön, auf ans Werk«, stimmte Gina mir zu.

Schnell wurde geschnippelt, angebraten und in den Topf geworfen. Nebenher rollte ich Pizzateig aus, den Gina zuschnitt. Draußen hörte ich, wie Thies' Stimme über ein Mikro erklang. Das Event begann.

Er hielt eine flammende Dankesrede. An den Verlag, die Literaturagentur und wer ihn noch auf seinem Weg begleitete. So viel Leidenschaft fand man sonst nur in den Büchern des sonst eher reservierten Autors.

Es dauerte nicht lange, da hatten wir ein Blech Pizzaschnecken voll, das ich in den Ofen schob. Auch der Eintopf war auf einem guten Weg, ich konnte mir erlauben, einen Blick durch die Durchreiche in den Veranstaltungsraum zu werfen.

Es war mächtig voll, zwischen den Tischen bewegten sich Lou, Hannah und unsere Aushilfen, um Drinks auszuschenken. Eigentlich hätte Marco an der Bar sein müssen, da Trudy ja nicht da war, aber die Theke war unbesetzt. Auch das noch!
»Wo ist eigentlich Marco?«, wunderte ich mich.

»Keine Ahnung, der macht bestimmt nur 'ne kleine Pause«, sagte Gina und schnitt weiter Teigquadrate.

Gibt echt keinen besseren Zeitpunkt, Herr Rigetti, dachte

ich bissig und konnte mich selbst nicht wirklich leiden. So angespannt war ich sonst nicht. Meine Gedanken kreisten um die Bemerkung der beiden Youtuberinnen. Das wollte mir nicht aus dem Kopf.

Thies stellte sich dem Blitzlichtgewitter. Wirklich glücklich sah er nicht aus, aber er war Profi. Als Nächstes trat der Verlagsleiter nach vorne und erzählte ein paar Anekdoten, wie er damals Thies entdeckt und gleich gewusst hatte, dass es dieser Mann weit bringen würde.

Schließlich wurde das neue Cover enthüllt, es zeigte einen dunklen Strand und eine noch dunklere Gestalt davor.

Ich linste zu Thies rüber, der inzwischen auf einem Stuhl Platz genommen hatte und seinerseits den Hals reckte, um ins Publikum zu blicken. Er suchte Trudy, war ich mir sicher. Die Hoffnung starb ja bekanntlich zuletzt. Und dann ging wie aufs Stichwort die Tür auf, und meine Tante trat ein. Als hätte sie den Moment für diesen Auftritt abgepasst. Allerdings huschte sie ohne Umwege gleich zu mir an die Durchreiche rüber.

»Sag mir, was ich tun soll, bin zu allem bereit!«

Ich war erleichtert, wir konnten gerade jede helfende Hand brauchen.

»Geht's wieder?«, flüsterte ich, und sie nickte.

»Euch im Stich zu lassen hat mir noch viel schlimmere Kopfschmerzen bereitet. Ich zieh mich rasch um.«

»Mach das, wir brauchen jemanden an der Theke«, sagte ich, und Trudy verschwand im Personalraum.

Ich sah ihr nach und dann zu unserem Ehrengast. Ein zärtliches Lächeln hatte sich auf Thies' Lippen gebildet. Trudys unerwartetes Erscheinen war ihm also nicht entgangen …

»Die erste Ladung Pizzaschnecken ist fertig«, meinte Gina.

»Ich bringe sie ins Zelt«, bot ich an. Denn nach den offiziellen Reden und der folgenden Lesung würden sich die Leute auf Krabbenstube und Zelt verteilen. Sicher hatten sie dann Lust auf ein paar Snacks.

Um nicht die Gäste zu stören, brachte ich die Pizzaschnecken außen rum.

Der Frühlingswind bereitete mir eine Gänsehaut, da ich nur meine Kochkluft trug, also beeilte ich mich noch etwas mehr. Während ich auf den Hof zu dem Festzelt hechtete, stellten sich mir die Nackenhaare auf.

Als ich es endlich bibbernd betrat, traf mich fast der Schlag. Marco lag am Boden zwischen den Buffettischen, er regte sich nicht, und ein Typ mit Kapuzenpulli stand über ihm, in der Hand ein Einmachglas, in dem sich etwas bewegte. Insekten – hunderte! Und es war klar, wo die hinsollten.

Es brauchte eine Sekunde, ehe ich mich aus meiner Schockstarre befreit hatte.

»Sag mal spinnst du?«, fuhr ich den Fremden an. Er ruckte zu mir rum, ließ das Glas in der Hand vor Schreck fallen, Gott sei Dank ging es dabei nicht kaputt. Und mir fiel zeitgleich beinahe die Platte mit den Häppchen herunter. Während ich noch versuchte, das Gleichgewicht zu halten, reagierte der Eindringling schnell und stürzte an mir vorbei, stieß mich dabei um, sodass ich zu Boden ging. Ich spürte einen fiesen Schmerz meine Knie durchzucken, aber die Platte hielt ich mit beiden Händen hoch, kein Pizzabrötchen hatte, im Gegensatz zu mir, den Boden geküsst.

Ich hörte mich selbst schreien. Wie aus weiter Ferne, und Marco rappelte sich benommen auf. Keuchend fuhr er sich übers Kinn, und plötzlich war auch Noah bei mir.

»Was ist passiert?«, fragte er.

Total durcheinander richtete ich mich mit seiner Hilfe auf, stellte die Platte ab und deutete zum Ausgang des Zelts.

Marco schaltete schnell, hechtete dem Flüchtigen hinterher. Noah und ich folgten ihm, so schnell es mir möglich war, der Mistkerl musste durch die Einfahrt in die Fjordstraße getürmt sein. Dort hatte er einen vorbeifahrenden Mann von dessen Vespa gerissen, sich draufgeschwungen und brauste nun davon. Fassungslos starrte ich ihm nach. Was um alles in der Welt …

»He! Haltet den Dieb!«, rief der Mann und rannte ihm noch ein Stück weit hinterher, gab dann aber auf und kam, das Handy in der Hand, zu uns zurück.

»Wir müssen die Polizei rufen, Sie sind meine Zeugen«, brachte er keuchend hervor.

»Ich schnapp mir den«, meinte Marco, eilte zu seinem Motorroller und nahm die Verfolgung auf. Er kam jedoch schnell wieder zurück. »Der Kerl ist weg, nichts zu machen«, sagte er und deutete rüber zum Fischerkönig. »Ich verwette meinen Allerwertesten, dass die mit drinhängen.«

Möglich, der Kapuzentyp hatte es in erster Linie darauf abgesehen gehabt, unser Buffet zu ruinieren. Und wer sollte bitte sonst ein Interesse daran haben, uns die Suppe zu versalzen?

»Hallo? Ich muss einen Überfall melden …«, hörte ich den Vespafahrer, der zum Glück unverletzt schien, in sein Handy sprechen.

Noah sah mich besorgt an, griff mich bei den Schultern. »Und mit dir ist wirklich alles okay?«

Ich nickte. Etwas schwindelig war mir schon. Und klar, ich stand neben mir. Aber mir fehlte nichts, glaubte ich. Ich sah an mir runter, stellte keine Verletzung fest. Nur meine Knie schmerzten noch leicht.

Er nahm mich in den Arm, ich spürte seinen ebenfalls viel zu schnellen Herzschlag. Ich schmiegte mich an ihn und genoss seine Wärme. Nein, ich konnte mir wirklich nicht vorstellen, dass er wieder was mit Maya angefangen hatte, dachte ich, während er mich so innig und beschützend festhielt.

Als wir uns wieder lösten, sah ich für einen Moment nur seine schönen Augen.

»Soll ich lieber einen Arzt rufen?«

Ich schüttelte den Kopf.

»Wer war das überhaupt?«

»Keine Ahnung.«

»Er hat mich angegriffen, als ich ihn entdeckt habe. Ich konnte sein Gesicht unter der Kapuze kurz sehen, aber ich kenne den Typen nicht. Den hat irgendwer engagiert, um das Event zu stören.«

Vermutlich war der auch in unserer Küche gewesen, es hatte ja ein kurzer Moment genügt, in dem keine von uns darin gewesen war, und die Gunst der Stunde hatte er genutzt, um die Bouillabaisse zu ruinieren. Und ich hatte auch noch der armen Gina die Schuld gegeben.

»Wir überprüfen besser mal das Buffet, bis die Polizei hier ist«, fiel mir ein. Nicht, dass der Kerl doch noch Schaden angerichtet hatte.

Rasch gingen Noah und ich ins Zelt zurück, während Marco bei dem Vespafahrer blieb, sahen uns dort alles an, ob bei den Ständen irgendetwas verschmutzt worden war, und Noah hob das Insektenglas vom Boden auf, um es gleich der Polizei zu geben.

»Wo kriegt man so viele Tiere her?«, wunderte ich mich.

»Reptilienfutter«, sagte Noah, der wie der Fels in der Brandung immer an meiner Seite blieb.

»Ein Glück, dass das nicht im Buffet gelandet ist«, sagte ich.

Das wäre in der Tat ein Supergau für uns geworden. Aber das Essen war in Ordnung, wir hatten den Kerl rechtzeitig gestoppt.

Wir kehrten zu Marco und dem Vespafahrer zurück. Endlich tauchte die Polizei auf, um unsere Aussagen aufzunehmen. Ich geriet jedoch langsam unter Zeitdruck.

»Geht ihr zurück in die Stube, ich regle hier alles. Außerdem, es ist besser, wenn wir kein zu großes Aufsehen um alles machen. Thies und seine Leute sollen am besten gar nichts mitkriegen«, sagte Marco zu mir, nachdem Noah und ich den

Beamten alles geschildert hatten. Gerade befragten diese den unglücklichen Bestohlenen und nickten uns zu, dass wir gehen durften.

»Halt uns auf dem Laufenden«, bat ich Marco und ging mit Noah zurück in die Stube.

»Woher wusstest du eigentlich, dass hier was nicht stimmt?«, wunderte ich mich und sah zu Noah auf. Wir betraten das Bistro, inzwischen las Thies aus seinem Roman. Das hatte ich eigentlich nicht verpassen wollen. Aber nun hatte ich nicht die Zeit dazu, in der Küche hingen wir jetzt nur noch mehr hinterher. Dorthin musste ich nun auch schnell zurück.

»Ich wollte mit dir reden«, erklärte er. »Mimi und Kalista machten sich Sorgen, dass sie was Falsches gesagt hätten, und baten mich, es aufzuklären, aber du warst nicht in der Küche, und Gina hat mir gesagt, dass ich dich im Zelt finde …«

»Schon gut, ich hab nichts falsch verstanden«, versicherte ich ihm, denn es war offensichtlich, dass wegen Maya und dem Berlin-Event nur ein Missverständnis vorlag.

»Dann ist es ja gut«, meinte Noah.

»Wo steckst du denn?«, kam Gina uns aus der Tür entgegen, weil ich länger als erwartet weggeblieben war. Meine schmutzigen Knie fielen ihr sofort auf. »Was ist passiert?«, fragte sie erschrocken.

»Es gab einen Überfall«, sagte ich und versuchte, alles so ruhig wie möglich zu erklären, damit die Gäste nichts mitbekamen und meine Cousine sich nicht aufregte. Aber das war angesichts der Geschehnisse kaum möglich.

»Was?«, entwich es ihr. Und sie wurde sogar richtig blass um die Nase.

»Geht es Marco gut?«, fragte sie aufgeregt.

»Ja, zum Glück. Marco kümmert sich um alles, wir machen einfach weiter im Plan.« Was anderes blieb uns ja nicht.

»Ich sollte mich auch wieder unter die Gäste mischen«, sagte Noah und hauchte mir einen sanften Kuss auf die Stirn.

Sodann kehrten Gina und ich in die Küche zurück.

»Ich kann gar nicht glauben, was hier passiert ist!«, meinte Gina immer noch aufgelöst. »Wer macht denn so was?«

»Das wird die Polizei ermitteln.« Hoffte ich.

Gemeinsam gelang es uns dennoch, letztlich ein gutes Buffet aufzutischen. Und während noch der Release lief, kam Marco zu uns in die Küche, um uns ein Update zu geben, dabei trug er ein beeindruckendes blaues Auge zur Schau.

»Mein Gott, Marco!« Gina legte ihm sofort einen Eisbeutel aufs Auge. Es sah ehrlich recht heftig aus, nicht nur verfärbt war es, sondern richtig zugeschwollen.

»Ich wollte nur die Stube beschützen und dich …«

Ginas Augen weiteten sich. »Wirklich?«

Marco nickte ernst.

»Ach … wenn dir was passiert wäre.« Sie schmiegte sich an Marco, küsste ihn. »Außerdem … deswegen musst du dich doch nicht gleich verprügeln lassen.« Sanft strich sie über seine Wange, während er noch den Eisbeutel aufs Auge drückte.

Als ich die beiden so sah, verstand ich, dass es Gina mit diesem Mann ernst war. Sie war immer jemand gewesen, der sich schnell neu verliebt hatte, der sprunghaft in seinen Beziehungen gewesen war. Aber hier schien es mir anders. Die beiden waren ein wirklich tolles Paar.

»Die Polizei hat Anzeige aufgenommen und die Fischerkönige befragt, weil ich sicher bin, dass die mit drinhängen, aber wie es zu vermuten war, haben sie beide geleugnet, etwas mit der Aktion zu tun zu haben.«

Überraschend war das nicht. Es würde wohl ein längeres Ermittlungsverfahren werden.

48. Kapitel

Bis kurz vor Mitternacht wurde gefeiert in der Stube und im Zelt. Niemand hatte etwas von dem schrecklichen Überfall mitbekommen. Ich füllte das Buffet auf, kümmerte mich um dies und das und brauchte irgendwann eine kleine Pause. Ich setzte mich raus auf die Bank und schaute den Sanddornweg runter. Friedlich lag er vor mir, beleuchtet von Laternenlichtern. Die ersten Sträucher trugen zarte Knospen. Eine idyllische Frühlingsnacht. Mit jedem Tag wurde es wärmer, selbst zu so später Stunde merkte man das.

Ich sah ein Paar den Weg entlangspazieren und erkannte erst auf den zweiten Blick, es waren Lou, die genau wie Hannah schon Feierabend gemacht hatte, und Henrik vom Hotel. Sie wirkten so unglaublich harmonisch, ich gönnte ihnen ihr Glück von Herzen und sehnte mich nach Noah.

Ich ging wieder rein, langsam leerte sich der Gastraum, und auch ein Blick ins Zelt verriet, dass die meisten sich auf den Heimweg gemacht hatten. Ein netter Journalist bedankte sich bei mir für unsere Gastfreundschaft und das gute Essen. Er versprach, die Krabbenstube in seinem Thies-Release-Artikel positiv zu erwähnen, wofür ich mich wiederum bedankte. Nachdem sich der junge Mann verabschiedet hatte, erspähte ich Gina und Marco, die gemeinsam ein paar Platten aus dem Zelt abräumten und sich, als sie sich unbeobachtet glaubten, plötzlich leidenschaftlich küssten.

Seufzend wandte ich mich ab. Ich freute mich schon, mich heute Nacht in Noahs Arme zu kuscheln, musste aber noch die Schecks für meine hilfsbereiten Servicekräfte ausstellen, die warteten sicher darauf und wollten auch schnell nach Hause.

Als ich die Stube wieder betrat, konnte ich noch sehen, wie Thies Trudy in ihren Mantel half. Beide schauten sich mit leuchtenden Augen an. Unverkennbar, hier hatte es gefunkt. Trudy bemerkte meinen Blick, machte das OK-Zeichen mit der Hand, an einem ihrer Finger baumelte ein Kristallanhänger. Ich musste unwillkürlich grinsen. Nutzten die Dinger also doch was.

Dann hielt Thies, ganz Gentleman, ihr die Tür auf, und sie verließen gemeinsam die Stube. So viel Harmonie an einem Abend wie diesem …

Und dann entdeckte ich Noah mit dem Rücken zu mir an der Theke und ging auf ihn zu, sehnte mich nach einer Umarmung, da merkte ich, dass er das Handy am Ohr hatte. Doch sein Telefonat schien gerade beendet, denn er legte das Mobiltelefon zur Seite. In dem Moment bat Marco ihn darum, ihm zu helfen, ein paar Dinge in den Keller runterzutragen. Beide Männer schnappten sich darauf ein paar Getränkekisten und verschwanden in der Luke hinter der Theke. Ich beschloss, am Tresen auf Noah zu warten, als sein Handy, das er dort hatte liegen lassen, vibrierte, mehrmals. Ich wollte ihm schon Bescheid sagen, da sah ich zufällig die Benachrichtigungen von WhatsApp, die kurz auf dem Display aufploppten, ehe sie wieder verschwanden. Es waren zwar jeweils nur die ersten zwei Zeilen sichtbar, aber das genügte, um mein Herz aussetzen zu lassen, denn diese Nachrichten stammten von Maya.

Es war gerade so schön, deine Stimme zu hör… Hier brach der Text ab, doch der Inhalt war eindeutig.

Er hatte demnach eben mit ihr telefoniert, schlussfolgerte ich. Um diese Zeit?

Ich möchte, dass wir wieder eine Famili…

Es war so schön mit dir in Berlin …

Mein Kopfkino sprang schon an.

Was war da in Berlin passiert? Mein Bauch drückte.

Ich sah noch mal Mimis und Kalistas Reaktion vor mir, hörte sie einem Echo gleich fragen, wer ich denn eigentlich sei, weil sie glaubten, Noah und Maya seien zusammen. Das hatten sie wohl nicht ohne Grund gedacht.

Jenny und ich brauchen dich …

Ich will noch mal deinen Kuss spür…

Seinen Kuss? Das war zu viel.

Ich wollte einfach nur weg, verließ das Bistro und verschanzte mich in meinem Zimmer ein Stockwerk höher. Irgendwann bimmelte jedoch mein Handy, es war Noah, aber ich ging nicht ran. Warum sollte ich auch? Die Lage war doch recht eindeutig. Aber warum hatte er überhaupt mit mir geschlafen? Hatte er hier noch etwas Spaß haben wollen, bevor er zu Frau und Kind zurückkehrte? Oder wollte er direkt zweigleisig fahren? Aber das passte nicht zu ihm, mein Bauchgefühl hätte mich doch längst gewarnt. Andererseits konnte ich mich auf dieses nicht verlassen. Ich hatte es ja auch nicht kommen sehen, dass Nils mich betrügen und sich von mir trennen würde. Ich schaltete mein Handy stumm.

Etwas später klopfte es an meiner Tür.

»Ich bin's!«, erklang Ginas Stimme. »Darf ich reinkommen?«

»Ja«, erwiderte ich bedrückt und kämpfte gegen Tränen an. Mimi und Kalista hatten sich nicht getäuscht, das mit Noah und Maya war wohl nicht vorbei, und welche Chance hatte ich realistisch gesehen gegen Ex-Verlobte und Tochter? Nein, ich wollte mich gar nicht erst auf so etwas einlassen …

»Wieso bist du denn so mir nichts, dir nichts abgehauen?«

Ich schluchzte nur noch mehr. Gina nahm mich in den Arm.

»Noah hat nach dir gefragt, ich hab ihm gesagt, du bist sicher müde und hast dich schlafen gelegt. Was ist denn los?«, wollte Gina wissen.

Ich erzählte es ihr und kämpfte weiter wenig erfolgreich gegen das Weinen an. Ich hatte in letzter Zeit einfach genug Tränen vergossen und fühlte mich ausgelaugt.

»Du hast etwas falsch verstanden«, war sich Gina sicher. »Unser Noah ist doch nicht so einer.«

»Ich wünsche mir doch auch, dass ich mich irre, aber ich hab Mayas Nachrichten gelesen, die waren eindeutig ... da war was in Berlin ...«

»Ach Süße ... vielleicht hat diese Maya auch rumgesponnen?«

»Warum hätte sie das tun sollen, sie konnte ja nicht wissen, dass ich die Nachrichten lese.«

»Tut mir so leid.«

Ich schluckte alle Tränen runter und traf eine Entscheidung.

»Ich will ihn nie mehr wiedersehen.«

»Pauline ...«

»Nie mehr!«

49. Kapitel

Am nächsten Morgen klingelte es bei uns Sturm. Ich riskierte einen vorsichtigen Blick aus dem Fenster, und meine Ahnung bestätigte sich, es war Noah, der unten vor unserer Tür stand. Offenbar hatte er die SMS gelesen, die ich ihm spätnachts gesendet hatte: dass es aus war und ich ihn nie wiedersehen wollte. Ich hatte damit gerechnet, dass er gleich herkommen würde, wollte ihn aber nicht sehen, er sollte einfach verschwinden, was wollte er denn überhaupt noch von mir? Als er zu mir hochsah, wich ich rasch zurück. »Bitte mach auf«, hörte ich ihn rufen, und Gina öffnete tatsächlich kurz darauf die Tür. Ich lauschte mit klopfendem Herzen, was sie sagten. »Du machst die ganze Nachbarschaft wach.«

»Aber ich muss mit ihr reden.«

»Sie will dich nicht sehen«, meinte Gina freundlich, doch bestimmt.

»Ich weiß, das hat sie mir gesimst, aber wieso? Was habe ich denn getan?«

Ja, klar, er hatte ja nicht die geringste Ahnung. So einen Kuss vergaß man auch schnell – und wer wusste schon, was noch zwischen den beiden geschehen war …

»Noah, es ist wirklich noch früh. Die Leute wollen schlafen. Und ich kann Pauline schlecht aus dem Bett zerren.«

Er seufzte gequält. »Aber es ist wichtig.«

»Ich sage ihr, dass du da warst, in Ordnung? Mehr kann ich nicht tun. Tut mir leid.«

Wieder seufzte er.

»Oder du kommst später noch mal wieder.«

»Ich weiß nicht, ob ich es nachher schaffe, ich muss nach Wismar …«

Zu Maya!, durchfuhr es mich. Jetzt war mir etwas übel, das schien ja wirklich ernst zu sein.

Gina schloss die Tür. Ihre Schritte waren im kleinen Hausflur zu hören. Sie kamen näher und näher. Ich linste noch mal aus dem Fenster und sah Noah im Möwenbogen verschwinden, atmete auf.

Dann klopfte Gina bei mir an. »Bist du schon wach?«

Ich ging zur Zimmertür, öffnete sie einen Spalt und blickte zu ihr raus.

»Noah war eben hier.«

»Ich weiß.«

»Vielleicht solltest du ihn doch anhören … er wirkte total geknickt.«

Ich hatte gestern genug mitbekommen. Und jetzt wollte er nach Wismar, was gab es da noch zu klären? Ich schüttelte den Kopf.

»Wie du meinst. Vielleicht atmest du erst mal in Ruhe durch und denkst noch mal über alles nach, denn ich glaube nicht, dass Noah dich hintergeht.«

Es sah aber ganz danach aus! Wie sollte ich das alles denn sonst verstehen?

»Und sobald du dich beruhigt hast, glaubst du das sicher auch nicht länger.« Gina ging wieder runter, und ich schloss nachdenklich die Tür.

Ich warf mich ins Bett, drückte mein Gesicht ins Kissen und weinte leise. Irgendwie döste ich noch mal für eine halbe Stunde ein.

Als ich die Augen wieder aufschlug, fühlte ich mich wie gerädert und zugleich wie in einem surrealen Traum. Ich war mir nicht sicher, ob alles, was geschehen war, tatsächlich passiert war.

Plötzlich vibrierte mein Handy mit einer Nachricht von

ihm: *Das hier solltest du dir zumindest ansehen, wenn du schon nicht mit mir reden willst.*

Zuerst wollte ich das Video gar nicht sehen, die Nachricht einfach löschen, aber ich überlegte es mir aus einem Bauchgefühl heraus anders und fand ein Video von Mimi und Kalista. Offenbar hatten sie ihren Beitrag über die Krabbenstube schon fertiggestellt, ging ja schnell. Ach nein, sie hatten gestern teilweise live gesendet, stellte ich fest. Und die Aufnahmen waren noch im Netz. Sie hatten sich ordentlich Mühe gegeben und den Sanddornweg und die Fjordstraße gefilmt. Zauberhaft und voller Frühlingsfrische.

Gerade war das Fischerkönig im Bild, und ich entdeckte eine hochgewachsene Person in einer Nische zwischen dem Lokal und dem Geschäft daneben, die sich trotz Körpermasse da reinzwängte, als wollte sie nicht gesehen werden. Der Mann trug zudem einen hochgezogenen Schal und eine tief ins Gesicht gezogene Mütze, obwohl doch längst nicht mehr Winter war, doch ich erkannte ihn trotz der »Verkleidung« ob seiner auffälligen Gestalt. Das war … Lantz, der Restaurantkritiker! Was machte der denn hier?

Ich traute meinen Augen kaum, als sich der Kapuzentyp zu ihm gesellte, sie besprachen etwas. Da kam ein ganz komisches Gefühl in mir hoch.

Ein paar Stunden vor dem Book-Release, hatte Noah noch druntergeschrieben. Ein Umschlag wechselte den Besitzer.

Mein Gott, jetzt war es wohl klar, er hatte den Insekten-Heini engagiert?

Aber wieso? Das musste ich den anderen zeigen.

50. Kapitel

Als ich tagestauglich ins Wohnzimmer kam, war niemand da, doch ich hörte Gemurmel aus der Krabbenstube, obwohl doch heute Montag und somit Schließtag war. Als ich also in die Stube kam, saßen Marco und Gina am Nischentisch. Sie waren zu meinem Erstaunen jedoch nicht allein. Bei ihnen saßen Jetti und Fitz. Machte deren Lokal nicht in einer halben Stunde auf? Wieso waren die hier?

Sie wirkten beide gar nicht so modelhaft wie sonst, sondern blass und nervös.

»Komm zu uns, das wird dich auch interessieren«, sagte Gina und rückte mir einen Stuhl zurecht. Ich nahm skeptisch Platz.

Fitz und Jetti sahen mir nicht in die Augen, sie starrten beide vor sich hin.

»Wir möchten uns für die Probleme entschuldigen, die ihr wegen uns hattet«, eröffnete Jetti.

»Aber ihr müsst uns glauben, dass wir mit dem furchtbaren Angriff gestern nichts zu tun hatten. Das haben wir auch der Polizei erklärt«, sagte Fitz ernst.

»Ich weiß, wer dahintersteckt«, meinte ich und legte mein Handy mit Mimis Video vor uns auf den Tisch.

»Das ist doch Lantz!«, erkannte auch Gina den Kritiker wieder.

Jetti und Fitz waren nun eigentlich entlastet, seltsamerweise wirkten die Hanessens nur noch nervöser, tauschten besorgte Blicke aus.

»Wir müssen euch was sagen«, entschied Fitz. »Lantz wollte zuerst, dass wir euer Event-Essen sabotieren«, offenbarte er.

»Was?«, entwich es Gina.

»Aber da war für uns eine Grenze überschritten. Er muss darauf jemand anderes für die Drecksarbeit engagiert haben. Wir wollen mit alldem nichts mehr zu tun haben«, meinte Jetti aufgelöst. Was meinte sie denn mit »alldem«?

»Aber wieso will Lantz der Krabbenstube überhaupt schaden? Erst die fiese Kritik, dann der Insekten-Heini. Und was habt ihr denn überhaupt mit Lantz zu schaffen?«, wollte Gina wissen.

»Also schön, wir legen alle Karten auf den Tisch. Jetti und ich sind zwar als Inhaber des Fischerkönigs eingetragen, aber der Besitzer des Ladens ist Lantz.« Ich hörte wohl nicht recht!

»Ziel war es, dass er das Geschäft von uns übernimmt, sobald es sich etabliert hat. Wir waren nur die Aushängeschilder und sollten ordentlich dafür bezahlt werden«, sagte Jetti monoton, den Blick immer noch auf den Tisch gesenkt, an dem sie saß.

Aushängeschild? Die Models eben.

»Das heißt, um sein eigenes Restaurant zu puschen, hat er uns fertigmachen wollen«, fasste Gina empört zusammen.

Jetti und Fitz nickten bedrückt. »Die Krabbenstube galt als alteingesessen und beliebt, also eine harte Konkurrenz. Aber die Gegend ist laut Lantz im Aufwind, wer jetzt dort investiert, soll ein gutes Geschäft machen. Er meinte, dass sogar Real-Estate-Firmen wegen der guten Lage hohes Interesse haben. Er wollte unbedingt dorthin. Aber zwei Fischlokale wären eins zu viel. Deswegen musste die Stube Schritt für Schritt demontiert werden«, erklärte Fitz und fuhr sich dabei mehrmals mit beiden Händen über die Schläfen. »Damit Raum für das Fischerkönig ist.«

»Dieser Mistkerl!«, schimpfte Gina. »Ich hätte mich beim Kochen auf den Kopf stellen können und trotzdem nie eine gute Kritik bekommen, weil alles zu seinem miesen Plan gehörte. Und ich habe mich deswegen auch noch so fertiggemacht!«

»Und wieso habt ihr da mitgemacht?«, wollte Marco wissen.

Jetti und Fitz blickten beschämt auf den Tisch.

»Lantz hat uns versprochen, wenn die Krabbenstube erst weg wäre, würde er uns im Gegenzug finanziell unterstützen, damit wir ein eigenes Restaurant in einer anderen Gegend eröffnen können. Das ist seit langem unser Traum, nur können wir nicht weitermachen wie bisher«, versicherte uns Fitz.

»Wie anrührend«, spottete Marco.

»Es ist unser Ernst, deswegen sind wir hier und erzählen euch alles!«, beharrte Jetti.

»Und wer war das nun dann, der mich im Festzelt niedergeschlagen hat?«, verlangte Marco zu erfahren.

»Das wissen wir nicht, wirklich nicht«, sagte Fitz.

»Das müssen wir öffentlich machen, damit darf Lantz nicht durchkommen!«, sagte Gina kampfeslustig und schlug ihre Faust in die offene Hand.

»Ich rufe jetzt die Polizei«, sagte Gina. »Der ist jetzt so was von fällig. Der kriegt nie wieder einen Fuß auf den Boden, wenn das alles der Öffentlichkeit bekannt wird.«

»Warte noch. Ich weiß, was wir machen«, kam mir eine bessere Idee.

51. Kapitel

»Sie können da nicht rein, Herr Lantz möchte nicht gestört werden«, versuchte die Empfangsdame mich aufzuhalten, aber sie hatte keine Chance. Entschlossen betrat ich das Büro von Rostocks gefürchtetstem Kritiker im obersten Stock des *Rostocker Tagesblatts*. Der korpulente Mann sah erschrocken von seinen Unterlagen auf und verengte die Augen, fixierte mich.

»Besuch von der Krabbenstube«, sagte er und offenbarte, dass er wusste, mit wem er es zu tun hatte. Er lehnte sich, nun entspannt, in seinen Bürosessel zurück und faltete die Hände genüsslich vor dem Bauch. Seine Arroganz würde ihm gleich vergehen.

»Verzeihen Sie, Herr Lantz, diese Frau ließ sich nicht aufhalten. Soll ich den Sicherheitsdienst rufen?«, fragte die Sekretärin aufgelöst.

»Das wird nicht nötig sein. Ich will mir anhören, was die Dame zu sagen hat«, beruhigte Lantz die ältere Frau, die sich daraufhin zurückzog.

»Also, wie kann ich Ihnen diesmal helfen?«

»Ihr Spiel ist aufgeflogen«, erklärte ich und beobachtete mit einer gewissen Zufriedenheit, wie Lantz' Augen kurz nervös zuckten. Dann lachte er jedoch. »Ich habe keine Ahnung, wovon Sie reden, Frau … wie war noch gleich Ihr Name?« Demonstrativ wanderte sein Blick zu dem Regal zu seiner Rechten, in dem sich Auszeichnungen in Form von Pokalen und Trophäen stapelten, als wollte er mir sagen: Sieh mal, wie wichtig ich bin.

»Pauline Lehmann.«

Jetzt sah er mich wieder an.

»Frau Lehmann, ich bin ein vielbeschäftigter Mann, seien Sie mir daher nicht böse, wenn ich mich direkt verabschieden muss. Für solche Albernheiten habe ich keine Zeit.«

»Vielleicht hilft das Ihrem Gedächtnis auf die Sprünge?«, meinte ich und spielte die Aufnahme von Mimi und Kalista ab. Mit jeder Sekunde verdunkelte sich Lantz' Blick mehr.

»Was soll das bedeuten, wo haben Sie das her? Das bin nicht ich!«

»Sie sind ärgerlicherweise eine sehr auffällige Erscheinung, ich finde schon, das sieht sehr nach Ihnen aus. Ich bin sicher, die Polizei stimmt mir da zu«, sagte ich.

»Und selbst wenn, was soll das beweisen?«

»Der Mann, dem Sie einen Umschlag geben, ist derselbe, der unser Buffet sabotieren wollte.«

»Reiner Zufall, ich habe ihn für etwas anderes bezahlt …«

»Ob er das auch der Polizei bestätigen wird, wenn die ihn fasst? Immerhin wird er auch wegen Körperverletzung und Diebstahls gesucht. Da sind bestimmt so einige Beamten hinter ihm her. Ist nur eine Frage der Zeit, bis sie ihn haben.«

»Was wollen Sie von mir? Wieso sind Sie nicht gleich zur Polizei gegangen, wenn Sie so sicher sind, dass ich hinter allem stecke?«

Ich seufzte. »Auch wenn Sie klar die Grenze des Gesetzes übertreten haben, ist zum Glück nichts Schlimmes passiert. Von einem blauen Auge abgesehen.«

Der Diebstahl der Vespa ging ja nicht auf Lantz' Kappe.

»Ich möchte Ihnen die Chance geben, sich selbst anzuzeigen.«

»Was?« Er lachte wieder. Aber es klang nun viel erschöpfter. »Sie verlangen also, dass ich mich selbst einer geplanten Straftat bezichtige? Das würde meine Karriere zerstören.«

»Wenn Sie es nicht machen, tun wir es«, erklärte ich. »Der Imageschaden wäre beträchtlich. Sie können aber Schadensbegrenzung betreiben.«

Lantz wusste, wie die Medien funktionierten, stand er als reumütiger Sünder da, wäre das ein gefundenes Fressen. Aber das Fressen wäre noch viel größer, wenn er der Tat überführt werden würde, ohne jegliche Einsicht zu zeigen. Auch vor Gericht würde ihm eine Selbstanzeige angerechnet.

»Außerdem möchte ich, dass Sie eine Richtigstellung verfassen, in der Sie darüber aufklären, dass Ihre Bewertung der Krabbenstube nicht fair war, weil sie sich einen Vorteil für Ihren Fischerkönig verschaffen wollten«, forderte ich.

Lantz fixierte mich kalt.

»Das ist eine sehr fantasievolle Geschichte, Frau Lehmann, das muss ich Ihnen lassen. Dennoch genauso wenig überzeugend wie das Essen in der Krabbenstube. Sie haben nur einen angeblichen Zeugen, den die Polizei noch nicht mal gefasst hat. Aber selbst wenn sie ihn kriegt und er mich bezichtigt, werde ich alles abstreiten. Wem wird man wohl mehr glauben, einem Straftäter oder einem renommierten Restaurantkritiker?« Er lehnte sich genüsslich vor, grinste mich triumphierend an.

»Habe ich noch gar nicht erwähnt, dass ich zwei weitere Zeugen habe?«

»Was?«

»Jetti und Fitz, Ihre beiden Handlanger, sind freundlicherweise bereit, gegen Sie auszusagen. Ich vermute, denen glaubt die Polizei, oder was meinen Sie? Vielleicht denken Sie noch mal über meinen Vorschlag nach?«

Er schloss gequält die Augen und nickte langsam. »Also gut, ich habe kaum eine andere Wahl.«

»Sie haben eine Woche Zeit, also halten Sie sich ran.«

Der Kritiker nickte stumm. Ich wandte mich ab, ging zur Tür, dort drehte ich mich noch mal um. »Warum das alles?« So richtig begreifen konnte ich es nicht.

»Weil ich es leid bin, in diesem Büro zu sitzen und Kritiken zu verfassen. Seit zwanzig Jahren mache ich das und nur das! Es ist ermüdend. Ich wollte mir den Traum vom eigenen Bistro erfüllen, in dem alles so laufen sollte, wie ich es mir vorstellte. Die Krabbenstube war dem im Weg.«

»Aber wieso haben Sie dann Jetti und Fitz vorgeschickt? Wozu das Versteckspiel?«

Vielleicht, damit nichts auf ihn zurückfiel bei diesen ganzen Intrigen?

»Was glauben Sie, was passiert, wenn ein Kritiker wie ich an die große Glocke hängt, dass er ein Restaurant eröffnet? Das ist ein immenser Interessenkonflikt, Kritiker und Restaurantbesitzer zugleich zu sein. Ich wollte abwarten, bis das Lokal gut läuft, den Kritikerjob an den Nagel hängen und das Restaurant dann übernehmen. Aber nun ist mein Traum vorbei, bevor er begonnen hat.«

»Na, dann wissen Sie ja nun, wie sich diejenigen fühlen, die ihre Kundschaft wegen Ihrer Beurteilung verlieren und deren Traum vom Erfolg deswegen zerplatzt.«

Ich verließ das Büro.

Als ich zur Krabbenstube zurückkehrte, erwartete mich eine unglaubliche Überraschung. Vor dem Laden war eine lange Schlange und die Stube rappelvoll. Und vor Marcos Stand standen ebenfalls sehr viele Leute an. Was war denn da los? Volles Haus am Schließtag?

Ich eilte gleich rein, um zu helfen.

»Ist das zu fassen? Das ist wie früher!«, sagte Gina, als ich in die Küche kam, und gleich mehrere Pfannen brutzelten auf ihrem Herd.

»Wir mussten heute einfach öffnen, bei dem Andrang! Wir haben so tolle Schlagzeilen bekommen! Die Presse hat sich mit Lob für das Thies-Event überschlagen. ›Zauberhaftes Bistro mit Ostsee-Schmaus!‹, ›Bekannter Autor liest in bestem Fischlokal der Gegend!‹. Solche Sachen. Der totale Wahnsinn!

Und dann standen die Leute plötzlich in Scharen vor der Tür.«

»Freut mich so für dich!«

»Für uns!«, betonte Gina. »Wir sind doch ein Team.«

Mein Blick wanderte durch die Durchreiche zu vollen Tischen, gut gelaunten Gästen, einer Trudy, die mit dem Servieren von Getränken kaum hinterherkam. Ja, das war die Krabbenstube, wie sie vor dieser unsäglichen Geschichte immer gewesen war, ein Hort der Geselligkeit und der leckersten Krabbenbrötchen der Stadt. Und ich hätte mich wohl richtig freuen sollen über diesen schönen Erfolg, aber das Herz war mir dennoch schwer, denn ich musste immer wieder an Noah denken …

52. Kapitel

Gegen 22 Uhr wurde es langsam leerer, und wir konnten Feierabend machen.

»Danke, dass du länger geblieben bist, auch noch heute, an deinem freien Tag«, meinte Gina. Aber klar, bei so vielen Gästen konnte ich doch unser Team nicht im Stich lassen. Der Andrang war wirklich enorm gewesen. Wir konnten rundum zufrieden sein. Ich war mir sicher, von jetzt an ging es bergauf.

Wir fegten, stellten die Stühle hoch, wischten die Theke, als die Tür aufging.

»Ist schon Ladenschluss«, sagte ich in Richtung Neuankömmling und schrubbte konzentriert einen Fleck von einem der Stühle, als eine vertraute Stimme »Ich weiß« erwiderte.

Ich schreckte auf und blickte in Noahs Gesicht.

»Lass uns bitte reden«, sagte er, und zu meiner Überraschung verspürte ich nicht denselben Fluchtreflex wie heute Morgen.

»Na schön.« Ich fühlte mich stärker, wollte wissen, was er mir zu sagen hatte, um die Sache abzuschließen.

Noah bemerkte Ginas, Trudys und Marcos neugierige Blicke.

»Geht es auch allein?«, bat er.

Ich nickte.

»Machen wir einen kleinen Spaziergang?«, schlug er vor.

Ich hatte nichts dagegen einzuwenden. Ich holte meine Jacke, dann fanden wir uns schnell am Alten Storm wieder, wo um diese Uhrzeit noch einiges los war. Über unseren Köpfen hingen den Weg runter unzählige Lichterketten. Eigentlich ein schöner Anblick, hätte sich mein Bauch vor Aufregung nicht zusammengekrampft.

»Also?«, forderte ich und vergrub meine Hände tief in die Jackentaschen.

»Ich weiß nicht, warum du mir plötzlich ausweichst. Habe ich was falsch gemacht? Was Falsches gesagt? Was hat dich verärgert?«

Ich lachte leise. »Mal überlegen … vielleicht die Tatsache, dass du offenbar gleichzeitig mit Maya und mir anbandelst?«

»Was?«

Wir blieben stehen.

»Wie kommst du denn darauf?«

Ehrlich, auf solche Spielchen hatte ich keine große Lust. Er sollte einfach klar sagen, was Sache war.

»Dann hast du sie wohl nicht auf dem Berlin-Event wiedergetroffen und dich mit ihr super verstanden? So gut, dass Kalista dachte, sie wäre deine Freundin?«

Er fuhr sich mit einer Hand übers Gesicht und wirkte von einer Sekunde zur nächsten ziemlich fertig.

»Zugegeben, Maya war auch in Berlin und hat sich ziemlich an mich rangemacht. Sie ist wieder Single, hat gerade eine Trennung hinter sich und will, dass ich zu ihr zurückkomme, das hat sie sehr deutlich gesagt, und das war auch der Grund, warum sie zu meinem Event nach Berlin gekommen ist. Aber ich bin auf keine ihrer Avancen eingegangen.«

»Das kam also nur falsch bei Kalista rüber?«, sagte ich vorausschauend.

»Muss es wohl.«

Ich seufzte, wandte mich um, blickte über die Brüstung auf das Wasser, dessen Oberfläche silbern glitzerte, weil sich der Mond in ihm spiegelte.

»Hör zu«, setzte ich an. »Ich habe eine Scheißzeit hinter mir und keine Lust auf noch einen unehrlichen Freund.«

»Ich war nicht unehrlich zu dir, glaub mir doch.«

Ich kämpfte gegen die Tränen an. Für wie blöd hielt er mich denn? Und wieso war er nicht jetzt ehrlich? Was wollte er überhaupt noch von mir?

»Ich habe zufällig Mayas Nachrichten auf deinem Handy gesehen. Sie hat geschrieben, dass sie es mit dir in Berlin schön fand, es wiederholen will, und prompt fährst du heute nach Wismar. Klingt nicht so, als hätte Kalista was falsch verstanden.«

»Du hast meine Nachrichten gelesen?«

»Das Handy lag offen rum, und es war nur ein Zufall, dass ich es gesehen habe. Und das ist auch gar nicht das Thema.«

Ich spürte, wie meine Augen vor Ärger brannten, als ich mich an die Nachrichten erinnerte. »Sie hat sogar geschrieben, dass ihr euch geküsst habt!«

Noahs Augen weiteten sich. Es schien mir, als würde er plötzlich blasser um die Nase werden. Dann nickte er.

»Ich verstehe jetzt, warum du mit mir nichts mehr zu tun haben wolltest. Die Lage scheint offensichtlich. Es ist aber nicht, wie du denkst. Sie hat in Berlin mehr reininterpretiert, als wirklich war. Sie war dort beim Event leicht angetrunken, ich habe sie auf ihr Zimmer gebracht, das war alles. Ich bin weder dort geblieben noch habe ich ihr Hoffnungen gemacht. Aber sie hat mir dennoch einen Kuss aufgedrückt.«

»Da konntest du dich nicht wehren, richtig?«

»Doch, und das habe ich. Ich habe kein Interesse mehr an ihr. Und das habe ich ihr sowohl auf dem Youtube-Event als auch gestern Abend am Telefon gesagt, nur will sie es nicht wahrhaben. Doch es ist wahr, Pauline. Vertrau mir bitte, ich möchte mit dir zusammen sein. Das mit Maya und mir ist lange vorbei.«

Ich wollte ihm ja glauben, wirklich. Aber all diese Zufälle …

»Und wieso bist du heute nach Wismar gefahren?«

»Gestern Abend, als sie all die Nachrichten geschrieben

hat, war sie schon wieder angetrunken. Jenny war zum Glück übers Wochenende bei Oma und Opa, da hat sich Maya einsam gefühlt und zu tief ins Glas geschaut. Ich bin heute hin, weil ich mir Sorgen um ihren Zustand gemacht habe, sie ist immerhin Jennys Mutter. Zum Glück war sie heute gefestigt und hat eingesehen, dass es aus ist zwischen uns. Es ist alles mit ihr geregelt. Aber ich fürchte, sie hat es nicht gut verkraftet, wieder Single zu sein, und braucht Unterstützung. Ihre Eltern werden ihr mit Jenny helfen, und ich kümmere mich auch öfter um die Kleine.«

Ein wenig tat Maya mir nun leid. Sie musste wohl wirklich angeschlagen sein, und ich konnte es Noah nicht verdenken, dass er sich um die Mutter seines Kindes sorgte.

Er fuhr sich übers Gesicht.

»Ich wünschte, ich könnte dir beweisen, dass es mir mit uns ernst ist. Ich wollte dich ehrlich gesagt sogar fragen, ob du Jenny bald kennenlernen möchtest. Also so richtig. Ich möchte dich ihr als meine neue Lebensgefährtin vorstellen, wenn du einverstanden bist. Jenny und du, ihr seid die wichtigsten Menschen in meinem Leben, daher würde es mich sehr freuen, wenn du zustimmen würdest. Falls du mir noch eine Chance gibst …«

Ich war ehrlich überrascht und lächelte, fühlte mich zusehends erleichterter. Das zeigte, dass er es ernst meinte, weil er mich stärker in Jennys und sein Leben einbinden wollte.

Und meine vorherige Sorge, ob ich mit Jenny klarkommen würde, war wie weggeblasen. Im Gegenteil, die Vorstellung, sie richtig kennenzulernen, gefiel mir sehr. Ich nickte ihm also zu.

Noah atmete auf. »Es tut mir wirklich leid, dass ich dir nicht einfach vorher von Berlin erzählt habe. Das war wenig vorausschauend. Ich kann nur hoffen, dass du mir jetzt glaubst.«

Das tat ich. Und ich war froh, dass zwischen uns nun alles geklärt war.

Ich trat dicht vor ihn. Meine Wut war verflogen. Ich sah seine wunderschönen Lippen, spürte den Wunsch, sie zu küssen, und stellte mich auf die Zehenspitzen, gab dem Impuls nach.

Noahs Arme legten sich leidenschaftlich um mich, als wollte er mich nie mehr loslassen, und ich versank in seiner Umarmung. Erleichtert, dass sich alles aufgeklärt hatte, küssten wir uns innig. Für einen kurzen Augenblick schien die Welt stillzustehen. Ich lehnte mich an ihn, neugierig, wie es mit uns weitergehen würde.

53. Kapitel

Die Krabbenstube florierte wieder. Leute kamen extra von außerhalb, um bei uns zu essen. Jeden Abend hatten wir ein volles Haus. Und immer eine Menge zu tun.

»Du, Pauline«, meinte Gina eine Woche später, als wir gerade Feierabend machen wollten. »Ich wollte dich was fragen?«

»Ja, was denn?«

»Du hast echt viel für uns alle hier getan, für mich, die Stube. Du hättest bei Bernhard von Bergen arbeiten können, wenn du es gewollt hättest … aber stattdessen bist du hier.«

Und das war ich gerne.

»Daher wollte ich dir die Partnerschaft anbieten.« Sie knetete nervös ihre Hände.

»Wirklich?«

Gina nickte. »Wir sind doch ein recht gutes Team geworden, oder?«

Das stimmte. Wir waren auf derselben Wellenlänge. Jeder ergänzte den anderen, und zusammen hatten wir die Krabbenstube wieder auf die Beine gebracht.

»Also was sagst du? Willst du die Krabbenstube mit mir zusammen führen? Als meine Mit-Inhaberin?«

»Klingt wie ein Heiratsantrag.«

Gina steckte die Zunge raus. »Ist das ein Ja oder wie oder was?«

»Ja!!!« Natürlich! Ich konnte mir nichts Schöneres vorstellen und umarmte sie herzlich. Und danach stießen wir alle auf die neue Mit-Inhaberin an.

Am nächsten Morgen schlenderten Noah und ich die Seepromenade Arm in Arm entlang. Die ersten Strandkörbe zierten wieder den Strand, ihre blau-weiß gestreiften Bezüge leuchteten in der Morgensonne. Nur die Touristenströme ließen noch auf sich warten, doch es war früh und wohl auch nur eine Frage der Zeit, bis die Strände wieder überfüllt wären. Spätestens in der Hauptsaison war viel am alten Leuchtturm los. Aber noch konnte man die Ruhe genießen und ganz für sich sein.

Eine sanfte Frühlingsbrise wehte zu uns herüber, wirbelte Noahs Duft auf und ließ ihn in meine Nase strömen. Wie ich sein männliches Aroma liebte. Vermengt mit dem Geruch nach Salz und Meer. Ich schmiegte mich enger an ihn, schaute rüber zur See. Verspielt rollten die Wellen an Land. Zu dieser Jahreszeit war die Ostsee immer noch eiskalt, wenngleich es kaum einen schöneren Anblick gab. Einige Büsche und Sträucher in den Dünen blühten bereits, und eine Schar weißer Wolken jagte über den strahlend blauen Himmel, der sanfte Wind trieb sie wie eine Schäfchenherde zusammen.

Ich sah hoch zu dem Himmelsspiel, erfreute mich an den ersten wärmenden Sonnenstrahlen, die mein Gesicht kitzelten. Was für ein schöner Morgen.

Ein Kuss landete auf meinem Scheitel. Ich blinzelte zu Noah hoch, lächelte ihn an und dachte nur, was für ein Glück ich doch hatte, weil ich ihn an meiner Seite hatte.

»Ich bin schon etwas aufgeregt, Jenny kennenzulernen.«

Noah wollte uns einander vorstellen, wenn sie das nächste Mal nach Rostock kam.

»Sie wird dich mögen«, war er sich sicher. Ich nickte, ging mit ihm weiter.

In den letzten Tagen war viel passiert, sinnierte ich. Und das meiste davon hatte sich in Wohlgefallen aufgelöst.

Lantz hatte seine Gegendarstellung geschrieben, auch seine Selbstanzeige war durch die Presse gegangen.

Seinen Job beim *Rostocker Tagesblatt* hatte er in Absprache mit dem Chefredakteur aufgegeben, wie wir von Fitz und Jetti erfahren hatten. Danach war er von der Bildfläche verschwunden. Ich stellte mir vor, dass er irgendwo, wo ihn niemand kannte, ein eigenes Fischbistro eröffnet hatte, das gut lief und ihn zufrieden stimmte.

Die Hanessens verließen die Gegend, stattdessen erhielt die Fjordstraße ein neues Geschäft: einen hübschen kleinen Kosmetikladen.

In der Stube selbst herrschte seit dem Thies-Event reges Treiben, das Bistro hatte sich stabilisiert. Sehr zur Freude meiner Familie in Travemünde. Als meine Eltern vor kurzem für ein paar Tage nach Rostock gekommen waren, hatten sie nicht schlecht über den Besucherandrang und die vielen hippen Gäste gestaunt. Die Krabbenstube hatte sich gemacht, zog gleichermaßen ein traditionelleres wie auch ein jüngeres Publikum an. Und natürlich war auch Jan Thies ein Stammgast geworden, aber es war ein offenes Geheimnis, dass es nicht allein an unseren Krabbenbrötchen lag. In einer ruhigen Minute hatte Trudy mir anvertraut, dass er und sie eine Skandinavien-Rundreise für den Sommer planten.

Ich freute mich von Herzen für sie.

Noah legte seinen Arm fester um mich. Ein paar Möwen kreisten über unseren Köpfen, sie hofften wohl, dass wir Brotkrumen oder etwas anderes Essbares fallen ließen.

Mein Blick glitt zu den Dünen und dem sich in der Ferne abzeichnenden Küstenwald. Wir waren inzwischen wirklich weit draußen. Der Wind hatte die Wolken so weit aufs Meer hinausgetrieben, dass sich über unseren Köpfen der azurblaue Himmel fast wolkenfrei wölbte.

Wir drehten um, schlenderten Arm in Arm den Weg zurück. Eine ganze Weile schwiegen wir einfach nur. Und dann entdeckte ich die hübsche kleine Anlage zu unserer Rechten, wo mehrere Einfamilienhäuser mit süßen Vorgärten standen.

In diesen blühten bunte Frühlingsblumen, und ich bildete es mir nicht ein, ihr Duft wehte zu mir her. Süß und frisch, wie ein Neubeginn. Jedes einzelne der Häuschen war entzückend, versprühte jenen Ostseeflair, den ich so liebte. Schließlich blieben wir stehen.

»Das wäre schon was, oder?«, raunte er mir ins Ohr.

»Was meinst du?«

»So ein Häuschen … ein schönes Ziel für die Zukunft, findest du nicht?«

Doch, ging mir auch so. Ich lächelte zu ihm hoch, schmiegte mich eng an ihn. »Ich fände das wunderschön«, gab ich zu. Langsam beugte er sich zu mir runter. Und dann berührten seine Lippen warm und weich die meinen, bis sie vor Wonne prickelten. Ich hielt den Atem an, genoss seinen Geschmack. Und für einen winzig kleinen Augenblick schien die Zeit stillzustehen.

*** ENDE ***